नालन्दा पर गिद्ध

कहानी-संग्रह

देवेन्द्र

जन्म : 1 जनवरी, 1958, गाजीपुर जनपद के पिपनार गाँव में। ढेर सारा समय लखीमपुर में अध्यापन और अब लखनऊ में।

सम्मान :1996 में प्रकाशित पहले कहानी संग्रह ***शहर कोतवाल की कविता*** पर **इंदु शर्मा कथा सम्मान**, **यशपाल कथा सम्मान** और सावित्री देवी फाउण्डेशन का **हिन्दी कथा सम्मान**।

रचना कर्म : वर्ष 2016 में दूसरा कहानी संग्रह "समय-बे-समय"।
इसी बीच समकालीन हिन्दी कविता पर आलोचना की एक पुस्तक भी प्रकाशित हुई।

सम्पर्क : 569 च/498, प्रेम नगर, आलमबाग, लखनऊ, उत्तर प्रदेश

देवेन्द्र

नालन्दा पर गिद्ध

लोकभारती पेपरबैक्स

प्रथम पेपरबैक संस्करण : 2019

लोकभारती पेपरबैक्स : उत्कृष्ट साहित्य के लोकप्रिय संस्करण

लोकभारती प्रकाशन
पहली मंजिल, दरबारी बिल्डिंग, महात्मा गाँधी मार्ग,
प्रयागराज-211 001

वेबसाइट : www.lokbhartiprakashan.com
ईमेल : info@lokbhartiprakashan.com

शाखाएँ : 1-बी, नेताजी सुभाष मार्ग, दरियागंज, नई दिल्ली-110 002
अशोक राजपथ, साइंस कॉलेज के सामने, पटना-800 006 (बिहार)
36-ए, शेक्सपियर सरणी, कोलकाता-700 017 (प. बंगाल)

आस्था पेपर कन्वर्टर
प्रयागराज द्वारा मुद्रित

मूल्य : ₹ 195

NALANDA PAR GIDDH
By Devendra

ISBN : 978-93-89243-16-1

हारे हुए मुकदमों के
फड़फड़ाते कागजों-सी वह हँसी
उन्हें देखकर अक्सर कुलीनताएँ
रास्ता बदल लेती थीं।

उनका होना
राजधानी में गाँव का होना था
धूमिल की कविताओं में
विपक्ष का धूल खाया चेहरा

अब जब कभी हम लखीमपुर जायेंगे
रामेन्द्र जनवार वहाँ नहीं होंगे।

कहानी-क्रम

नालन्दा पर गिद्ध

बनारस विश्वविद्यालय के हिन्दी विभागाध्यक्ष आचार्य चूड़ामणि प्राचीन परम्परा के संरचनावादी समीक्षक थे। मनु महाराज के वर्ण विभाजन और स्त्री-सम्बन्धी आग्रह आदि में उनकी अटूट आस्था थी। अनेक विश्वविद्यालयों की पाठ्यक्रम समिति के प्रभावी सदस्य, थीसिसों के परीक्षक, हिन्दी के प्रसार और विकास के लिए स्थापित अनेक संस्थाओं के संरक्षक और खुद अपने विश्वविद्यालय में 'डीन ऑफ स्टूडेण्ट्स' जैसे महत्त्वपूर्ण पदों की जिम्मेवारियाँ सँभाले हुए व्यस्त रहा करते थे। एक कैबिनेट मन्त्री की थीसिस उन्होंने खुद लिखायी थी। शहर के मेयर और शराब के ठेकेदार मनोहर जायसवाल की पुत्रवधू उन्हीं के निर्देशन में शोध कर रही थीं। उनका व्यक्तित्व एक ऐसे वटवृक्ष की तरह था जिसने अपनी मूल जमीन की सारी उर्वराशक्ति को सोखकर उसे बन्ध्या कर दिया था। जिसके कोटरों में साँप, चमगादड़, नेवले और गिरगिट सुख चैन से रह रहे थे। जिसकी उन्नत शाखाओं पर बैठे गिद्ध हर क्षण मृत्यु की टोह में दूर टकटकी लगाये रहते। विश्वविद्यालय में नियम था कि कोई प्रोफेसर दो साल से ज्यादा विभागाध्यक्ष के पद पर नहीं रहेगा। लेकिन आचार्य चूड़ामणि के दरबार में सारे नियम कानून पायदान की तरह बिछे रहते। कीचड़ और गन्दगी पोंछने के काम आते थे सारे नियम और कानून।

सुबहे बनारस! पंचगंगाघाट की सीढ़ियों पर हो या ठठेरी बाजार की सँकरी गलियों में। चाहे जहाँ हो, उसके अस्त का उत्सव आचार्य चूड़ामणि के दरबार में ही धूम-धाम से सम्पन्न होता। आर.एस.एस. और विद्यार्थी परिषद् के सारे नेता जमा होते। विश्वविद्यालय के एक-एक विभाग और एक-एक व्यक्ति के बारे में वे सारी सूचनाएँ सौंपकर मन्त्रणादान पाया करते थे। आचार्य उतने बड़े संगठन के गॉडफादर थे। कहा जाता है कि विश्वविद्यालय के उस सिंहपीठ पर रहते हुए चूड़ामणि जी ने कश्मीर से कन्याकुमारी और असम से गुजरात तक के हिन्दी विभागों को अपने प्रभामण्डल से आच्छादित कर रखा था। विभागाध्यक्षों और प्रोफेसरों के अलावा नये

लेक्चरर और चपरासियों तक की नियुक्ति उन्हीं की मरजी से होती थी। ''तेरी सत्ता के बिना हे प्रभु मंगल मूल, पत्ता तक हिलता नहीं...''

वे अस्सी के दशक के प्रारम्भिक वर्ष थे। तब 'ग्लासनोस्त' और 'पेरोस्त्रोइका' जैसी घटनाएँ सोवियत रूस में नहीं हुई थीं। 'पार्टी हेडक्वार्टर' को ध्वस्त करने की सांस्कृतिक क्रान्ति की अपील का उत्साह था। पद, प्रतिष्ठा, उम्र और अनुभव आदि की दुहाई देकर कौन इतिहास का रास्ता रोक रहा है? उसकी खोज करो!

विश्वविद्यालयों में मार्क्सवादी विचारधारा और वामपन्थी अश्वमेध का घोड़ा कालिदास, भवभूति, तुलसी और बिहारी के बाद मैथिलीशरण गुप्त तक को रौंदता, किसी कालातीत सौन्दर्यशास्त्र के लिए भागता चला जा रहा था। अस्सी के दशक के उन शुरुआती वर्षों में आचार्य चूड़ामणि जितना क्षुब्ध, दुःखी, उदास और आहत रहा करते थे उतना पहले कभी नहीं। रूखे चेहरे, बढ़ी दाढ़ी, धँसी आँखों पर चश्मा लगाये बड़े-छोटे का सारा लिहाज छोड़कर बहस करते, सिगरेट पीते इस नयी वामपन्थी प्रजाति को देखकर वे वाकई बहुत खिन्न रहा करते थे। साम और दाम! एक दिन जब उन्होंने जलेश्वर से कहा कि तुम बहुत योग्य और होनहार लड़के हो तो वह बेशर्मों की तरह हँसने लगा– ''लेकिन मुझे नौकरी नहीं करनी है...और आप मुझे बेवजह दाना डाल रहे हैं। मैं यहाँ पार्टी का काम करने आया हूँ।''

वह महेश्वर की पार्टी का सक्रिय सदस्य और उसी का छोटा भाई था। महेश्वर के बारे में किंवदन्ती थी कि एक बार नेपाल के एक पहाड़ी ढाबे पर जाड़े की सुबह गरम-गरम जलेबी और दही खाते हुए वह एक बूढ़े आदमी से बेतरह उलझ गया। बूढ़ा आदमी बार-बार कुछ कहना चाहता था, लेकिन उसे इसका अवसर नहीं मिल रहा था। महेश्वर ने उसे बताया कि थोड़ा गाँवों में लोगों के बीच जाकर आप उनके अनुभवों से भी सीखें। बूढ़ा थक-हारकर उठा और चला गया। बाद में ढाबे के नौकर ने बताया कि ये चीन के चेयरमैन माओ-त्से-तुंग थे। आगे महेश्वर ने जो कुछ कहा और किया वह किंवदन्ती में नहीं है। जलेश्वर उसी महेश्वर का छोटा भाई था। दिन में नुक्कड़ नाटक करता। कविताएँ रचता। और रातभर जागकर शहर की दीवारों पर नारे लिखा करता था। विश्वविद्यालय में उसकी अपनी मण्डली थी, जो हमेशा चुनौती देती थी। साहित्य, कला, संस्कृति और इतिहास पर बहस करती थी। और अन्त में वही करती और कहती थी जो महेश्वर उसे चिट्ठी में लिखकर बताता था।

आचार्य चूड़ामणि जी के योग्य शिष्य सुबोध मिसिर यूँ तो शान्त स्वभाव के गम्भीर व्यक्ति थे। लेकिन अपने गुरुदेव के अपमान और क्षोभ को देखकर उन्होंने चुपचाप कमर कसी। फिर तो मार्क्सवादी अश्वमेध का जो घोड़ा सबको रौंदता चला जा रहा था, एक दिन उसकी लगाम पकड़ ली गयी। शास्त्रार्थ की कई परम्पराएँ शुरू हुईं। मशीनी नतीजे और जड़ आस्थाएँ एक-दूसरे से टकराने लगीं। एक तरफ कबीर,

प्रेमचन्द, निराला और मुक्तिबोध थे, तो दूसरी ओर तुलसीदास, आचार्य शुक्ल और हजारीप्रसाद द्विवेदी। जाहिलों और जातिवादियों का संगठन आर.एस.एस. सुबोध मिसिर जैसे जहीन, पढ़ाकू और संयमित व्यक्ति का संसर्ग पाकर नयी जीवनी शक्ति से भर गया। अपनी वेशभूषा और रहन-सहन में वे शुद्ध रूप से देहाती थे। कुर्ता, पाजामा और चप्पल के अलावा कभी-कभार उनके कन्धे पर सफेद गमछा पड़ा होता था। अकसर सामनेवाला उन्हें देखकर धोखा खा जाता। सुर्ती खाने के अलावा और कोई व्यसन उन्हें छू न सका था। स्त्रियों के बारे गें उनके वही विचार थे जो कवियों के बारे में प्लेटो के। कल्पनाओं के फितूर और वाहियात के सपनों में उनकी कोई रुचि नहीं थी। उनका ज्यादातर समय पुस्तकालय में बीतता था। और शाम को नियमित गुरुदेव आचार्य चूड़ामणि के दरबार में जाकर चरण स्पर्श करते। उन दिनों गुरुदेव का इकलौता श्रवणकुमार एम.ए. अन्तिम वर्ष हिन्दी से कर रहा था। कभी फुर्सत में सुबोध गिसिर उसे घण्टों पढ़ाया करते। उन्हें इस बात का मन-ही-मन अफसोस था कि गुरुदेव का पुत्र होनहार नहीं है, बल्कि एकदम मूर्ख और बोदा।

वह बनारस विश्वविद्यालय का नवजागरण काल था। नये-नये लेक्चरर, वृद्ध रीडर और प्रोफेसर से लेकर क्लर्क शर्मा जी और चपरासी रामदीन तक, सबके साले साली, बेटे-बहू, दामाद और जीजा-जीजी तक हिन्दी से एम.ए., पी-एच.डी. कर रहे थे। परीक्षाओं से एक रात पहले पान की दुकानों पर पर्चे वितरित होने लगते। जिन्हें क्रमवार स्वर और व्यञ्जन का बोध नहीं था, वे पिछले सारे रिकार्ड तोड़कर धड़ाधड़ प्रथम श्रेणी पास होते चले जा रहे थे। 'ग्लोबलाइजेशन' से बहुत पहले ही एशिया का यह सबसे बड़ा विश्वविद्यालय गाँव की शक्ल ले रहा था। पड़ोसी देशों से बड़ा बजट लेकर मानव संसाधन मन्त्रालय, यू.जी.सी. और सी.एस.आई.आर. का संचित खजाना यहाँ की गन्दी नालियों में औंधे मुँह गिरा पड़ा था। रामनाम की लूट है, लूट सके तो लूट...

अध्यापक संघ का चुनाव होनेवाला था। ब्राह्मण, भूमिहार, राजपूत और कुर्मी अपनी-अपनी दुकानें सजा रहे थे। उछल कूद, मारपीट और हाथापाई। इस युद्धभूमि में सब-कुछ जायज था। आचार्य चूड़ामणि राजपूत लॉबी के महत्त्वपूर्ण स्तम्भ थे। गुण्डावाहिनियाँ उनका चरण-रज लेकर धन्य हुआ करती थीं। भारतीय संस्कृति और राष्ट्रवाद की भावना जगानेवाली एक संस्था के ब्राह्मण वर्चस्व को खत्म करके उन्होंने उसे अपने मातहत कर लिया था।

कुर्ता-पाजामा पहननेवाले सुबोध मिसिर एक गरीब किसान के होनहार बेटे थे। बचपन से ही उन्होंने शतात्माओं के निर्वाणोपरान्त जिस स्वर्गलोक की कल्पना कर रखी थी, और जो उन्हें धवल रुई के बादलों पर सुनहले द्वीप की तरह तैरता हुआ दिखायी देता था, वहाँ उसके करीब जाकर उन्होंने देखा कि सारे देवतागण अनवरत

आत्मरति के शिकार अपनी ही वासनाओं में हस्तमैथुन किये जा रहे हैं। चुनाव-पूर्व अध्यापक संघ की मीटिंग चल रही थी। झाँव-झाँव, काँव-काँव, लोग क्या बोल रहे हैं? गोबर और गू में लिथड़े पड़े शब्दों की शक्ल खो गयी है। अचानक कॉमर्स के एक मोटे मुस्टण्ड भूमिहार प्रोफेसर ने भौतिक विज्ञान के दूसरे कुर्मी प्रोफेसर को उठाकर मंच पर ही दे पटका। लातों और घूँसों के अनवरत प्रवाह में नीचेवाले ने ऊपरवाले का कान दाँत से काट लिया। खून की धारा और चीख के बीच एक दारोगा ने डण्डा फटकारा– "आप लोग लड़कों को क्या पढ़ाओगे?" उसने दोनों को धकियाकर एक-दूसरे से अलग किया। बनारस विश्वविद्यालय का यह चलता-फिरता यथार्थ पौराणिक आख्यानों और मिथक कथाओं से भी ज्यादा अविश्वसनीय और लोमहर्षक था।

निरक्षरता और अज्ञानता के अँधेरे में डूबे गाँवों के जो लोग शताब्दियों से एक ही अन्न खाते चले आ रहे हैं। और जो लोग धारासार बरसात की काली अँधेरी रात में साँपों, बिच्छुओं और गोहों से पटी पड़ी मेंड़ पर भुकभुकाती लालटेनों के सहारे बचते-बचाते फावड़ा लेकर नाली बाँधने चले आ रहे हैं। जो लोग क्वार की जहरीली धूप में बैलों के साथ सिर झुकाये खेत जोत रहे हैं। जाड़े की ओस और ठण्ड में काँपते-ठिठुरते जो लोग सिवान के निर्जन सन्नाटे में महीनों से सारी रात बैठकर सिर्फ बिजली की प्रतीक्षा कर रहे हैं। उन सारे लोगों के जीवन में जातिसूचक शब्द सती मैया के चौरे की तरह निर्जीव कोने-अंतरे में पड़ा हुआ है। शादी-समारोह, तीज-त्योहार पर वे वहाँ चढ़ावा चढ़ाते और फिर भूल जाते। वही जातिसूचक शब्द सभ्यता और आधुनिकता का समारोह मनानेवाली विद्वानों की इस बस्ती का मूल मन्त्र बना हुआ है। चारों ओर ब्राह्मण राजपूतों को, राजपूत कायस्थों और भूमिहारों को, भूमिहार कुर्मियों को गालियाँ दे रहे हैं। इस बार अध्यापक संघ के चुनाव में कुर्मी अपना पक्ष तय नहीं कर पाये। इधर मन्दिर का महन्त, जो विज्ञान संकाय का डीन भी है, उसने पूर्वांचल के सबसे बड़े माफिया डॉन, विधायक, नर हत्याओं के कुख्यात अपराधी और ब्राह्मण सभा के अध्यक्ष की मदद से भूमिहारों से तालमेल कर लिया। अध्यक्ष, उपाध्यक्ष और महामन्त्री तीनों सीटों पर ब्राह्मण प्रत्याशियों की जीत से राजपूत लॉबी को लकवा मार गया। मन्दिर के महन्त के यहाँ मिठाइयों का दौर शाम से चल रहा था। भूमिहार विशेष रूप में आमन्त्रित थे। विजयोल्लास के कहकहे गूँज रहे थे।

उधर आचार्य चूड़ामणि के दरबार में एक लाश रखी हुई थी। इतिहास की लाश। सारे क्षत्रप शोकमग्न सिर झुकाये बैठे थे। पराजय और अपमान से आहत। किंकर्त्तव्यविमूढ़। संघ के नगर संचालक महातिम सिंह ने आर्य पराभव के मूल पर टिप्पणी की और फुसफुसाये– "मुसलमानों से भी खतरनाक होते हैं ये सँपोले!

कुछ-न-कुछ जरूर करना पड़ेगा इस बार।'' वे लम्बी साँस खींचकर उठे और शाम के धुँधलके में कहीं खो गये।

ठीक रात के बारह बजे जब लोग महन्त जी के यहाँ से लौटकर पान की दुकान पर खड़े हुए ही थे कि राजपूतों की गुण्डावाहिनी ने हॉकी और लोहे की रॉडों से उन पर हमला कर दिया। इस बात का विशेष ध्यान रखा गया कि ब्राह्मणों के साथ कहीं कोई भूमिहार न पिट जाय। वरना, समीकरण स्थायी होकर दूर तक नुकसान करेगा।

थोड़ी देर बाद गुण्डों की तलाश में पुलिस और पी.ए.सी. का भारी जत्था हॉस्टल में घुसा। उस समय सारी घटना से बेखबर लड़कों की समझ में कुछ नहीं आया। पी.ए.सी. जब छात्रावासों में जाती है तो उसका ध्यान घड़ी, पर्स और रुपये, पैसों पर ज्यादा होता है। लड़कों ने जिन्दाबाद मुर्दाबाद करना शुरू किया। लाठी चार्ज होने लगा। शहर कोतवाल ब्राह्मण था। जिले का सी.जे.एम. भी ब्राह्मण था। और वह भी, जो होना चाहता था किसी गली का शोहदा, किसी नुक्कड़ का गुण्डा या किसी थाने का दारोगा, लेकिन दुर्भाग्य से प्रोफेसर बना, चीफ प्रॉक्टर भी ब्राह्मण था। वह गुस्से से थरथर काँपते हुए पी.ए.सी. वालों को ललकार रहा था। एक जवान के सिर पर पत्थर लगा। उसने दौड़ाकर लड़के को पकड़ा और तिमंजिले पर ले जाकर सीधे उठाया और नीचे फेंक दिया।

महीने भर बाद होनेवाले छात्र संघ के चुनाव में सारा समीकरण बदलने लगा। वामपन्थी प्रत्याशी विजयानन्द शाही मार्क्सवादी लेनिनवादी विचारधारा का सशक्त दावेदार बनकर उभर रहा था। पिता भ्रष्टाचार के मामले में सस्पेण्ड, सिंचाई विभाग में जूनियर इंजीनियर थे। शहर में मकान था। पैसे की चिन्ता नहीं थी। आचार्य चूड़ामणि ने सोचा कि "विचारधाराएँ तो परिवर्तनशील होती हैं। उम्र और परिस्थिति से निर्धारित। मूल सत्य तो जाति है।" आर.एस.एस. की राजपूत और भूमिहार लॉबी ने विद्यार्थी परिषद् के शिवानन्द ओझा के खिलाफ अध्यक्ष पद पर शाही का समर्थन कर दिया। वामपन्थ की शानदार विजय दर्ज हुई। उसी पैनल का दूसरा हरिजन प्रत्याशी मात्र पचासी वोट पाकर वीरान और बेजान पसरी सड़क पर अकेले क्रान्तिवाद जिन्दाबाद चिल्लाता चला जा रहा था। जब थक गया और मुँह से झाग आने लगा तो जगजीवनराम छात्रावास के अपने कमरे में जाकर भूखे पेट सो गया।

उस समय आचार्य चूड़ामणि के रिटायर होने में दो वर्ष और बाकी थे। इसीलिए जब उनको 'माइल्ड हार्ट अटैक' हुआ तो लोगों ने उसकी तरह-तरह से व्याख्या की। किसी ने बताया कि दरअसल, यह हार्ट अटैक महज एक नाटक है। अध्यापक संघ के चुनाव के बाद जिन ब्राह्मण प्रोफेसरों को मारा गया है उसके लिए

कुलपति ने हाईकोर्ट के एक रिटायर जज से जाँच शुरू करा दी है। यह उसी जाँच समिति से बचने का बहाना है।

यह बात सच है या नहीं। लेकिन यह जरूर है कि हफ्ते भर पहले जब इस जाँच समिति की घोषणा की गयी थी तो आचार्य चूड़ामणि की प्रतिक्रिया यही थी कि– "कुलपति ब्राह्मण। हाईकोर्ट का रिटायर जज ब्राह्मण! इसमें जाँच कराने से क्या? एक तरफ फैसला होगा..."

"इसमें होगा क्या गुरुदेव?" पास बैठे एक लड़के ने, जो विश्वविद्यालय में ठेके लेता है, पूछा।

आचार्य चूड़ामणि मुस्कराये-"एक रजिस्टर गन्दा होगा। जज साहब रिटायर हो चुके हैं। दस-बीस बार ए.सी. का किराया और भोजन-पानी का कुछ पैसा मिल जायेगा।" मसनद पर थोड़ा उठँगकर उन्होंने दीवान के नीचे से पीकदान खींचा और कण्ठ तक भर आयी घृणा को पिच्च से थूक दिया।

कुछ लोग इस हार्ट अटैक की व्याख्या बिलकुल दूसरे ढंग से कर रहे थे। उन लोगों का कहना था कि हृदयहीन लोगों को हार्ट अटैक कैसे हो सकता है? हो-न-हो, यह भदैनी की उस हवेली को हारने का दुःख है जिसमें पच्चीस रुपये किराया देकर आचार्य पिछले पैंतीस सालों से रह रहे हैं। उनका अपना मकान, पी.डब्लू.डी. विभाग के बतौर ऑफिस, अठारह हजार रुपये किराया पर उठा है। अब अगर उन्हें अपने मकान में जाना पड़ा तो हर महीने अठारह हजार रुपये का घाटा।

हालाँकि इस बात में भी कुछ दम नहीं है। क्योंकि आचार्य के खिलाफ फैसला सिर्फ निचली अदालत से हुआ है। ऊपर की अदालत ने 'स्टे' दे दिया है। इसके बाद तो हाईकोर्ट है। फिर सुप्रीम कोर्ट। तब तक आचार्य की तीन पीढ़ियाँ इसमें गुजर जायेंगी।

इन सब बातों के अलावा, कुछ लोग जो ज्यादा ही कृतघ्न बुद्धि के होते हैं और बेवजह हर समय हर किसी की दीवाल में छेद करके वहीं चौबीस घण्टे आँख गड़ाये रहते हैं, हर छोटी-बड़ी घटना में जो लोग पुत्रों, बहुओं और बेटियों को खींच लाते हैं, उन सबका कहना था कि 'रिटायरमेण्ट' नजदीक है। बेटा एम.ए. में है। कुलपति पिछले दस सालों से विश्वविद्यालय के रुके इण्टरव्यू को रात-दिन कराने के लिए आमादा हैं। अगर इस समय इण्टरव्यू हो गया तो मेरे श्रवणकुमार का क्या होगा? फिर तो अगले दस साल तक इण्टरव्यू नहीं होगा। दरअसल, यह हार्ट अटैक श्रवणकुमार की चिन्ता से है।

ले-देकर यही बात सत्य के ज्यादा करीब हो सकती थी। क्योंकि अस्पताल के प्राइवेट वार्ड में भर्ती आचार्य को जैसे ही यह बात पता लगी कि विभाग में इण्टरव्यू

की तारीख तय हो गयी है, उन्होंने डॉक्टर के मना करने के बावजूद अपने को पूर्णतया स्वस्थ घोषित किया और रिक्शा पकड़कर सीधे विभाग के लिए चल पड़े।

उस दिन विभाग में अफरा-तफरी मची थी। लोग अनुमान लगा रहे थे कि अभी तो आचार्य चूड़ामणि हार्ट अटैक के मरीज होकर अस्पताल में भर्ती हैं। इसीलिए नम्बर दो के रीडर आचार्य भवेश पाण्डेय जी अध्यक्ष की हैसियत से इण्टरव्यू बोर्ड में बैठेंगे– ''लेकिन वे कैसे बैठ सकते हैं'' किसी ने शंका जाहिर की। ''वे तो खुद ही प्रोफेसर पद के प्रत्याशी हैं, और दूसरे उनकी पुत्रवधू लेक्चररशिप के लिए अप्लिकैण्ट है।'' दूसरे ने प्रतिवाद किया– ''हो सकता है वे रीडरवाले इण्टरव्यू बोर्ड में बैठें।''

विभाग में ज्यादातर नये लेक्चरर जो दिन में दो बजे आते और विभाग से दूसरे की डाक उठाकर चुपचाप चले जाते, वे सारे लोग आज सुबह दस बजे से ही आने शुरू हो गये थे। भवेश पाण्डेय के आसपास जमा ये लोग उनके मफलर और टोपी और सुन्दर स्वास्थ्य के बारे में बातें कर रहे थे। भवेश पाण्डेय उस समय आचार्य चूड़ामणि के हार्ट अटैक, इण्टरव्यू का घोषित होना आदि कई ईश्वरीय चमत्कारों पर अभिभूत गुरु गम्भीर मुद्रा बनाकर खड़े थे। रीडर के प्रत्याशी एक लेक्चरर ने कहा– ''गुरुदेव! आपने एम.ए. में जो कामायनी की व्याख्या पढ़ायी थी वह तो आज तक नहीं भूलती।''

पाण्डेय जी मुस्कराये– ''अरे भाई! मैं तो बीस सालों से उद्धत शतक ही पढ़ा रहा हूँ।''

लोग हँस पड़े।

''पन्द्रह दिन से सूरज नहीं निकला'' पाण्डेय जी ने मौसम पर टिप्पणी की–''डीन सिनहा जी के घर जाना है'' अपने भविष्य से आशंकित वह सड़क की ओर देख रहे थे ''आजकल ठण्ड के मारे रिक्शे भी नहीं निकलते।''

कामर्स विभाग के सामने दो लड़कियाँ रिक्शे से उतर रही थीं- ''हम अभी रिक्शा ला रहे हैं सर!'' चपरासी रामदीन हाथ बाँधे देख रहा है, तीन लेक्चरर रिक्शेवाले को बुलाने के लिए दौड़ पड़े।

ठीक उसी समय क्लर्क शर्मा जी ने चहककर इशारा किया– ''उधर सामने रिक्शा आ रहा है।''

सब लोगों ने देखा, धोती और कुर्ता। कुर्ते पर बन्द गले की कोट। सिर पर फर की टोपी और कन्धे पर कश्मीरी शाल। आचार्य चूड़ामणि रिक्शे पर चले आ रहे थे। अब तक जो लोग पाण्डेय जी को घेरकर खड़े थे उनकी सिट्टी-पिट्टी गुम हो गयी। किसी को बहुत जोर की पेशाब लगी तो किसी को ऊपर विभाग में काम पड़ गया। जो तीन लेक्चरर कॉमर्स विभाग की ओर गये थे, वे रिक्शेवाले को वहीं छोड़कर

कैफेटीरिया में घुस गये। मैदान में अकेले खड़े रह गये भवेश पाण्डेय। बाघ के सामने सहमी नीलगाय। वह रिक्शे पर बैठे आचार्य को देख रहे थे। जैसे कोई कालपुरुष चला आ रहा हो।

"क्या बात है पाण्डेय जी!" चूड़ामणि ने रिक्शे से उतरते हुए पूछा, "आप लोग क्लास छोड़कर यहाँ खड़े हैं?"

"आपका स्वास्थ्य कैसा है सर?" पाण्डेय जी ने पूछा और सफाई दी, "डीन सिनहा जी ने सारे विभागाध्यक्षों की मीटिंग बुला रखी है। वहीं जा रहा था। आप नहीं थे सर, मुझे बहुत चिन्ता थी।"

"सिनहा को और कोई काम नहीं रह गया है। बैठे-बैठे राजनीति छाँटता है। आपको वहाँ नहीं जाना है। जाइये, अपना क्लास लीजिये!" चूड़ामणि जी ने हिकारत से कहा "क्या मवेशीखाना बना रखा है विभाग को।" उन्होंने शर्मा जी को बुलाकर कहा, "वहाँ से लड़कों को हटाइये और कहिये, अपने-अपने क्लास में जायें।"

"और सुनिये, आप डीन ऑफिस चले जाइये। मीटिंग का एजेण्डा ले आइये। और बता दीजियेगा कि यहाँ सबकी व्यस्तताएँ हैं। समय पूछकर मीटिंग रखा करें।"

"सर, सुना है कि इण्टरव्यू होनेवाला है" शर्मा ने बताया, जैसे सुस्वादु भोजन के बीच दाँतों में कोई कंकड़ फँस जाय। सारा जायका खराब। बुरा-सा मुँह बनाकर चूड़ामणि जी ने शर्मा को देखा "कैसा इण्टरव्यू!"

"सर! यहाँ सारे अध्यापक सुबह से ही पाण्डेय जी को घेर रखे हैं। हफ्ते भर से कोई क्लास नहीं। सुना है डीन ने पाण्डेय जी को प्रोफेसर और विभागाध्यक्ष बनाने का आश्वासन दे रखा है।" शर्मा विभाग में आचार्य चूड़ामणि जी का खास आदमी है।

तब तक एक लड़का आया। उसके साथ विश्वविद्यालय छात्र संघ के भूतपूर्व अध्यक्ष और अब आर.एस.एस. के प्रान्तीय संयोजक समर सिंह भी थे। दोनों ने आचार्य का चरण स्पर्श किया। "कहिये, संगठन का काम कैसा चल रहा है?" आचार्य ने पूछा।

"वहाँ तो ठीक है सर! लेकिन आप लोगों ने कम्युनिस्ट, वह भी नक्सलाइट प्रत्याशी को जीत जाने दिया?" समर सिंह ने चिन्ता जाहिर की।

"तो क्या करते! यहाँ बाभन जिता देते? हम बचे रहेंगे तभी विचारधाराएँ रहेंगी।" चूड़ामणि जी ने उनकी बात को कोई तवज्जो न देते हूए पूछा– "कहिये, कोई काम है?"

"सर! इनका पी-एच.डी. में रजिस्ट्रेशन कराना है।" समर सिंह ने साथवाले लड़के की ओर इशारा किया।

"आपने और किसी से बात नहीं की?" आचार्य रजिस्ट्रेशन फार्म को पढ़ रहे थे- विषय, "हिन्दी कवियों का ओषधि ज्ञान।"

"इस विषय का क्या मतलब?" उन्होंने लड़के से पूछा।

"सर, आयुर्वेद विभाग में शोध के लिए 'स्कॉलरशिप' है। आप चाहेंगे तो मिल जायेगी।" लड़का मुस्करा रहा था।

"होशियार लग रहे हो। क्या नाम है?"

"प्रताप सिंह सर!"

"सिंह!" आचार्य ने देखा– छह फुट का शरीर। स्वास्थ्य अच्छा है। मुस्कराये– "कुर्मी तो नहीं हो?"

"नहीं सर! खाँटी बलिया का हूँ।"

आचार्य ने फार्म पर हस्ताक्षर कर दिये।

ऊपर विभागाध्यक्ष का कमरा झाड़-पोंछकर साफ कर दिया गया। आचार्य चूड़ामणि ने उन लोगों को विदा किया और ऊपर जाकर कुर्सी पर बैठे। "सिंहपीठ पर सिंह ही शोभा देता है।" क्लर्क शर्मा जी डाक लेकर आ गये थे और बता रहे थे– "पाण्डेय तो इस पर बैठकर चारों ओर नाचता और लिबिर-लिबिर करता है।"

"शर्मा जी, आपको कुछ पता है इण्टरव्यू की तारीख क्या है?... और सुनिये, पहले दरवाजा बन्द कीजिये।" आचार्य ने आज्ञा दी।

भीतर-ही-भीतर मन्त्रणा हुई। उन्होंने किसी को फोन किया। इण्टरव्यू से दो दिन पहले 'स्टे आर्डर' के लिए आश्वस्त हो गये। शर्मा जी उन्हें मुग्ध नायिका की तरह देखकर मुस्कराये। आचार्य का ठहाका गूँज उठा। बाहर कुछ अध्यापक कान रोपे रेंग रहे थे। कमरे से निकल रहे शर्मा जी को उन्होंने दण्डवत् किया।

"आचार्य की तबीयत कैसी है शर्मा जी?"

कोढ़ में खाज। जाड़े में बारिश। माहौल गरम है। कान और मुँह मफलर से बाँधे प्रेत अपनी-अपनी कब्रों से बाहर निकल आये हैं। सुबोध मिसिर ने महसूस किया कि जिन वामपन्थियों से उनका हुक्का-पानी बन्द था, उनसे भी नमस्कार बन्दगी होने लगी है। फिजाएँ रंग बदल रही हैं। हवाओं में हिन्दी विभाग का इण्टरव्यू गूँज रहा है। सहअस्तित्व और समागम के इस दौर में वे आचार्य तक पहुँचने की मजबूत सीढ़ी बन सकते हैं। वामपन्थी विचारोंवाले रायसाहब के साढ़ू की मौसी के बड़ेवाले दामाद की छोटीवाली बिटिया उसी गाँव में ब्याही गयी है जहाँ डीन सिनहा जी की ननिहाल है। वे उधर से आश्वस्त हैं। लेकिन इस चूड़ामणि का कोई भरोसा नहीं। जाति पहली शर्त है। लेकिन सुबोध मिसिर को तो दत्तक पुत्र की तरह मानता है। अब अपना काम तो प्रयास करना है। वे सुबोध मिसिर को बता रहे थे– "आप ध्यान दे तो पायेंगे कि हमारी भारतीय संस्कृति में वाद-विवाद की लम्बी परम्परा रही है। आचार्यों का अपने शिष्यों तक से वाद-विवाद होता रहा है। गार्गी और याज्ञवल्क्य की परम्परावाले इस देश ने विरोधी विचारों को व्यक्तिगत हित-अहित, लाभ-हानि, जीवन-मरण से ऊपर उठकर सम्मान दिया है। अब देखिये तो एक तरह से यह पूरा

विभाग आचार्य जी का ही पाला-पोसा हुआ है। उनके सोचने का अपना ढंग है। और मैं तो कहता हूँ कि उसकी एक बहुत लम्बी और समृद्ध परम्परा रही है। जहाँ तक उनके निजी व्यक्तित्व का प्रश्न है तो मैं तो हमेशा से कहता रहा हूँ...'' इस इण्टरव्यू में राय साहब का भतीजा लेक्चरर और वे खुद रीडर पद के प्रत्याशी हैं। ''अच्छा तो मैं चल रहा हूँ'' उन्होंने सुबोध मिसिर से कहा– ''आप उनके खास और योग्य विद्यार्थी हैं। अरे भाई, अब तक आपको अपनी थीसिस पूरी कर लेनी चाहिए थी। खैर, अभी तो जो लोग रीडर हो जायेंगे, उनकी और कई जगहें खाली होंगी। आप गुरुदेव को मेरा प्रणाम कह दीजियेगा।''

नीचीबाग के चौधरी प्रकाशन से चले आ रहे उपाध्याय जी ने अपनी खटारा साइकिल पर पैडिल मारते हुए सोचा कि यह तो रिक्शे से भी भारी चल रही है। विभाग तक पहुँचने में पसीने-पसीने हो रहे थे। साँस दमा के मरीज की तरह चल रही है। जाते हुए राय साहब को देखकर उन्होंने भद्दी-सी गाली दी और सुबोध मिसिर के पास रुककर बोले– ''एक तो भुइंहार, दूसरे जनवादी। का कह रहा था हो सुबोध? अभी कल तक तो चूड़ामणि जी को गाली देता था। क्लास में लड़कों से कहता था कि उपन्यास के विकास में प्रेमचन्द और यशपाल के साथ गुलशन नन्दा और रानू का नाम लिख रहा है। भुइंहारी छाँटता है। ससुर कुछ तुम भी तो लिखो! कि बस मुक्तिबोध का गू चाटते रहोगे।'' उन्होंने घृणा से थूका और मतलब की बात करने लगे– "सन्त साहित्य का सामाजिक योगदान" मेरी पुस्तक परसों तक छपकर आ जायेगी। और कातर हँसी हँसते हुए बताने लगे– ''सारा पैसा मकान बनवाने में लग गया था। बहू का मंगलसूत्र पाँच हजार में बेचकर यह किताब छपवा रहा हूँ। चिन्ता के मारे नींद नहीं आती। तीन रात जागकर सोचता रहा। आज जाकर फाइनल किया। मैंने यह पुस्तक आचार्य जी की पत्नी को समर्पित कर दिया है। आगे भगवान की मर्जी। प्रकाशक साले तो लूट रहे हैं। कागज और छपाई का सारा पैसा देना पड़ा है।''

शान्तिकाल के बीस वर्षों में इस विभाग से सिर्फ तीन पुस्तकों का प्रकाशन हुआ था। इण्टरव्यू घोषित होने के बाद से पैंतालीसवीं पुस्तक की सूचना थी। जनार्दन प्रसाद ने अपने कई शेयर जल्दी-जल्दी बेचे। एन.एस.सी. की रकम भुनायी। वे प्रोफेसर पद के प्रत्याशी हैं। ऐसा सुना जाता है कि उनके मकान के भीतर एक बहुत बड़ा हाल है। जहाँ अकसर उनके स्टूडेण्ट्स दूसरे विश्वविद्यालयों से आयी कापियाँ जाँचते रहते हैं, वहीं बैठकर आजकल पाँच विद्यार्थी रात-दिन पुस्तकें तैयार कर रहे हैं। पुस्तकालय की किताबों के पन्ने नोच-नोचकर भारतीय काव्यशास्त्र, समकालीन साहित्य की भूमिका, रीतिकाल का कलात्मक योगदान, आदि आदि ग्रन्थ तैयार किये जा रहे हैं।

कबीरपन्थी गुह्यसाधना और उलटवाँसी के मर्मज्ञ रीडर आचार्य महादेव मुनि ने देखा कि पशु चिकित्सालय के गर्भाधान केन्द्र पर भीड़ लगी है। बनियान और तहमत लपेटे एक हट्टा-कट्टा आदमी गाय के नवजात बछड़े का कान पकड़े, पुचकारता चला जा रहा है। उन्होंने आँखों पर जोर लगाकर देखा— लग रहा है रमकरना है। दोनों में ननद और भौजाई का रिश्ता। उन्होंने पुकार लगायी— "पड़वे के साथ कहाँ जा रहे हो?"

सुबह-सुबह बहिर बकलोल ने टोका। कैसे बीतेगा पूरा दिन? उन्होंने जवाब दिया— "कान तो पहले ही गायब था। अन्धे भी हो गये क्या? ससुर बछड़े को पड़वा बोल रहे हो?"

"मैं तुमसे नहीं, बछड़े से पूछ रहा हूँ" कबीरपन्थी आचार्य ने रामकरन से कहा।

दोनों एक-दूसरे के करीब आये। अविश्वास और घृणा एक-दूसरे के कान में मुँह सटाकर फुसफुसाती रही, "अरे भाई, डीन तुम्हारी बिरादरी का है। कहना, एक्सपर्ट को साधे रहें। वरना यह चूड़ामणि टिकने न देगा।

दोनों ने एक-दूसरे को भरपूर तोला। अन्दाजा। सुना और सूँघा। फिर अलग-अलग दिशाओं में थोड़ी दूर आगे जाकर गुम हो गये। चारों ओर प्रेम और घृणा, संशय और अविश्वास की मनोरम छटा फैल रही थी।

लेक्चरर जैन साहब! रिटायर होने में सिर्फ छह महीने बाकी हैं। इस बार भी कोई उम्मीद दिखायी नहीं दे रही है। चेहरे पर माँछी भिनक रही है। निरीह आँखों से हिन्दी विभाग को देखते हुए उन्होंने आह भरी— "कैसा जमाना आ गया। विश्वविद्यालय में प्रोफेसर रह ही नहीं गये। सब जगह सिर्फ ठाकुर, भूमिहार, ब्राह्मण और लाला हैं।"

"कैसा ठाकुर, ब्राह्मण, गुरुदेव! सुबोध मिसिर ने कहा— "मैं तो पाँच साल से यहाँ लोगों को देख रहा हूँ। और मैं जब भी देखता हूँ, हर बार मुझे अपने गाँव का देसराज नाई याद आने लगता है।"

सुबोध मिसिर पान की दुकान पर खड़े होकर खैनी मल रहे थे। तभी उन्हें कुछ शोर और पकड़ो-पकड़ो की आवाज सुनायी पड़ी। हिन्दी विभाग के सामने प्राध्यापकों और छात्रों की भीड़ थी। लग रहा है कोई साइकिल चोर पकड़ा गया है- और ठीक उसी समय उन्होंने देखा कि भीड़ के बीच से गुरुदेव शिवपाल मिश्र भागे जा रहे हैं। पीछे एक हट्टा-कट्टा दारोगा उन्हें दौड़ा रहा है— "पकड़ो! पकड़ो!!" गुरुदेव के पैर में जूता भी नहीं है। कोट के सारे बटन नुच गये हैं। बाँह फटकर झूल रही है। वे सरपट भागे जा रहे हैं। विश्वविद्यालय का विशाल फाटक उन्होंने एक लम्बी छलाँग से पार किया और शहर की भीड़ में, जहाँ सिनेमा के टिकट ब्लैक

हो रहे थे, और जहाँ पायल और घुँघरू के उदास अफसाने लाटरी के टिकट बेच रहे थे, जाकर खो गये।

"भाग गया हरामी का पिल्ला" दारोगा हाथ में डण्डा लिये पान की दुकान की ओर आ रहा था।

"क्या इन्होंने किसी लड़की के साथ कुछ किया है?" एक जिज्ञासु भीड़ दारोगा के आसपास घिरने लगी थी।

"प्राध्यापक लोग तो यह सब करते ही रहते हैं। मुझे इन सब बातों के लिए फुर्सत नहीं।" दारोगा हाँफ रहा था।

"फिर क्या हुआ?" किसी ने पूछा।

"कानपुर स्टेशन पर गिरहकटी करता था। किसी की मार्कसीटें और डिग्रियाँ हाथ लग गयीं। सत्रह साल से उन्हीं के भरोसे यहाँ नौकरी कर रहा है। हद है भाई! विश्वविद्यालय है कि चण्डूखाना! रण्डियाँ भी ग्राहक का मुँह सूँघकर सौदा करती हैं।" दारोगा छात्रों और प्राध्यापकों को हिकारत से देख रहा था, "कैसे यहाँ पढ़नेवाले हैं। और 'कुलिग्स' लोग क्या भूसा खाते हैं?"

"उसके अण्डर में शोध कर चुके पचासों छात्रों का क्या होगा? वे तो दूसरे विश्वविद्यालयों में नौकरी कर रहे हैं।" किसी ने उत्सुकता प्रकट की।

"अब इस बात में कोई मजा नहीं।" भीड़ दारोगा के आसपास से छँटने लगी।

"लीजिये, अब इसी बात पर पान खाइये!" दुकानदार ने पान का गोल बीड़ा थमाते हुए शर्मा जी को बधाई दी। "मिश्र मैदान से बाहर हो गया। अब आपका रीडर बनना कोई नहीं रोक सकता।"

शर्मा का साढ़ू 'विजिलेन्स' में नौकरी करता है। लग रहा है मामले को उभारने में इसी का हाथ है। लोगों ने कानाफूसी शुरू की– "अपने स्वार्थ के लिए लोग किस हद तक जा सकते हैं! यहाँ किसी पर भरोसा नहीं।" त्रिपाठी जी ने टिप्पणी की, "अभी कल तक ये दोनों गलबँहियाँ डाले पूरे विभाग को गाली देते थे।"

तेरह दिन हो गये। सूरज नहीं निकला। शाम होते ही सारा शहर घने कोहरे की सफेद चादर ओढ़कर उकड़ूँ पड़ा सो जाता। लम्बी और सुनसान रात। कौन रो रहा है? शायद कोई किशोर विधवा है! लेकिन इतनी मर्मान्तक वेदना! जरूर कोई वृद्ध विधुर होगा। स्ट्रीट लाइटों के मद्धिम प्रकाश में कम्बल ओढ़े कोई छायाकृति चली जा रही है। किसी स्कूटर की सरसराहट पास आती और फिर दूसरे छोर के अँधेरे में जाकर विलीन हो जाती। अपने रिटायरमेण्ट से ऊबे वृद्ध और जर्जर प्रोफेसरों की भी पूछ बढ़ गयी है। रात दो-दो बजे तक सन्धियों, समझौतों और षड्यन्त्रों का दौर जारी है। मिठाइयों का भाव बढ़ गया है। ऐसे प्रचण्ड सन्नाटे में भी दुकानें खुली हैं। जिन्होंने अपने बच्चों को टॉफी की जगह भेली और गुड़ खिलाकर पाला-पोसा था,

वे भी इकट्ठे तीन-तीन, चार-चार किलो के अलग-अलग पैकेट बँधवा रहे हैं। "जल्दी करना भाई, सड़क पर स्कूटर स्टार्ट खड़ा है।" मुनिन्दर राय ने दुकानदार से कहा।

उनके चले जाने के बाद एक आदमी ने दुकानदार से पूछा, "बहुत बड़े आदमी हैं क्या?"

दुकानदार मुस्कराया, "आजकल विश्वविद्यालय में इण्टरव्यू चल रहा है। बिक्री बढ़ गयी है।"

सृष्टि में सत्य इतना मनोहारी, रंग-बिरंगा और मौजूँ कभी नहीं रहा होगा। सुबोध मिसिर आजकल पुस्तकालय नहीं जाते। सुबह से उठकर दिन भर सत्य की तलाश में घूमा करते हैं। वह उन्हें चौराहों, नुक्कड़ों, चाय और पान की दुकानों पर, हिन्दी विभाग में जगह-जगह दिखायी देता रहता।

ये प्रोफेसर लोग खाते क्या हैं? आज यही जानने के लिए वे मचल पड़े। वह जानना चाहते थे कि आखिर कौन-सा अन्न है जिसने इनकी वासनाओं को प्रचण्ड और जननेन्द्रियों को निष्क्रिय कर दिया है? वह पूरे दिन भूखे-प्यासे टहलते रहे। शायद इस रहस्य को पार पाना मेरे लिये दुर्लभ है। यह सोचते हुए थककर वह नुक्कड़वाली दुकान पर चाय पीने चले गये। तभी अचानक उन्होंने देखा कि मुख्य सड़क की नजर से दूर जो चोरगलियाँ हैं उनमें कुछ लोग सिर पर बोझा लादे दबे-पिचके कतारबद्ध चुपचाप चले जा रहे हैं। वे चौंक पड़े। बहुत पहले 'टाम काका की कुटिया' (निरीह गुलामों के करुण जीवन का चित्र उभारनेवाला विश्व प्रसिद्ध उपन्यास) में इनकी शक्लें दिखायी दी थीं। लेकिन इनके चेहरे तो परिचित हैं। ये अपने ही विश्वविद्यालय के शोध छात्र हैं। विज्ञान और मानविकी की विभिन्न शाखाओं-प्रशाखाओं के शोधक। हॉस्टलों में रहते हैं। अपने गाँव जवार के होनहार। घर के दुलरुवा। जब ये यहाँ पढ़ने आते हैं तो इनके बाप अटैची और अचार सिर पर लादकर इन्हें स्टेशन तक छोड़ने आते हैं। खेत गिरवी रखकर इनके सुख-सुविधाओं को पाला-पोसा जाता है। आखिर इस तरह ये लोग कहाँ जा रहे हैं? सुबोध मिसिर ने सोचा। लड़खड़ाकर गिर पड़े एक लड़के को उन्होंने दौड़कर पकड़ा। सहारा देकर उठाया और पूछा, "इस बोरे में क्या है भाई? कहीं तुम तस्करी तो नहीं करने लगे?"

लड़के ने कहा, "गुरुदेव की भैंस ब्यायी है। उसी के लिए पुराना गुड़ और चोकर ले जा रहा हूँ।"

"और तुम?" उन्होंने दूसरे से पूछा।

"पहड़िया सट्टी से कुम्हड़ा और लौकी खरीदकर ले जा रहा हूँ। गुरु जी ने कहा है कि वहाँ सस्ती और ताजी सब्जियाँ मिलती हैं।"

तीसरे ने बिना रुके बताया कि, "गुरु जी का मकान बन रहा है। उसी के लिए सीमेण्ट है।" बोझ से पिचके सिर का सारा रक्त चेहरे पर उतर आया था।

आँखें बाहर लटक आयी थीं। वे उसी तरह सिर झुकाये चुपचाप आगे बढ़ गये। सुबोध मिसिर की आँखें डबडबा गयीं। वह खूब जोर से हँस पड़े।

इण्टरव्यू में दो दिन रह गया है, सब साँस रोके प्रतीक्षा कर रहे हैं। उधर कोने में झाड़ी की आड़ लेकर गेस्टहाउस का चपरासी वामपन्थी राय-साहब से फुसफुसा रहा है, "तीन कमरे बुक हैं। कोई गुजरात से मिसिर जी हैं और राजस्थान के उपाध्याय जी। एक पंजाब के, पता नहीं कैसी 'टाइटिल' है। जाति पता नहीं चल रही है।"

राय साहब ने अनुमान लगाया और सिर हिलाते हुए एकालाप की मुद्रा में बुदबुदाने लगे– "वाम, वाम, वाम दिशा, समय साम्यवादी।"

"तब तो आपके लिए शुभ है।" चपरासी ने दिलासा दिया।

"खाक शुभ है! मूल सत्य तो दूसरा है।" वे चिन्ता में आरपार हो रहे थे। वह एक और मन रहा राम का जो न थका। कुछ बुदबुदाहट उभरी– "कहती थी माता मुझे सदा राजीव नयन।" चाहे जो भी हो, यू.पी. कॉलेजवाले मास्टर साहब मुझे वामपन्थी मानते हैं। जाति भेद से परे। आज के युग में ऐसा आदमी मिलना मुश्किल है। बहुत दिनों से एकान्तवास कर रहे हैं। हालचाल लेना चाहिए। "अच्छा तो भाई, बहुत-बहुत धन्यवाद।" उन्होंने चपरासी से कहा और स्कूटर की किक मारी– फुर्ऽऽ।

इधर आचार्य चूड़ामणि धोती, कुर्ता और बन्द गले की कोट पर शाल डाले चले आ रहे हैं। पान की दुकान, सड़क पर यहाँ-वहाँ धूप के छोटे-छोटे टुकड़ों में बँटे समस्त प्राध्यापकगण हिन्दी विभाग के सामने आकर दण्डवत् मुद्रा में विनत भाव से झुक गये। भय और आशंका से भरे स्वयंवर के समस्त राजागण। आचार्य चूड़ामणि के कृपाकांक्षी। कौन कहता है कि चर्च और पोप का युग खत्म हो गया है!

सब वामपन्थियों का फितूर है। कम्युनिस्टों के देश में तो व्यक्तिगत स्वतन्त्रता होती ही नहीं। आखिर में दासवृत्ति का पालन भी तो हमारी व्यक्तिगत स्वतन्त्रता है।

आचार्य ने देखा, भविष्य की पौध लहलहा रही है। श्री विकास पाण्डेय, उपाध्याय, डॉ. त्रिपाठी, जनार्दन प्रसाद, रीडर महादेवमुनि और रामकरन राय, सब-के सब उपस्थित हैं। कुछ परभृता सुनयना सुकुमारियाँ भी। श्रद्धा और समर्पण का महोत्सव। उनके होंठों पर रहस्यमयी मुस्कान तैर रही थी। "कितने पैसे हुए जी?" उतरते हुए उन्होंने रिक्शेवाले से पूछा।

"साहब, जो मर्जी हो दे दीजिये" ठण्ड से काँप रहे उस बूढ़े ने चिथड़े कम्बल को लपेटते हुए कहा।

"सर, मेरे पास चेञ्ज है।" वर्षों से लइया और भुने चने का स्वल्पाहार करनेवाले मुनिन्दर राय रिक्शे की ओर बढ़े।

"नहीं, नहीं! यह गलत बात है।" आचार्य ने उन्हें सख्ती से रोका और पचास पैसे का एक सिक्का रिक्शेवाले को दे दिया।

"साहब, पाँच रुपये होता है।" रिक्शावाला गिड़गिड़ाया, "किसी से पूछ लीजिये।"

आश्चर्य में डूबा समवेत स्वर, "पाँच रुपये!! लूटते हैं साले! भाग भोंसड़ी के, दिखायी न देना!!" भोंऽऽ भोंऽऽ हुवांऽ हुवांऽऽ

रिक्शावाला गिरते-पड़ते भागा।

आचार्य सामने पत्थर के बेञ्च पर खड़े हो गये। "मैं आप लोगों से कुछ कहना चाहता हूँ।" उन्होंने सामने झुके सिरों को सम्बोधित किया, "लेकिन, अगर आप लोगों को मुझ पर भरोसा हो तो..."

दो दिन बाद इण्टरव्यू है। किसमें इतनी जुर्रत। फिर वही समवेत स्वर, "हमें आपके न्यायबोध पर पूरा भरोसा है आचार्य।"

दो मिनट तक सन्नाटा रहा। विभाग के हेड क्लर्क शर्मा जी ने बैग से कागज का एक टुकड़ा निकालकर उन्हें थमाया। चपरासी रामदीन अध्यापकों के पीछे खड़ा हो गया।

वहाँ 'जनगण मन' हो रहा है क्या भाई! सड़क पर घूम रहे लड़के भी आकर खड़े हो गये।

"आप तो साक्षात् न्यायमूर्ति हैं सर!" फिर वही समवेत स्वर गूँजा।

"तो आप लोग सुनें! मुझे इस बात की बहुत शिकायत है कि यहाँ कोई क्लास नहीं लेता। दूसरी बात यह कि, आप लोग पेट्रोल और मिठाइयों पर बहुत ज्यादा पैसा फूँकते हैं। थोड़ा मितव्ययिता से काम लें, लेकिन, साथ ही मुझे इस बात की बहुत खुशी है कि इधर मेरे विभाग ने समूचे हिन्दी-जगत् से ज्यादा पुस्तकें लिखी हैं। लोगों में पढ़ने-लिखने की रुचि बढ़ रही है। यह अच्छी बात है। बस यही कामना है कि आप लोग बनारस और इलाहाबाद के प्रकाशकों से थोड़ा ऊपर उठें। स्तर बढ़ायें। और हाँ। इलाहाबाद के ही सन्दर्भ में एक जरूरी बात याद आ गयी। यह देखिये..." उनके हाथ में कागज का एक टुकड़ा लहरा रहा था, "यह इलाहाबाद हाईकोर्ट का 'स्टे आर्डर' है। इण्टरव्यू स्थगित किया जा रहा है।" और वे जल्दी से सीढ़ियाँ चढ़ते हुए ऊपर अपने कमरे में चले गये।

"अरे यह क्या हो रहा है! उपाध्याय जी के मुँह से झाग क्यों निकल रहा है? आँखें उलट गयीं। देह काँप रही है। मिर्गी का दौरा है! जूता सुँघावो!!" चारों ओर खलबली मच गयी। जनार्दन प्रसाद ने मन्दी के दिनों में शेयर बेचकर किताबें छपायी थीं। सत्यानाश! गुड़ गोबर!! "पकड़ो साले को! भागने न पाये!" ललकारते हुए रामकरन राय आचार्य चूड़ामणि के पीछे-पीछे लपके।

जम्मू, चण्डीगढ़, दिल्ली और लखनऊ। चार-चार विश्वविद्यालयों से आयी थीसिसों की मौखिकी लेना है। हवाई यात्रा का टिकट पहले से बुक है। चूड़ामणि जी ने पन्द्रह दिन की ड्यूटी लीव ली। टैक्सी पकड़कर सीधे बाबतपुर पहुँच गये।

इसी बीच आचार्य के इकलौते श्रवणकुमार के एम.ए. अन्तिम वर्ष का रिजल्ट आया। पिछले सारे आचार्य पुत्रों का रिकार्ड ध्वस्त करता हुआ वह अस्सी प्रतिशत अंक पाया। अध्यापक संघ की आपात् बैठक में जनार्दन प्रसाद राँड़ औरतों की तरह विलाप कर रहे थे– "यह आदमी शुरू से ही अध्यापक विरोधी रहा है। अब उसके लड़के का अस्सी प्रतिशत अंक!" अध्यापक संघ के तीनों प्रत्याशी ब्राह्मण हैं। "अगर फिर भी आप लोग कुछ नहीं करेंगे तो मैं आमरण अनशन पर बैठूँगा।"

"हम करना तो बहुत-कुछ चाहते हैं" अध्यक्ष महोदय चिन्तित और असमंजस में हैं– "लेकिन इसमें क्या किया जा सकता है? मामला कोर्ट का है।"

"क्यों नहीं कर सकते! हिन्दी में कहीं अस्सी प्रतिशत अंक आते हैं?" रामकरन राय चीख रहे थे– "इसी अपने पुत्र के लिए इस आदमी ने बारह साल से ये जगहें रोक रखी है। लड़का तीन साल इण्टर में फेल हुआ।"

अध्यापक संघ के अध्यक्ष मिश्र जी की बहू इसी साल इतिहास में पचासी प्रतिशत अंक पा चुकी हैं। उन्होंने सभा के सामने हाथ जोड़कर अनुरोध किया– "हम लोगों को शोभा नहीं देता कि आपस के झगड़े में बहू-बेटियों या पुत्रों को घसीटें।"

कुलपति ने डीन सिनहा जी को बुलाकर पूछा कि अचानक यह सब कैसे हो गया?

"मैं कुछ नहीं कर सकता सर!" डीन ने असमर्थता प्रकट की, "यह आदमी बहुत जालिया है।"

"अच्छा आप ऐसा करें कि उनके आते ही मेरे साथ मीटिंग रखें। मैं नोटिस टाइप करा दे रहा हूँ। लड़कों का प्रतिनिधि-मण्डल रोज-रोज ज्ञापन दे रहा है। जिन्दाबाद, मुर्दाबाद हो रहा है। कोर्ट के मामले में तो कुछ नहीं हो सकता, लेकिन यह अस्सी प्रतिशतवाली बात पूछकर आप कार्रवाई करें।" वी.सी. न्यायप्रिय छविवाले सख्त व्यक्ति हैं।

हवाई यात्रा की थकान थी। फिर भी कुलपति का पत्र पाते ही आचार्य उनसे मिलने गये। डीन सिनहा जी वहाँ पहले से मौजूद थे। थोड़ी देर तक फाइलों को पलटते रहने के बाद वी.सी. ने औपचारिक शुरुआत की, "आपकी यात्रा कैसी रही आचार्य जी?"

"ठीक थी सर!" आचार्य चूड़ामणि दाँत खोद रहे थे– "दिल्ली गया था। सोचा यू.जी.सी. भी हो लूँ। आपके 'एक्सटेन्शन' की बात चल रही थी सर!"

"हाँ भाई, दिल्ली के मारे तो मैं भी बहुत परेशान हूँ। यहाँ के एम.पी. त्रिपाठी जी ने संसद् में क्या तो प्रश्न पूछा है कि आपके लड़के को हिन्दी में अस्सी प्रतिशत अंक मिले हैं। सब लोग जाँच कराने की बात कर रहे हैं। यहाँ लड़के भी रोज जुलूस लेकर आते रहते हैं।" वाइस चान्सलर ने सीधे-सीधे बात शुरू की।

चूड़ामणि जी मुस्कराये, "धरना-प्रदर्शन ही तो हमारा जनतन्त्र है सर!"

"अस्सी प्रतिशत अंक हिन्दी में!" डीन सिनहा जी ने सख्त एतराज जताया– "सुना है, वह प्रीवीयस में सेकेण्ड डिवीजन पास था।" उन्होंने वी.सी. से मुखातिब होकर कहा– "सर! एम.पी. त्रिपाठी जी ने लोकसभा में कहा है कि रामचन्द्र शुक्ल को भी इतने नम्बर नहीं मिले थे। पूरे देश में विश्वविद्यालय की छीछालेदर हो रही है सर!"

वी.सी. तक तो सत्य है! यह डीन बहुत गटर-पटर बोल रहा है– आचार्य ने सोचा और मुस्कराये, "देखिये सिनहा जी, आप भूमिहार हैं..."

उनका वाक्य पूरा होने से पहले ही डीन उछल पड़ा, "आप यहाँ जाति-बिरादरी की बात क्यों उठा रहे हैं?"

"आप पहले शान्त होकर मेरी पूरी बात सुनें! और चीखना-चिल्लाना मुझे भी आता है" गुस्से में चूड़ामणि जी के दोनों नथने मरकहे बैल की तरह फड़कने लगते- हुः हुः। "क्योंकि यह मूल सत्य है कि आप भूमिहार हैं। इस धरने-प्रदर्शन में आधे लड़के भूमिहार, आधे ब्राह्मण और दो-चार कम्युनिस्ट हैं। मुझे अच्छी तरह मालूम है कि ये लड़के धरने से पहले और उसके बाद आपके घर क्या करने जाते हैं! रही बात त्रिपाठी एम.पी की, तो वह निरा बेवकूफ है। हिन्दी की इतनी पवित्र संस्था का नाश उन्हीं दोनों भाइयों ने किया है। उस गधे को यह भी नहीं मालूम कि आचार्य शुक्ल इण्टर फेल थे। उनका एम.ए. में अस्सी प्रतिशत अंक कैसे आयेगा?"

यह आदमी तो एकदम बेलगाम है, वी.सी ने सोचा– इस पर कार्रवाई करनी जरूरी है। और बोला– "आप विश्वविद्यालय में जातिवाद की राजनीति करते हैं। सुना है, अध्यापकों पर हुए हमले में भी आपका हाथ है" वी.सी. का लहजा बेहद तल्ख और सख्त था।

आचार्य के सामने आज तक किसी ने इस अन्दाज में बात करने की जुर्रत नहीं की थी। वह कुछ क्षण तक शान्त होकर कुलपति के चेहरे की ओर देखते रहे और फिर मुस्कराते हुए ठण्डे स्वर में बोले, "आपने और क्या-क्या सुना है मेरे बारे में? लोग तो बहुत-कुछ कहते हैं। आपके पहले भी एक कुलपति थे। जूते की माला पहनकर गये थे यहाँ से। लोग चुगलखोर हैं। कहते हैं, कि वह सब मैंने ही किया-कराया था। जबकि बात बस इतनी थी कि प्राचीन वाङ्मय, वैदिक साहित्य और भारतीय संस्कृति के बारे में मेरी आस्थाएँ उनसे मेल नहीं खाती थीं।"

कुलपति ने देखा, अनेक किंवदन्तियों और क्षेपक कथाओं से मिथक बन चुके महानायक आचार्य चूड़ामणि मुस्करा रहे थे, भय से उसका चेहरा पीला पड़ गया। आचार्य को दया आ गयी, बोले, "वी.सी. साहब, मैं आपका बहुत आदर करता हूँ। बावजूद इसके कि मैं हिन्दी विभाग का अध्यक्ष हूँ। 'डीन ऑफ स्टूडेण्ट्स' भी हूँ।

और आपने बिना मुझे विश्वास में लिये हिन्दी विभाग का इण्टरव्यू 'फिक्स' कर दिया था। मैं जानता हूँ कि आप अत्यन्त शालीन, मितभाषी और न्यायप्रिय व्यक्ति हैं। और यह भी जानता हूँ कि मानव संसाधन मन्त्रालय का मुख्य सचिव आपका साढ़ू है। लेकिन क्या बात है कि यहाँ इस बनारस विश्वविद्यालय में आज तक कोई राजपूत वी.सी. नहीं हो सका है। मैं जातिवाद को देश के लिए कैन्सर से कम घातक नहीं मानता। आप चाहें तो जाँच आयोग बैठा दें। लेकिन किसी परीक्षक की जाँची कापी को कोई न्यायाधीश कैसे जाँच सकता है? जनतन्त्र में अलग अलग संस्थाओं की अपनी स्वायत्तता, हैसियत और गरिमा होती है। आपको कोई ऐसा काम नहीं करना चाहिए कि यह पवित्रता नष्ट हो। किसी को यह कहने का अवसर मिले कि आप ब्राह्मण और भूमिहार लॉबी के दबाव में हैं। आगे आपकी जैसी मर्जी।" कहकर आचार्य चूड़ामणि अचानक उठे और वी.सी. लॉज से बाहर निकल गये।

बाहर चारों ओर रेलमपेल था। धरना, प्रदर्शन और अनशन करने की धमकी। उस दिन दोपहर को जब सुबोध मिसिर कैफेटीरिया से चावल और कुम्हड़े की तरकारी खाकर चले जा रहे थे, उन्होंने देखा कि कृषि विज्ञान संकायवाले चौराहे पर एक लड़का फटा कुर्ता, पाजामा और हवाई चप्पल पहने उजबक की तरह चारों तरफ देख रहा है। विशालकाय इमारतों और एक-दूसरे को काटती आगे चली जा रही चिकनी, चौड़ी सड़कें। सड़कों के ऊपर झुक आये आम, अमलताश, शीशम और सागौन के पेड़ों की घनी छाँव में शायद वह रास्ता भूल गया है। सामने से अध्यापक संघ का विशाल जुलूस चला आ रहा था। वे लोग पता नहीं किस बात पर बेहद उग्र और उत्तेजित थे। लड़का दोनों हाथ उठाकर उन्हें रोकना चाहता है। जब वे लोग नहीं रुकते तो वह दोनों हाथ जोड़कर गिड़गिड़ाने लगता है, "गुरुजनों, बस इतना ही याद है कि मैं बारह साल पहले यहाँ आया था। मैं कहाँ का रहनेवाला हूँ? मुझे अपने गाँव का नाम और बाप की शक्ल भूल चुकी है। मैं भूखा हूँ। कई दिनों से मुझे अन्न का एक दाना भी नहीं मिला है। यह देखिये...उसने कुर्ता उठाया और अपना पेट दिखाने लगा। वहाँ कागज के कुछ मैले-कुचौले टुकड़े बँधे थे– ये मेरी मार्कसीटें हैं। चरित्र प्रमाण-पत्र है। मैं भूखा हूँ और अपने गाँव जाना चाहता हूँ गुरुजनो, मुझे मेरे गाँव का रास्ता बता दीजिये। वहाँ मेरी माँ खाना बनाकर खोज रही है।" वह चीख रहा था। भीड़ उसे कुचलते हुए आगे बढ़ गयी। किसी ने उसका कुर्ता नोच लिया– यह घर में पोंछा लगाने के काम आयेगा।

चौराहे के दूसरी ओर से छात्र संघ का जुलूस चला आ रहा था। वह लड़का सड़क के बगल के नाले में गिर पड़ा था। अचानक उसे फिर कुछ आवाज सुनायी पड़ी तो दौड़कर आया और सड़क पर दुबारा खड़ा हो गया। कुर्ता गायब था। चप्पल का फीता टूटकर कहीं छिटक गया था। लेकिन वह दोनों हाथों से अपने पेट पर बँधे

कागजों को कसकर पकड़े था। "भाइयो रुकिये।" वह फिर चीखने लगा– "मुझे मेरे घर का पता बता दीजिये। वहाँ जाड़े की गुनगुनी धूप में दीवार के सहारे बैठी मेरी पत्नी नये धान का चावल पछोरती थी। मेरे बाप ने बचपन में ही मेरी शादी कर दी थी। अब मेरा बेटा बड़ा हो गया है और मुझे बुला रहा है। मैं उसे देखना चाहता हूँ।" जुलूस में लड़के अपनी ही धुन में नारे लगाते, बहुत गुस्से में न जाने किसे, शायद खुद को ही गालियाँ देते उसे लँगड़ी मारकर आगे बढ़ गये।

सुबोध मिसिर ने लड़के को देखा। उन्हें लगा कि यह कोई स्वप्न है। जैसे स्वप्न में कोई अपने को अपने से थोड़ा दूर खड़ा होकर देखता है ठीक उसी तरह। उन्हें दया आयी। वे उसे पकड़कर कुछ पूछना और बातें करना चाहते थे। उन्हें अपनी ओर आता देखकर वह लड़का बहुत तेज भागा और जाकर विश्वविद्यालय के सबसे ऊँचे गुम्बद पर चढ़ गया।

सुबोध मिसिर ने देखा, गुम्बद के ऊपर जो त्रिशूल चमक रहा है उसी पर मजे में बैठा वह लड़का वानर की तरह उछल-कूद कर रहा है। सूरज तप रहा था। सुबोध मिसिर ने जोर से पूछा, "तुम क्या चाहते हो भाई? मैं तुम्हें तुम्हारे गाँव पहुँचा दूँगा। मुझे तुम्हारे घर का पता मालूम है।"

लड़के ने कहा, "लेकिन अब वहाँ मुझे कोई नहीं पहचानता। क्योंकि मैं भी किसी को नहीं पहचान पाता। वहाँ जाकर मैं क्या करूँगा?"

"तो फिर तुग क्या चाहते हो?" सुबोध ने पूछा।

"बताऊँ?" लड़का बहुत जोर से हँसा। "मैं ताजमहल में अपनी प्रेमिका के साथ एक पूरी रात हनीमून मनाना चाहता हूँ। पता नहीं कहाँ चली गयी मेरी प्रेमिका? क्या तुम मुझे मेरी प्रेमिका से मिला दोगे? क्या तुमने अभी तक ताजमहल भी नहीं देखा है?...अच्छा तो सुनो! मैं अपने बेटे के साथ नादिरशाह के सामने खूब जोर से हँसना चाहता हूँ। मेरे बेटे का कैरमबोर्ड नादिरशाह चुरा ले गया। अच्छा तुम गाँधी जी को बुला दो। वे उसे अपने खड़ाऊँ से मारेंगे।"

सुबोध मिसिर किंकर्त्तव्यविमूढ़ उसे देख रहे थे।

"खैर तुम जाओ!" उसने वहीं से चिल्लाकर कहा, "मैं अब यहीं रहूँगा। इसी त्रिशूल पर। मुझे यह ऊँचाई अच्छी लग रही है।"

एक दिन लोगों ने देखा कि एक बहुत बड़े राजा ने उसी आदमखोर मिसाइल के गले में विजयहार पहना दिया, जिसे वहाँ के वाशिन्दों ने बर्फीली हवाओं में भूखे-प्यासे सारी-सारी रात जागकर आधी शताब्दी से रोक रखा था। पूरी दुनिया तमाशबीन की तरह यह दृश्य देखकर भौंचक रह गयी। एक डरावनी और काली गुफा की तरह मुँह बाये मिसाइल एक देश से दूसरे देश तक घूमने लगी। उसने लोगों के सपने जीने का अन्दाज और जरूरतों की फेहरिस्त बदल दी। दिन, महीने और

वर्ष बीतते रहे। समय गुजरता रहा। युग बदला। इस तरह बदला कि जो लोग निरन्तर रात-दिन उसे बदलने के लिए बेचैन रहते थे, वे भी दुःख और शोक से भर गये। इसी बीच सुबोध मिसिर की थीसिस पूरी हुई। वे डॉक्टर सुबोध मिसिर हो गये।

एक दिन सुबह-सुबह वे कैण्टीन के सामने चाय पी रहे थे। उन्होंने देखा कि आसपास बैठे लड़के रात टी.वी. पर देखे गये किसी रोमांचक मैच के बारे में उत्तेजक बहसें कर रहे हैं। सामने सड़क पर एक जवान और सुन्दर लड़की नशे की-सी हालत में लँगड़ाती और सहमी हुई-सी भागी चली जा रही थी। पता लगा कि वह गुजरात से अपने प्रेमी के साथ बनारस घूमने आयी थी। तीन दिन से भूखे-प्यासे छात्रावास के एक कमरे में बन्द करके पाँच लड़कों ने उसके साथ निरन्तर 'रेप' किया था। निष्प्राण घटनाओं और सनसनीखेज सूचनाओं का यह रीतिकाल था। थोड़ी दूर आगे मात्र दस कदम की दूरी पर एक छोटा-सा कम्प्यूटर रखा हुआ था। किसी दूर उपग्रह से संचालित। कम्प्यूटर का शेष पिछला हिस्सा अँधेरे में डूबा हुआ था। तेज लाइट में चमकते स्क्रीन पर उस समय एक लड़की मुस्करा रही थी— किसी सुदूर अतीत या पौराणिक आख्यानों में चमकती लड़की की हँसी— एक तिलस्मी करामात की तरह उसके चारों ओर लहरा रही थी चमकीली पैकिंगे, उनमें भरा था मिस यूनिवर्स का गोपन रहस्य, मादक पेय, क्रीम और बच्चों की चाकलेटें, औरतों के सिन्दूर, मित्रों की शुभकामनाएँ, नये साल का सन्देश और भूसा और गोबर। अपनी जरूरतों से ऊबे लोगों की भीड़ एक जादुई कुतूहल से बेकाबू उस लड़की के उन्नत उरोजों और चिकनी जाँघों में धँसी चली जा रही थी। उस समय नशे की-सी हालत में लँगड़ाती भागती लड़की के होंठ भय से काले पड़ गये थे। वह कम्प्यूटर के पिछले हिस्से में, जहाँ गाढ़ा अँधेरा फैला हुआ था, जाकर विलीन हो गयी। उसकी आखिरी चीख एक सुरीली और लयात्मक पींऽऽ-पींऽऽ के साथ स्क्रीन पर दो सेकेण्ड तक उभरकर बन्द हो गयी। वहाँ रात के मैच का शेष भाग फिर शुरू हो गया।

आचार्य चूड़ामणि जी विभाग से रिटायर होने के दो महीने बाद दूसरे विश्वविद्यालय में कुलपति बना दिये गये। उनका इकलौता श्रवणकुमार, बकौल सारे शहर जिसे एक वाक्य शुद्ध हिन्दी लिखनी नहीं आती थी वह, मरुधर विश्वविद्यालय के फाटक से होता हुआ पाँच साल बाद उसी हिन्दी विभाग में रीडर बना दिया गया। उत्तराधिकार के इस महोत्सव में विश्वविद्यालय की राजपूत लॉबी ने उसका अभिनन्दन किया। इस नियुक्ति के समय भी सिनहा जी डीन थे। भूमिहार लॉबी ने बहुत कोशिश की लेकिन उन्होंने आचार्य चूड़ामणि से अपने सम्बन्धों को जातिगत रागद्वेष से ऊपर उठकर देखा। उन्होंने गम्भीरतापूर्वक इस बात पर विचार किया कि इकलौते पुत्र का वृद्ध पिता के पास रहना ही जरूरी है। इस नियुक्ति के ठीक एक महीने बाद आचार्य चूड़ामणि ने यह सोचकर कि किसी का कर्ज लेकर मरना राजपूती

आन-बान के खिलाफ है, उन्होंने अपने विश्वविद्यालय में डीन सिनहा जी की पुत्रवधू को अंग्रेजी में लेक्चरर बना दिया।

अपने गुरु के योग्य शिष्य सुबोध मिसिर नगर में दर-दर भटकते रहे। वे रात के अँधेरे में बैठकर नीतिवाक्य लिखा करते। उनके साथ के सारे छात्र, जिनसे उनकी नोक-झोंक चला करती थी, जो उन्हें यथास्थितिवादी कहकर क्रान्ति और परिवर्तन की बात किया करते थे, वे सब-के-सब एक-एक कर विश्वविद्यालयों, डिग्री कॉलेजों और अखबार के दफ्तरों में जाकर चूड़ामणि जी का जूठन बटोर रहे थे। इधर सुबोध मिसिर विश्वविद्यालय के नये लड़कों के बीच अजूबे बनते जा रहे थे। वह सबसे कहा करते कि विरोध में उठा एक हाथ, पक्ष में उठे करोड़ों हाथ से महत्त्वपूर्ण होता है। वे इस विरोध की व्याख्या नहीं करते थे और अकसर चुप लगा जाते। आचार्य जी हर पन्द्रहवें दिन बाद किसी-न-किसी नियुक्ति में एक्सपर्ट होते। हर बार वे दृढ़-प्रतिज्ञ होकर जाते कि इस बार अपने प्रिय शिष्य सुबोध मिसिर की नियुक्ति जरूर कर देंगे। लेकिन उनके मानवीय दायित्वबोध और न्यायोचित चेतना को किसी मन्त्री, विधायक, किसी भूतपूर्व विभागाध्यक्ष या समकालीन प्रोफेसर का सिफारिशी पत्र हर बार पथभ्रष्ट कर देता। वे रोज-रोज पथभ्रष्ट होते रहे। एक दिन अपनी पुत्रवधू की नियुक्ति के लिए दिल्ली की एक महिला प्रोफेसर के पैरों पर गिर पड़े। नियुक्ति नहीं हुई। लोगों को उनके इस अपमान की उम्मीद न थी। सबको लगा कि कहीं अबकी बार गम्भीर हार्ट अटैक न हो जाय। लेकिन ऐसा कुछ भी नहीं हुआ। उनके दरबार में लोगों की आमद खत्म हो गयी। वे बिन बुलाये शहर और विश्वविद्यालय की हर सभाओं, समारोहों में पहुँचकर अपने को मंच पर बुलाये जाने की प्रतीक्षा किया करते और ऊँघने लगते। गोष्ठी, समारोह खत्म हो जाते। वे चुपचाप अकेले टहलते हुए अपने घर चले आते।

इधर गाँव में सुबोध मिसिर की बेटियाँ बड़ी हो रही थीं। पत्नी के दाँत हिलने लगे थे। हर फसल कटने के बाद खेती पर पानी, बिजली और लगान के कुछ कर्जे बढ़ जाते। उन्होंने एक पर एक तीन एकड़ खेत बेच डाले। अन्त में गाँव के एक बुजुर्ग ने समझाया कि, "भाई सुबोध, कब तक नौकरी खोजते रहोगे? यह खेत तुम्हारी कमाई नहीं हैं जो बेचे जा रहे हो। कल लड़कियों की शादी करनी पड़ेगी।"

तीन दिन से भूखे-प्यासे सुबोध मिसिर ने एक दिन अन्तिम रूप से गुरुदेव के चौखट पर मत्था टेका। "बेटे सुबोध, मुझसे तुम्हारी दशा देखी नहीं जाती" गुरुदेव ने कहा और रोने लगे।

"कोई बात नहीं गुरुदेव! मैं कुछ माँगने नहीं, आज्ञा लेने आया था। घर जा रहा हूँ।" उन्होंने शहर के बीचोबीच थूका और गाँव चले गये।

पाँच साल से गाँव में रहते हुए सुबोध मिसिर को सिर्फ यूरिया का दाम, बिजली के बिल, गेहूँ, धान और ईख का भाव याद रह गया था। अलंकार, छन्दःशास्त्र, रस यहाँ तक कि तुक और विचार आदि की मर्यादा तोड़ता हिन्दी कविता का प्रवाह आधुनिकता, मार्क्सवाद और अस्तित्ववाद आदि को अप्रासंगिक करार देता हुआ इन दिनों उत्तर-आधुनिकता और विखण्डनवाद के समीक्षा सिद्धान्तों से अपनी-अपनी संगति बिठाने का जोड़-तोड़ कर रहा था। सुबोध मिसिर ने सुना कि आज पूरा विश्व एक गाँव बनकर रह गया है। संचार माध्यमों की अचूक पकड़ से कोई व्यक्ति बाहर नहीं है। वे यह सब सुना करते और देखते कि सैकड़ों सुरक्षा गार्डों के बीच प्रधानमन्त्री मांस के निर्जीव लोथड़ों में बिखर जाता है। हजारों जासूसी कुत्ते पाँच साल से हत्यारे की छाया सूँघते घूम रहे हैं। अजीबोगरीब विरोधाभासों और विडम्बनाओं का दौर जारी है। पुरातत्त्व विभाग के संग्रहालय और अजायबघर की दीवारों पर कालिदास, भवभूति, सूर, तुलसी और कबीर की पाण्डुलिपियाँ मरे शेरों की खाल की तरह टँगी हैं। शब्द अप्रासंगिक हो गये हैं। कविता और इतिहास का अन्त हो गया है। यह सब सुबोध मिसिर अखबारों में पढ़ रहे थे और देख रहे थे कि यहाँ गाँव में अब भी औरतें शादी-समारोह में छठ और मुण्डन के अवसर पर उसी तरह फटी साड़ियाँ और लुगदी पेटीकोट लपेटे गीत गाये जा रही हैं। ठण्ड में काँपते-ठिठुरते धरने और प्रदर्शन पर जाते हुए लोग कबीर के निर्गुण और तुलसी की चौपाइयाँ सुन-सुना रहे हैं। नारे लगा रहे हैं। वह अकसर सोचा करते कि संचार माध्यमों ने जिस दुनिया को एक गाँव में बदल दिया है, उस गाँव के नक्शे में यहाँ की औरतें और लोगों की कोई सूरत और जरूरत क्यों नहीं दिखायी देती? कुएँ में गिरे बैल को निकालने वे लोग क्यों नहीं आते जो मुँह में भोंपा बाँधकर हमें अपने गाँव का बाशिन्दा बताते हुए रोज-रोज चीख रहे हैं। एक दिन उन्होंने देखा कि एक मजदूर नेता की, जो लोककथाओं की तरह प्यारा और खूबसूरत था, एक उद्योगपति और शराब के ठेकेदार ने मिलकर हत्या कर दी। आज उसी उद्योगपति ने हिन्दी का सबसे बड़ा पुरस्कार सबसे बड़े जनवादी और मानवतावादी साहित्यकार को दिया है। फ्लैश चमक रहे हैं। फोटो खींचे जा रहे हैं। विचार, आदर्श और नैतिकता बेमानी। यही है उत्तर-आधुनिकता का खूबसूरत मॉडल। एक युवा मजदूर की विधवा ने जिस सहायता राशि पर थूक दिया उसी के सूद से हिन्दी का सबसे बड़ा पुरस्कार सबसे बड़ा जनवादी साहित्यकार ले रहा है। बेशर्मी की हद है।

ठीक इन्हीं दिनों उन्हें पंजाब के एक विश्वविद्यालय से लेक्चररशिप का इण्टरव्यू देने के लिए एक रजिस्ट्री पत्र आया था। तीन दिन पहले। आज जब वे खेत से आकर बैलों को भूसा-दाना करने जा रहे थे तभी उनकी बड़ीवाली बेटी ने उन्हें एक दूसरा पोस्टकार्ड दिया।

यह आचार्य चूड़ामणि का पोस्टकार्ड था। गुरुदेव मुझे अब भी भूले नहीं हैं— यह सोचकर ही सुबोध मिसिर की आँखें छलछला गयीं। कुशलता की कामना के साथ गुरुदेव ने लिखा है कि, ''अगर तुम्हें फुर्सत हो तो यहाँ चले आओ। पंजाब की यात्रा करनी है। बूढ़ा हो गया हूँ। अकेले यात्रा सम्भव नहीं है। और अब यहाँ कोई इतना विश्वसनीय नहीं जिसके भरोसे इतनी दूर जाया जा सके।''

वही तारीख! वही जगह! लग रहा है इस इण्टरव्यू में गुरुदेव ही एक्सपर्ट हैं— सुबोध मिसिर खुशी से करीब-करीब काँपने लगे- शायद अब मेरे दुःखों का अन्त होनेवाला है। ठीक पन्द्रह दिन बाद उन्होंने रामधारी साहु से हजार रुपये उधार लिये और गुरुदेव के चौखट पर हाजिर हो गये।

सुबोध ने देखा, अपने घर के बाहरी हिस्से में, जहाँ कभी गाड़ी खड़ी रहती थी वहीं एक टूटी और धँसी चारपाई पर गुरुदेव मैली-कुचौली-सी चीकट रजाई ओढ़कर बैठे हैं। जगह-जगह से फटी बेडशीट नीचे तक झूल रही है। सर्दी का मौसम था। गुरुमाता चारपाई पर पाताने सिकुड़कर बैठी थीं। एक गठरी हो चुकी गुरुमाता। जब सुबोध वहाँ पहुँचे तो गुरुदेव के चेहरे पर हल्की और थकी मुस्कराहट फैल गयी। उन्होंने कोने में रखे पुराने स्टूल की ओर इशारा करके बैठने के लिए कहा। ''गुरुदेव आप यहाँ?'' सुबोध ने जगह-जगह से फटी दीवारोंवाले गैरेज में लावारिश की तरह पड़े गुरुदेव को देखकर आश्चर्य और करुणा से भरकर पूछा। दीवारों और छत पर वर्षों पुराने मकड़ी के जाले लटक रहे थे। चारों ओर गन्दगी थी।

''हाँ, अब मेरे लिये यही जगह उपयुक्त है। उत्तराधिकार सौंप देने के बाद राजा के लिए जंगलवास ही उचित रहता है।'' बोलते हुए चूड़ामणि जी के शब्द, जो कभी नाभि की ओऽम ध्वनि की तरह थरथराते हुए निकलते थे, आज जैसे आँखों से भीगकर रेंग रहे थे। पंख फड़फड़ाने की कोशिश में गौरैया के बच्चों की तरह मुँह के बल गिर-गिर जा रहे गुरुदेव के शब्द— ''इधर अब थोड़ा एकान्त रहता है'' उन्होंने कहा।

घुटनों में मुँह ढाँपे गुरुआइन अचानक फफक पड़ीं, ''बहू उधर जाने नहीं देती। बेटा मउगा है। बात-बेबात झिड़कता रहता है। अब तुम्हारे बाबू जी गठिया के मारे चल नहीं पाते। दो मील पैदल जाकर होमियोपैथ की दवा लाती हूँ। दिन भर के लिए आधा किलो दूध! बेटा, तुमने तो देखा ही है! पाँच-पाँच किलो दूध का चाय बनाती रही हूँ। आज बुढ़ापे में अपनी थाली अपने हाथ धोओ! गिनी हुई रोटियाँ और मुट्ठी भर चावल!''

''चुप रहो भागवान।'' आचार्य ने पत्नी को सन्तोष दिलाया और पूछा, ''बेटे सुबोध! तुम कैसे हो? घर में बाल-बच्चे? और बहू कैसी है?''

''सब ठीक है गुरुदेव। लेकिन आप यहाँ! और इस तरह?''

"नहीं, मुझे कोई तकलीफ नहीं है। पत्नी अपनी आदत से लाचार है। बहू से नहीं पटती। खैर छोड़ो! मुझे यहाँ बहुत सुख है।"

सुबोध ने देखा था वह दिन, कालीन के चारों तरफ बिछी कुर्सियाँ, स्वयं तख्त के मोटे गद्दे पर मसनद के सहारे अधलेटे आचार्य चूड़ामणि का व्यक्तित्व। हिन्दी-जगत् का यह प्रचण्ड सूरमा शत्रु शिविर में ऐरावत की तरह, अपने सामने डीन, वाइस-चान्सलर या अन्त्री-मन्त्री किसी को कुछ नहीं समझता था। सूर पंचशती समारोह का विराट् समागम! देश के कोने-कोने से आये मार्क्सवादी सौन्दर्यशास्त्र से लेकर संरचनावादी समीक्षा सिद्धान्तों के पचासों विद्वान्। सबके बीच दिप-दिप करता आचार्य अपना प्रभामण्डल! सभी उनके सामने दण्डवत् थे। किसी को थीसिसों का परीक्षक बनना था तो किसी को अपनी किताब पाठ्यक्रम समिति से पास करानी थी। किसी को बहू की नियुक्ति चाहिए, तो किसी को यू.जी.सी. की ग्राण्ट। आज वही गुरुदेव लावारिस की तरह अपने ही घर के एक कोने में खो गये– सुबोध मिसिर भौंचक थे।

"अच्छा तुम ऐसा करो कि मुमुक्ष-भवन में जाकर ठहर जाओ।" आचार्य ने कहा–"कल सुबह पंजाब मेल से अम्बाला तक का रिजर्वेशन है। वहाँ से बस की यात्रा करनी पड़ेगी।"

"गुरुदेव! मैंने भी उस जगह के लिए आवेदन किया था।" सुबोध ने बताया, "मेरा भी इण्टरव्यू लेटर आया है। क्या आपको मालूम है कि दूसरे कौन-कौन एक्सपर्ट हैं?"

अब तक आचार्य जी के मुखमण्डल पर शिष्यत्व की जो ममता झलक रही थी अचानक यह सुनते ही कर्त्तव्यपरायणता के बोझ से दबकर कठोर रुख बदलने लगी। स्वर मद्धिम हो गया। बोले, "चलो, यह तो बहुत ही अच्छा है। लेकिन तुम यह बात यहाँ किसी से बताना मत। मुझे तुम्हारी बहुत चिन्ता है।"

गुरुआइन ने कहा, "अब इन्हें कौन पूछता है बेटा! पहले सब लोग यहीं माथा रगड़ते थे। अब इसी शहर में आकर चुप-चुप चले जाते हैं। अगर गोहत्या का भय न हो तो लोग बूढ़े बैल को गोली मार दें।"

लखनऊ से अम्बाला तक की यात्रा आचार्य ने सोकर पूरी की। दूसरे सारे मुसाफिर उनकी नाक की घर्र-घर्र और खाँसी के मारे ऊब-ऊबकर करवट बदलते रहे। आँखों के अलावा गुरुदेव के सारे अंगछिद्र मिनट-मिनट पर विस्फोट कर रहे थे। श्रद्धा अतीन्द्रिय नहीं होती। खुद सुबोध को भी दिक्कत हो रही थी।

अम्बाला से बस का सफर करते हुए गुरुदेव सुबोध से हिसाब-किताब लेते रहे। खेती में कितना फायदा हो जाता है। "हम लोग बचपन में चने का होला खाकर ईख चूस लेते थे। पेट भर जाता था। शहरों में तो बहुत प्रदूषण और मिलावट बढ़

गयी है। एक तो बिजली नहीं आती दूसरे बिल बहुत देना पड़ता है। "महिषं च शरद् चन्द्र चन्द्रिका धवलं दधिः।' कालिदास ने लिखा है– शरदकालीन चन्द्रमा की चाँदनी की तरह भैंस की सुन्दर सजाव दही! पढ़कर लार टपकने लगती। यह सब गाँव में ही सम्भव है। शुद्ध हवा और बे मिलावट भोजन।"

"लेकिन गुरुदेव, गाँव तो नरक हो चुके हैं। खेती की हर फसल किसानों को कर्ज में डुबोकर चली जाती है। दो जून के भोजन के अलावा अब वहाँ कुछ भी नहीं है।"

"यह तुम्हारा भ्रम है सुबोध! शहरों के लिए तुम्हारा आकर्षण ठीक है, लेकिन गाँवों के प्रति तुम्हारे विचार अच्छे नहीं हैं।"

सुबोध ने सोचा- क्यों नहीं आप गाँवों में चले जाते। कौन आपको रोके है। लेकिन गुरुदेव की बात। वे चुप लगा गये।

उतरनेवाले स्टेशन के थोड़ा पहले ही चूड़ामणि जी ने सुबोध को हिदायत दी, "तुम पीछे से उतरकर दूसरी ओर चले जाना। वरना, कोई तुम्हें मेरे साथ देख लेगा तो पक्षपात का आरोप लगेगा। लोग कहेंगे कि 'कैण्डिडेट' लेकर आये हैं।"

सुबोध ने कहा, "जैसी इच्छा गुरुदेव!"

इण्टरव्यू बोर्ड में दिल्ली के एक प्रचण्ड वामपन्थी थे और दूसरे राजस्थान के वाममार्गी। तीसरे स्वयं आचार्य चूड़ामणि, जिनके पुत्र को अभी बनारस विश्वविद्यालय में प्रोफेसर बनना था। सुबोध मिसिर ने इण्टरव्यू बोर्ड में बैठे आचार्य को देखा। निर्वीय पौरुष की समस्त वासना निरीह आँखों में दीन याचना बनकर चुपचाप बैठी थी। वामपन्थी आचार्य ने उनसे अलंकार और रीति का सामाजिक और साहित्यिक महत्त्व पूछा। राजस्थान के वाममार्गी नाथ सम्प्रदायी आचार्य ने भाषाविज्ञान का 'ग्रिम नियम'।

सुबोध मिसिर सवालों का जवाब ठीक से नहीं दे पाये। इण्टरव्यू खराब हो गया। इसलिए नहीं कि पिछले कई सालों से उनकी पढ़ाई-लिखाई नहीं हो सकी थी, बल्कि इसलिए कि इण्टरव्यू का अच्छा या बुरा होना अन्ततः और एकमात्र एक्सपर्ट पर ही निर्भर करता है। अब उन्हें अपने गुरुदेव आचार्य चूड़ामणि से ही अन्तिम उम्मीद थी।

"तुमने तो मेरी सारी उम्मीद पर ही पानी फेर दिया।" बाहर निकलकर आचार्य चूड़ामणि ने बताया।

"नियुक्ति किसकी हुई गुरुदेव?" बस अड्डे की ओर लौटते हुए सुबोध मिसिर ने बहुत धीमे और रुआँसे स्वर में पूछा।

रात हो रही थी। चौड़ी और चिकनी सड़कों के दोनों ओर नियान लाइटों और हाइलोजन के पीले प्रकाश में जलपरी की तरह तैरती भागती कारें। खिलखिलाती

लड़कियाँ। समूचा शहर एक नशीले संगीत की लय पर थिरक रहा था। उनका प्रश्न डूब गया था। किसी अदृश्य लोक की स्वप्न सुन्दरी ने अपने वैभव का पारदर्शी नीला आँचल बाजारों के ऊपर फैला दिया था। पैदल चलते हुए आगे-आगे गुरुदेव और पीछे सुबोध मिसिर। वह अपने गाँव के रामधारी साहु से उधार लिये एक हजार रुपये, अपनी पत्नी और जवान होती बेटियों के बारे में सोच रहे थे। कहाँ से चुकायेंगे यह एक हजार रुपया। उनका दिल डूब रहा था। गुरुदेव ने बताया, "रजिस्ट्रार की पुत्रवधू की नियुक्ति हुई है। सब-कुछ पहले से तय था। कहने को लोग वामपन्थी बनते हैं, लेकिन प्रोफेसरों की एक ही जाति होती है और एक ही विचारधारा। कौन उन्हें परीक्षक बनाकर हवाई जहाज का किराया दे सकता है! बस। मैंने बहुत दुनिया देखी है। बनारस विश्वविद्यालय में प्रोफेसर की नियुक्ति होनेवाली है। शायद यही एक्सपर्ट होकर आयें। इसीलिए मैं चुप लगा गया। किसी तरह श्रवणकुमार प्रोफेसर हो जाता।"

अम्बाला कैण्ट तक पहुँचने में रात के नौ बज गये थे। गाड़ी अभी चार घण्टे लेट थी। "ए.सी. और फर्स्ट क्लास में मैंने बहुत यात्राएँ की हैं। ऊब और एकान्त अब सहा नहीं जाता। देखो, सेकेण्ड क्लास में रिजर्वेशन मिल पाता है या नहीं?" आचार्य ने सुबोध से कहा, "तुम टी.टी. को बता देना कि बनारस विश्वविद्यालय में प्रोफेसर हैं।"

कुर्ते के नीचे मारकीन की बनियान। बनियान के भीतर चोरथैली। रामधारी साहु की बनियान की तरह आचार्य की बनियान में भी चोरथैली। ए.सी. का किराया मिला है। लेकिन गुरुदेव ने चोरथैली से निकालकर सौ-सौ के दो नोट सुबोध को थमाये, "सेकेण्ड क्लास का टिकट ले लेना।"

"अभी गाड़ी आने में बहुत देर है" चूड़ामणि जी ने सुबोध से कहा, "यहाँ से तीन किलोमीटर दूर एक देवी का मन्दिर है। एकदम निर्जन स्थान में। कहा जाता है कि सच्चे मन से वहाँ माँगी गयी हर मिन्नत पूरी हो जाती है। मुझे तुम्हारी भी बहुत चिन्ता रहती है सुबोध!"

शायद गुरुदेव मेरे लिये सोच रहे हैं। अगर कोई गुरु देवी के सामने जाकर सच्चे मन से अपने शिष्य के लिए मन्नत माँगे तो समूचे ब्रह्माण्ड में इससे पवित्र प्रार्थना और क्या हो सकती है? सुबोध ने सोचा।

अँधेरी रात है। निर्जन स्थान। रिक्शा तो मिलेगा नहीं। "लेकिन कोई बात नहीं गुरुदेव! गाँव का रहनेवाला हूँ। बोझा ढोने की आदत है। ईख और ज्वार के बड़े-बड़े बोझ खेत से लेकर आता हूँ। तीन किलोमीटर कोई दूरी नहीं है!" सुबोध ने कहा और गुरुदेव का भारी होल्डाल और अटैची सिर पर लादकर चल पड़े। अपना झोला उन्होंने गले में लटका लिया। "आप बस रास्ता बताते जाइये गुरुदेव!"

एक किलोमीटर बाद शहर खत्म हो गया। मुख्य सड़क से हटकर खेतों के बीच एक पगडण्डी। दो किलोमीटर और चलना है– गुरुदेव ने कहा, "पता नहीं क्यों मुझे आज बहुत डर लग रहा है।"

गहरी अँधेरी रात थी। सिर पर भारी होल्डाल, अटैची और गले में झोला लटकाये आगे-आगे सुबोध मिसिर और पीछे-पीछे अब भूतपूर्व हो चुके बनारस विश्वविद्यालय के अभूतपूर्व आचार्य चूड़ामणि। उनके पैर बार-बार धोती में फँसकर उलझ जा रहे थे। जाड़े का मौसम था। तेज बर्फीली हवा चल रही थी। "लग रहा है शिमला में बर्फ गिरी है। इस साल ठण्ड बहुत पड़ेगी।" कम्बल को कसकर शरीर पर लपेटते हुए आचार्य ने कहा।

"मुझे तो पसीना हो रहा है गुरुदेव!" सुबोध मिसिर की काँपती आवाज होल्डाल के भारी वजन से दबी जा रही थी।

"गाँव का आदमी श्रम करता रहता है। कर्मवीर और सच्चा प्रकृति पुत्र। इसीलिए नीरोग रहता है। पता नहीं क्यों आजकल लोग शहरों की ओर भाग रहे हैं। मुझे तो गाँव बहुत अच्छे लगते हैं। रिश्तों की आदिम गन्ध में डूबे गाँव। शहर में तो कोई किसी को पहचानता ही नहीं। चारों ओर मतलब और स्वार्थ!" गुरुदेव ने कहा।

बस, बस यही सामने। चारों ओर ईख और धान के कटे खेत। सन्नाटे में डूबा छोटा-सा मन्दिर। तेलियों के बटखरे की तरह काली और बेढब-सी गुप्तकालीन पत्थर की मूर्ति। न कोई तराश न भव्यता। आचार्य ने आँखें बन्द कीं और श्रद्धा से हाथ जोड़ा। "विदेशों में यह करोड़ों की बिकेगी। सरकार को सुरक्षा का इन्तजाम करना चाहिए।" गुरुदेव ने चिन्ता जतायी और बताया, "हल जोतते समय खेत के भीतर मिली थी यह मूर्ति।"

गाँव में तो कोई इसका पाँच रुपये भी नहीं देगा। सुबोध ने आश्चर्य से गुरुदेव को देखा।

"पहले तुम अपने लिये कुछ माँग लो!" आचार्य ने कहा– "लेकिन पूरे मन से तन्मय होकर। स्पष्ट उच्चारण के साथ।"

सुबोध हाथ जोड़कर खड़े हो गये, "माँ, मुझे नौकरी चाहिए! हाईस्कूल, इण्टरमीडिएट से लेकर बी.ए., एम.ए. किसी भी कक्षा में पढ़ा सकता हूँ। मुझे पढ़ाने की नौकरी चाहिए माँ! मैं गुरु ऋण से उऋण होना चाहता हूँ। सरस्वती का कलंक सिर पर लादे, मैं अपनी समूची आस्था के साथ तुमसे पाप मुक्ति की प्रार्थना कर रहा हूँ। मुझे गाँव के अँधेरे नरक से निकालकर चाहे जहाँ कहीं भेज दो। मैं वहाँ नहीं रहना चाहता। सारा गाँव मेरी पढ़ाई लिखाई पर हँसता है।"

काली अँधेरी रात। निस्तब्ध सन्नाटा। सुबोध प्रार्थना कर रहे थे। उनके एक-एक शब्द, जैसे चिता में आत्मदाह करती किसी विधवा की चीख आग की लपटों में छटपटा रही हो। उनकी आँखों में आँसू छलछला आये थे।

उसके बाद आचार्य चूड़ामणि जी मूर्ति के सामने उपस्थित हुए। सुबोध ने सोचा, जो कुछ कसर रह गयी होगी मेरे माँगने के ढंग में, उसे गुरुदेव जरूर पूरा कर देंगे। वे चूड़ामणि जी के ठीक पीछे निश्छल भाव से खड़े हो गये। भावमग्न।

आचार्य ने पहले हाथ जोड़ा और फिर आँखें मूँद लीं। तीन-चार लम्बी-लम्बी साँसें खींचीं। प्राणायाम की दीर्घ साधना में उन्होंने शब्द को नाभि तक खींचकर थरथराते मन्द्र स्वर में पहले ओऽम् का उच्चारण किया। फिर हाथ को माँ के पैरों पर टेककर जमीन पर लेट गये। थोड़ी देर तक एकदम शान्त। अचानक उनके गले से रोने की आवाज फूटी। सुबोध ने देखा, दुनिया का सबसे दुःखी आदमी माँ के पैरों पर गिरा पड़ा है। करुण हिचकियों में गुरुदेव के शब्द डूब-उतरा रहे थे, "माँ, मेरे बेटे को प्रोफेसर बना देना। हाँ माँ प्रोफेसर! समूचा हिन्दी-जगत् मेरे उपकार के बोझ से दबा है। लेकिन मुझे अब किसी पर भरोसा नहीं रह गया। मेरा दुर्दिन जानकर मेरे ऊपर दया करो माँ!"

यह क्या कह रहे हैं गुरुदेव! सुबोध मिसिर थरथर काँप रहे थे। कृतघ्नता का यह चरम रूप देखकर वे किंकर्त्तव्यविमूढ़ हो गये।

"अच्छा तो गुरुदेव, प्रणाम! मैं जा रहा हूँ।"

आचार्य ने सुना और लेटे-लेटे पीठ के बल उलट गये, "मुझे इस तरह यहाँ अकेले छोड़कर सुबोध?" उन्होंने याचना के से स्वर में पूछा।

"हाँ! इसी तरह। इसी अँधेरे में। यहीं पड़े-पड़े आप रोते रहें।" सुबोध के हाथ में एक हल्का-सा झोला था। वे उसे उँगलियों में नचाते, गुब्बारे की तरह हवा में लहराते चले जा रहे थे।

अचानक उन्हें अपने पीछे किसी की हिचकियाँ और रोने की आवाज सुनायी दी। उन्होंने मुड़कर देखा। उन्होंने देखा कि सिर पर भारी होल्डाल और अटैची लादे आचार्य चूड़ामणि भागते गिरते-पड़ते चले आ रहे हैं।

●

अवान्तर-कथा

'माँ' मेरे लिये एक शब्द है। महज शब्द। पिछले बीस सालों से मैं इस शब्द का अर्थ खोज रहा हूँ। एक ऐसा अर्थ जो जीवित और ठोस हो। जो मूर्तिमान् हो, जिसमें से ममता पिघल रही हो और जिसे मैं पहचान सकूँ। उसी तरह जैसे हर बेटा अपनी माँ को पहचान लेता है। लेकिन सिर्फ अधूरी और बेतरतीब यादों के सहारे यह सम्भव नहीं हो पाता। जब मैं पाँच साल का था और माँ की गोद से चिपटकर सोता था, उन्हीं दिनों की कुछ संवेदनाएँ और अनुभव हैं जो अब भी, जब कभी माँ के बारे में सोचता हूँ, कौंध उठते हैं। उसके बाद बीस सालों की मेरी जिन्दगी है जिसे मैं अपने गाँव और घर में रहकर अपने पिता के साथ जीता चला आया हूँ। इन बीस सालों के कुछ अपने संस्कार और विचार हैं। इन्हीं संवेदनाओं और संस्कारों के बीच बढ़ा हुआ मेरा अब तक का जीवन है। यह जिस गाँव और घर में रहकर अपने लिये हवा, पानी और खुराक लेता रहा है, वह गाँव और घर मेरी माँ को एक आवारा और बदचलन औरत मानता है। पिछले बीस सालों से मैं अपने पिता को एकदम शान्त और चुप पाता हूँ। जहाँ तक मुझे याद है, और जैसा कि गाँववाले भी बताते हैं, पिता जी पहले ऐसे नहीं थे। अक्सर अब वे घर या गाँव में कहीं भी रहते हुए किसी के मामले में कुछ नहीं बोलते। अगर मुझे इस गाँव या घर से निकाल दिया जाये तो 'माँ' यहाँ एक मृत अध्याय की तरह हैं, जिनसे किसी को कुछ लेना-देना नहीं। गाँववाले जब किसी औरत को आवारा या बदचलन कहना चाहते तो मेरी माँ उनके लिए एक ऐसे मिथक की तरह याद आती है, जो इस गाँव-गाथा में अवान्तर-कथा की तरह जुड़ी है।

पिता जी माँ के विषय में क्या सोचते हैं? यह मैं आज तक नहीं जान सका। जब से माँ पिता जी को छोड़कर चली गयीं तबसे इन्होंने उनके विषय में कुछ नहीं कहा। माँ के चले जाने के बाद अक्सर पिता जी मुझे अपने ही साथ रखते। चाहे खेतों में काम करने जाते या बाजार में सामान खरीदने, हरदम मुझे साथ लिये रहते। एक बार सिवान में पेड़ों के नीचे बैठा हुआ मैं नहर पर बगुलों के झुण्ड देख रहा था। पिता जी गौर से मेरी ओर देखते रहे। अचानक उन्होंने मुझे जोर से पकड़ा और मेरी आँखों को चूम लिया। पिता जी हरदम खामोश रहा करते। ऐसा कुछ भी करना

उनके स्वभाव के विपरीत था। मुझे बहुत अटपटा और आश्चर्यजनक लगा। एक दिन एक आदमी से बात करते हुए उन्होंने मेरे बारे में बताया कि इसकी आँखें बिलकुल अपनी माँ पर गयी हैं। उसी तरह बड़ी-बड़ी और चंचल।

यह जानते हुए भी कि माँ अब मुझे कभी नहीं मिलेंगी, मैं माँ को लगातार खोजता रहा हूँ। और अपनी बेतरतीब धुँधली स्मृतियों के सहारे उनकी एक तस्वीर बनाया करता हूँ। कम उम्र में ही उनकी शादी हो गयी थी। शादी के बाद पिता जी ने पढ़ाई छोड़ दी थी, लेकिन वे लगातार पढ़ती रहीं। खुद पिता जी और हमारे घरवाले भी माँ की पढ़ाई पसन्द नहीं करते थे। इसलिए वे अकेले शहर में रहकर पढ़ती रहीं। पिता जी तब अक्सर वहाँ जाया करते थे। पन्द्रह दिन या महीने भर तक पड़े रहते। माँ को इस तरह वहाँ पिता जी का पड़ा रहना अच्छा नहीं लगता था।

उन दिनों मैं बहुत छोटा था। तकरीबन पाँच-छह साल का। कोई बात पूरी तरह समझ में तो आती नहीं थी। फिर भी मुझे याद है कि अक्सर पिता जी और माँ खाली कमरे में एक-दूसरे से झगड़ते रहते। माँ मुझे छोड़कर पढ़ने चली जाया करतीं। मैं रोते हुए घण्टों छत की मुँडेर पर बैठकर उनकी प्रतीक्षा किया करता। थकी-प्यासी-सी माँ जब साँझ को लौटतीं तो देर तक मुझे सीने से चिपटाये रहतीं। मुझे सिर्फ इतना ही याद है कि इस बीच अक्सर पिता जी से उनकी कुछ-न-कुछ लड़ाई चलती रहती।

माँ की पुरानी किताबों के बण्डल में मुझे एक लाल रंग की डायरी मिली। आज जबकि मैं इस डायरी के शब्द पढ़ सकता हूँ तब माँ भी मेरी समझ में ज्यादा आती हैं। उन्होंने अंग्रेजी में एम.ए. की परीक्षा पास की थी। हिन्दी में कविताएँ भी लिखती थीं। पुरानी किताबों के बण्डल में ही मुझे एक पत्रिका मिली, जिसमें माँ की फोटो के साथ एक कहानी छपी है। यह कहानी गाँव के एक चरवाहे पर लिखी गयी है। आज जबकि मैं खुद कहानियाँ लिखता हूँ और कहानियों का एक सजग पाठक भी हूँ, तब यह दावे के साथ कह सकता हूँ कि उस कहानी में गाँव के जो कुछेक चित्र आये हैं, उनमें दृश्यों को प्रस्तुत करने की अद्‌भुत क्षमता है। जब पहली बार मेरी कहानी छपी थी और जब पिता जी ने उसे देखा तो उनके चेहरे पर एक ऐसा भाव उभरा जिसकी मैंने कभी कल्पना भी नहीं की थी। उनकी आँखों का विस्तार जहाँ तक था, उसमें एक भय-सा तैर गया। वे परेशान-से हो उठे और दूसरी ओर चले गये। माँ जबसे मुझे छोड़कर चली गयीं तबसे पिता जी ने कभी मुझे डाँटा नहीं था। इस घटना के महीनों बाद एक साँझ मैं बाजार से लौट रहा था। हम दोनों लोग खामोश थे। अँधेरा घिर रहा था। रास्ते में दूर-दूर तक कहीं कोई आदमी नहीं था। अचानक पिता जी ने बहुत धीरे से मुझसे पूछा—तुम और क्या-क्या लिखते हो? हल्के-फुल्के शब्दों का यह बहुत ही छोटा-सा सीधा-सपाट सवाल था। लेकिन मुझे

लगा कि पिता जी बहुत परेशानी में इसे ढोते रहे हैं। वे दूसरी ओर देख रहे थे। फिर उन्होंने पूछा—क्या तुम कविताएँ भी लिखते हो?

मैं बहुत देर तक सोचता रहा कि सकारात्मक उत्तर पिता जी को कैसा लगेगा और कुछ बोल नहीं पाया। तब उन्होंने खुद ही कहा—आदमी की जो मरजी हो, करना चाहिए। बस उसे यह देखना चाहिए कि उससे किसी दूसरे का नुकसान न हो।

अचानक लगा कि किसी भारी उल्के ने मुझे सोते में झकझोर दिया है। और मैं चक्कर खाता हुआ आसमान से गिर रहा हूँ। माँ की डायरी में एक जगह यही वाक्य हू-ब-हू लिखा था।

बचपन की जितनी भी बातें धुँधली यादों के सहारे मेरे भीतर पड़ी हुई हैं उनसे मैं यही नतीजा निकालता कि माँ और पिता जी दोनों एक-दूसरे को देखना भी पसन्द नहीं करते थे। फिर भी डायरी का वह वाक्य पिता जी की जबान पर हू-ब-हू कैसे पड़ा हुआ है। यह एक ऐसी घटना थी जो मुझे कई सालों तक बेचैन किये रही। चुप्पी पिता जी की एक स्थायी आदत थी, जिसकी वजह से मैं हरदम उनके साथ रहते हुए भी कुछ-कुछ डरता रहता। माँ के चले जाने के बाद पिता जी ने दूसरी शादी नहीं की। हालाँकि हमारे घरवाले ऐसा चाहते थे। शायद माँ का भी यही ख्याल था कि बाद में पिता जी दूसरी शादी कर लेंगे। पिता जी के लिए उन्होंने एक जगह लिखा है—यह आदमी एक भी रात औरत के बिना नहीं रह सकता। लेकिन पिता जी ने बीस साल बिता दिया। कैसे? यह कोई नहीं जान सका। बचपन से ही मैं उनके साथ सोता आया हूँ। जब भी कभी मेरी नींद टूटी, मैंने पिता जी को जागते हुए पाया। गाँववाले पिता जी के विषय में कहते हैं कि यह आदमी एकदम बदल गया।

गाँववाले, घरवाले और खुद पिता जी तक इस बात को जानते हैं कि अगर शुरू में ही माँ को पढ़ने से रोक दिया गया होता तो अन्ततः यह नौबत नहीं आती। बाद की घटनाओं की वजह से पढ़ाई-लिखाई के प्रति पिता जी के मन में गहरी वितृष्णा भर गयी थी। एक घटना मुझे अब भी अक्षरशः याद आती है। जब एक साँझ कॉलेज से लौटकर माँ मुझे पढ़ा रही थीं, तब पिता जी मुझे लेकर बाहर चले गये। देर रात लौटने के बाद पिता जी और माँ में खूब लड़ाई हुई। पिता जी ने कहा—मैं अपने लड़के को नहीं पढ़ने दूँगा। तुम्हारा अपना लड़का होगा तो पढ़ाना। उस समय खुद मुझे भी पढ़ना अच्छा नहीं लगता था। जिस हद तक मैं सोच सकता था उसमें मुझे लगा कि पिता जी ठीक हैं। लेकिन बाद में जब माँ चली गयीं तो खुद पिता जी मुझे घण्टों बैठाकर पढ़ाया करते।

जब पहली बार मैं यूनिवर्सिटी में पढ़ने के लिए आया तो मुझे माँ की बहुत याद आयी थी। मुझे लगा कि इन्हीं सड़कों पर माँ घूमती रही होंगी। क्या आज से बीच-पच्चीस साल पहले भी ये सड़कें रही होंगी? क्या यह 'कैफेटीरिया' रहा होगा? तब तो माँ जरूर चाय पीने आती रही होंगी? 'कैफेटीरिया' का बूढ़ा नौकर तीस साल

से यहीं है। कई बार मेरे मन में आया कि माँ की फोटो दिखाकर इससे पूछूँ कि क्या तुम इन्हें पहचान सकते हो? इसकी उम्र भी माँ के ही बराबर होगी। तब तो यह निश्चित ही जानता होगा। मेरी माँ बहुत ही सुन्दर थीं। अंग्रेजी विभाग के बूढ़े प्रोफेसर तो निश्चित ही उन्हें जानते होंगे। लेकिन मैंने कभी किसी से पूछा नहीं। पता नहीं लोग माँ के विषय में क्या-क्या सोचते हों।

माँ ने जिस आदमी से प्रेम किया था और बाद में जिसके साथ चली गयीं, मैं उस आदमी से भी एक बार मिलना चाहता हूँ। कुछ इस तरह कि वह मेरे बारे में कुछ भी न जानता हो। आज उस आदमी को मैं सिर्फ एक बार देखना चाहता हूँ। जिसे माँ ने चाहा होगा, वह कैसा होगा? बचपन में जितना देखा है उससे कुछ खास याद नहीं आता। कुछ टूटे-फूटे-से धुँधले-धुँधले बिम्ब हैं। वह जब भी मेरे घर आता था, माँ घण्टों उसके साथ बैठकर बातें करती रहतीं। अक्सर माँ चुप और शान्त रहती थीं, लेकिन उस आदमी के साथ वे खूब हँसतीं। वह अक्सर माँ के बाल पकड़कर खींच दिया करता और वे बच्चों की तरह मचलने लगतीं। वे लोग घण्टों बैठकर किताबें पढ़ा करते। जोर-जोर से बातें करते। पिता जी के रहने पर घर में जो खामोशी और घुटन भरी रहती उसका कुछ पता ही नहीं चलता।

आज भी मैं कभी-कभार अंग्रेजी विभाग जाया करता हूँ। पहली बार माँ मुझे लेकर 'यूनिवर्सिटी' में आयी थीं। वहीं मैंने उस आदमी को पहली बार देखा था। माँ ने बताया था—बेटे, ये तुम्हारे अंकल हैं। माँ के क्लास में बहुत-सारी लड़कियाँ थीं। सब देर तक मेरे साथ खेलती रहीं। बाद में मैं, माँ और वह अंकल एक साथ आये थे। वह मेरे घर के पास तक माँ के साथ आया था। उसके बाद वह अक्सर घर आने लगा। एक बात मुझे और याद आती है। एक बार पिता जी घर में थे उसी समय वह अंकल आये। माँ दूसरे कमरे में उसके साथ थीं। मैं पिता जी के पास था। थोड़ी देर बाद पिता जी ने मुझसे कहा—बेटे, जा देख तो तुम्हारी माँ उस आदमी के साथ क्या कर रही हैं? मैं वहाँ गया। माँ और वह अंकल एक ही चारपाई पर बैठकर बातें कर रहे थे। बीच में किताब थी। मैंने आकर पिता जी से कहा-मम्मी पढ़ रही हैं। बहुत देर बाद जब वह अंकल चले गये तो माँ और पिता जी में खूब झगड़ा हुआ। मुझे इतना और याद आता है कि इसके बाद पिता जी जब भी गाँव से आते मुझसे पूछा करते—बेटे, तुम्हारे अंकल आये थे? तब मैं इस सवाल का कुछ मतलब नहीं जानता था, जैसा भी मन में आता पिता जी को खुश करने के लिए बता देता।

जब कभी पिता जी खुश रहते तो मुझे घण्टों बाजार में घुमाया करते। जब कभी माँ खुश रहतीं तो मुझे खूब कहानियाँ सुनाया करतीं और देर तक मेरे साथ खेलतीं। पिता जी को खुश करने के लिए मैं उस अंकल के बारे में बता दिया करता।

मैं हर समय चाहता था कि माँ भी खुश रहें। लेकिन अक्सर यह सम्भव नहीं हो पाता। बचपन के उस छोटे-से जीवन में अब भी जिस हद तक मेरी स्मृतियाँ पहुँच पाती हैं तो मैं वातावरण की तीखी गन्ध को अपने भीतर महसूस करने लगता हूँ जो माँ और पिता जी के साथ-साथ रहने पर उस कमरे में भरी होती थी। लगता था हम सारे लोग इस घर में कैद हैं। कमरे की एक-एक चीज जैसे जबर्दस्ती बँधी हुई हो। सब जैसे भागना चाहते हैं। लेकिन भाग नहीं पा रहे हैं। एक खामोश घुटन। जबकि मुझे याद है न पिता जी का स्वभाव ऐसा था, न माँ का ही। अंकल के साथ माँ जिस तरह से उन्मुक्त रहती थीं, शायद वही उनका असली स्वभाव था। उन दिनों मेरे पास कोई समझ नहीं थी सिर्फ अहसास था, जिसके कारण मुझे लगता कि इस घर में अंकल के लिए न तो कोई चारपाई है, न खाने के लिए कोई थाली, और न ही कपड़े टाँगने के लिए कोई खूँटी। फिर भी यह आदमी अनावश्यक रूप से यहाँ आता है। मैं माँ को हमेशा खुश देखना चाहता था। मुझे अकेले माँ के साथ भी बहुत अच्छा लगता था। लेकिन अंकल और माँ के साथ मुझे बहुत घबराहट होती थी। मैं सहज नहीं रहता था। यही कारण था कि पिता जी जब कभी गाँव से आते मैं, उन्हें उस अंकल के आने की बात सबसे पहले बता दिया करता था।

जो कुछ बीत चुका है, आज उसका कोई मतलब नहीं है। और 'माँ' मेरे लिये सिर्फ एक शब्द भर है। एक अर्थ में जीवन से कटा और अप्रासंगिक। फिर भी इस विश्वविद्यालय की सड़कों पर टहलता हुआ मैं अक्सर माँ के बारे में सोचा करता हूँ। लम्बे-लम्बे दरख्तों से घिरी इन सुनसान सड़कों पर जब भी मैं अकेला होता हूँ मुझे एक उदास संगीत-सा सुनायी देता है। दूर-दूर तक फैला वातावरण और सुरमई साँझ मुझे किसी लम्बी प्रतीक्षा में थकी और दर्द में डूबी हुई महसूस होती है। पता नहीं माँ आज जीवित भी होंगी या नहीं? मिलने पर न तो वे मुझे पहचान सकती हैं, न मैं उन्हें पहचान सकता हूँ। मिलकर हम लोग बात भी क्या करेंगे? यह भी मालूम नहीं। पिता जी ने मुझसे माँ के विषय में कभी कुछ भी नहीं कहा है। मेरे गाँव के बाहर बरगद का एक बहुत बड़ा और घना पेड़ है। इतना घना कि दिन में भी उसकी पत्तियाँ और शाखाएँ अँधेरे में डूबी रहतीं। बचपन से ही ऐसा होता रहा कि जब कभी मैं धूप से थक जाता वहीं जाकर जी-भर छँहाता था। सिवान में अकेले खड़े उस पेड़ में मुझे अपने पिता जी की आत्मा महसूस होती। वह आँधी और बारिश में भी निर्विकार खड़ा रहता। जब भी मैं गाँव जाता हूँ, वह पेड़ मुझे दूर से ही दिखायी देता त्रासद कहानियों के मनहूस नायक की तरह वीरान और प्रतिक्रियाहीन। रहस्यमय।

जब मैं विश्वविद्यालय में पढ़ने आया तो मेरा परिचय एक ऐसे आदमी से हुआ जो अच्छी नौकरी छोड़कर गाँवों में किसानों के बीच काम करता था। अखबार निकालने की गरज से कभी-कभार शहर आया करता। मेरे पिता जी की ही तरह धोती-कुर्ता पहनता और सुर्ती खाता। उन्हीं की तरह लम्बा और साँवला। लेकिन

उनके विपरीत खूब हँसता। वह रात-बेरात कभी भी आता। देर तक हम लोग सड़क पर टहलते हुए बातें किया करते। उसने मुझे फूलों और पौधों के विषय में बहुत सारी बातें बतायीं। तरह-तरह के आदमियों के किस्से सुनाया करता। बातों को बयान करने का उसका तरीका इतना दिलचस्प होता कि मैं सारी-सारी रात जागकर उसके साथ घूमता रहता। कभी-कभी महीनों गायब रहने के बाद भी जब वह नहीं आता तो मैं बेसब्री से उसकी प्रतीक्षा किया करता। उसकी उम्र भी मेरे पिता जी के ही बराबर थी। लेकिन वह मुझे अपनी ही उम्र का लगता था। एक बार अनायास ही मेरे मन में आया कि कहीं यह आदमी ही तो अंकल नहीं है। माँ इसी तरह उसकी प्रतीक्षा किया करती थीं। तब जिन्दगी में पहली बार मैंने किसी आदमी से अपनी माँ के बारे में बात की। अपनी आदत के मुताबिक वह बड़ी तन्मयता से मेरी बातें सुनता रहा। इस पूरे क्रम में वह भीतर से क्या सोचता रहा, मैं कुछ भी नहीं जान सका।

महीनों बाद किसी वजह से मैं बहुत निराश और पस्त-हिम्मत होकर पड़ा था। वह आया और मुझे लेकर सड़क पर टहलने निकल गया। अँधेरी रात का सन्नाटा था। बातचीत का कोई क्रम ही नहीं बन पा रहा था। तभी उसने कहा—जिनकी माँ इतनी बहादुर रही हो उसके बेटे को ऐसी बातों से थोड़े घबराना चाहिए। अचानक माँ के प्रकरण से मैं चौंक गया। आज तक लोगों ने मेरे पिता जी की तो तारीफ की थी, लेकिन माँ के बारे में किसी ने ऐसा नहीं कहा था। फिर तो माँ और पिता जी को लेकर बहुत देर तक बातें हुईं। वह बार-बार माँ के पक्ष में बोल रहा था। जब मैं बार-बार पिता जी की अच्छाइयाँ बता रहा था तो उसने कहा-वह तो तुम अपने पिता जी के साथ रहने की वजह से सोचते हो। अपने गाँववालों से असहमत होते हुए भी तुम अपनी माँ से सहमत थोड़े हो। उसने फिर कहा—वह समाज जहाँ आदमी को फैलने की अनेकों सम्भावनाएँ हैं वहाँ तुम्हारे पिता जी ने खुद को समेटकर जिन्दगी जी है। सिर्फ तुम्हारे भीतर उन्होंने अपनी जिन्दगी समेट ली। सो, अगर तुम्हें वे अच्छे लगते हों तो कोई बात नहीं। लेकिन तुम्हारी माँ ने औरत होकर अपने को फैलाया। यह बड़ी बात है। इतनी बड़ी कि तुम तमाम उम्र इस पर गर्व कर सकते हो। जबकि अपनी माँ को लेकर तुम्हारे मन में कुण्ठा है। तुम ऐसे मत सोचो कि वह तुम्हें और तुम्हारे पिता जी को छोड़कर दूसरे आदमी के साथ चली गयीं। बल्कि ऐसे सोचो कि जिन्दगी में उसने 'स्थिरता' की जगह 'गति' को पसन्द किया। इस क्रम में तुम उससे छूट गये और तुम्हारे पिता जी को उसने छोड़ दिया।

काफी रात टहलने और बातें करने के बाद जब हम लोग कमरे में आये तो वह थोड़ी देर बाद सो गया, लेकिन मैं जागता रहा। माँ के प्रति मेरे मन में जो एक अमूर्त-सी संवेदना थी वह पहली बार ठोस और मूर्तमान् होती-सी लग रही थी। पहली बार मुझे उसके लिए तर्क मिला। अब तक मैं अपने को माँ और पिता जी के बीच

में रखकर उन लोगों को देखता था। लेकिन उस दिन पहली बार मैं एक तीसरे आदमी की तरह दूर और तटस्थ था। फिर तो बचपन की वे यादें, जिन पर समय और परिस्थितियों ने मोटी गर्द जमा कर दी थी, मेरे सामने साफ और मूर्त होने लगीं।

वह एक ऐसी सच्चाई है जिसे सोचते हुए मुझे आज भी डर लगता है। आज पिता जी जिस रूप में हैं उसे देखते हुए मैं यह विश्वास नहीं करना चाहता कि वह सारा-कुछ पिता जी ने ही किया था। बीते हुए भयावह दुःस्वप्न की तरह वह दृश्य मेरे मन की अँधेरी पर्तों के बीच भी जब कभी कौंधता, मैं समूचा काँप जाता। अगर कोई दूसरा मुझे वह बात बताता तो मैं यकीन नहीं करता। लेकिन खुद मेरा बचपन उसका चश्मदीद गवाह था। बचपन, जो कि समझदार भले न हो लेकिन जो देख सकता था, और अहसास कर सकता था।

रात का समय था। माँ मुझे लेकर चारपाई पर सोयी थीं। पिता जी बगल की चारपाई पर थे। उन्होंने माँ से कई बार कुछ पूछा। सम्भवतः उस अंकल के बारे में ही पूछा होगा। माँ पिता जी की बातों को कोई महत्त्व नहीं देती थीं। जब पिता जी ने कई बार पूछा और माँ ने कोई महत्त्व नहीं दिया तो अचानक वे बहुत जोर से चीखे। मैं सोया नहीं था लेकिन चुप लगा गया। माँ ने कहा-चीखना हो तो सड़क पर जाओ। यह घर तुम्हारा नहीं है। पिता जी यह कहते हुए उठे कि अभी बताता हूँ, यह घर किसका है? तुम किसकी हो? उन्होंने मुझे उठाया और करीब-करीब जमीन पर पटक-सा दिया। मैंने पिता जी को ऐसे कभी नहीं देखा था। मैं जगा था लेकिन डर के मारे चुपचाप पड़ा रहा।

पिता जी ने माँ के बाल नोचे। कई थप्पड़ मारे। और नंगी कर दिया। खुद भी नंगे हो गये। माँ का हाथ मुड़कर पीछे की ओर दबा था। डर के मारे मुझे पूरी रात नींद नहीं आयी। माँ पूरी रात वैसे ही नंगी पड़ी रहीं। दूसरे दिन पिता जी ने बाहर से किवाड़ बन्द कर दिया। माँ भीतर पड़ी रहीं। यही क्रम तीन-चार दिन तक चलता रहा। एक दिन जब वे मुझे नहलाने के लिए उठीं तो उनका हाथ सूजा हुआ था। माँ ही सवेरे दूध लाने जाया करती थीं। तीन-चार दिन बाद जब वे फिर सवेरे दूध के लिए जा रही थीं तो उन्होंने मुझे भी साथ ले लिया था। इन तीन-चार दिनों में न तो माँ कभी मेरे साथ खेली थीं, न ही उन्होंने मुझे कोई कहानी सुनायी थी। माँ के लिए उन दिनों मेरे मन में कैसे भाव आते थे, आज यह बता पाना मुश्किल है। मैं उनसे किसी बात के लिए जिद नहीं करता था। पिता जी मुझे बिलकुल ही अच्छे नहीं लगते थे। मैं उनसे दूर माँ के ही पास पड़ा रहता। उस दिन सुबह माँ के साथ जाते हुए मैंने ही पहले अंकल को देखा और जोर से बोला—माँ, वह देखो अंकल। लेकिन माँ एकदम चुप रहीं। अंकल भी चुप थे। वे लोग पहले की तरह हँसे भी नहीं। पहली बार मुझे अंकल का मिलना अच्छा लगा था। एक चाय की

दुकान पर बैठे हुए माँ और अंकल में क्या-क्या बातें हुईं, यह मेरी समझ के बाहर था। वे लोग बहुत धीरे-धीरे बोल भी रहे थे। अक्सर बच्चे सिर्फ अपने मतलब की ही बातें समझ पाते हैं। मुझे बस इतना ही समझ में आया जब अंकल ने माँ से कहा कि इसे क्यों लेते आयी। यह जाकर फिर बता देगा।

माँ जैसे सारी चीजों से बेपरवाह हो चुकी थीं। उन्होंने कहा—अब मुझे कोई चिन्ता नहीं है। माँ की ये आखिरी बातें मुझे हू-ब-हू याद हैं।

घर आकर मैंने अंकल की बात किसी से नहीं बतायी। उस दिन दोपहर तक माँ मुझे हरदम साथ लिये रहीं। खाना खिलाकर उन्होंने मुझे अपने साथ ही सुलाया था। कब चली गयीं? कोई नहीं जान सका। जब मेरी नींद खुली तो मुहल्ले के लोग घर में जुट आये थे। सब लोग थाना-पुलिस बुलाने की बात कह रहे थे। लेकिन पिता जी मुझे लेकर गाँव चले आये। गाँव में सब लोग मुझे ही घेरकर खड़े थे। मेरी समझ में सिर्फ इतना ही आया कि माँ अब कभी नहीं आयेंगी। उसके बाद घर में न तो किसी ने मुझे माँ की तरह कहानियाँ सुनायी और न ही कोई गोदी में चिपकाकर सुलाया। पिता जी ही मुझे लेकर सोते थे। मुझे माँ की बहुत याद आती और मैं अक्सर रोया करता था। पिता जी हरदम मुझे साथ लिये रहते। उन्हें माँ की तरह कहानियाँ तो नहीं आती थीं, लेकिन मैं जो कुछ पूछता वे बताया करते। इस तरह मैंने पिता जी के साथ बीस साल बिता दिया।

इन बीस सालों में पिता जी ने मुझे वे सारी चीजें दीं जो उनसे सम्भव हो सकीं। अपनी सीमाओं में उन्होंने मुझे माँ की तरह पाला-पोसा। फिर भी विश्वविद्यालय की इन सड़कों पर टहलता हुआ जब भी मैं अकेला होता हूँ मुझे अपनी माँ की याद आती है। माँ कविताएँ लिखतीं और किताबें पढ़ा करती थीं। मैं भी कहानियाँ लिखने लगा। पिता जी ने खुद कभी पढ़ना पसन्द नहीं किया था, लेकिन उन्होंने मुझे आखिरी तक पढ़ाया। एक तरह से कहूँ तो मैं पिता जी की छाया में माँ के रास्ते बढ़ा। पिता जी चुप भले रहते हैं, लेकिन किसी बात को बहुत देर तक और कभी-कभी कई दिन तक सोचते हैं। वे इतना तो जरूर सोचते होंगे कि मैं माँ के रास्ते जा रहा हूँ। फिर भी उन्होंने मुझे कभी रोका नहीं। कहीं ऐसा तो नहीं कि माँ के चले जाने के बाद पिता जी का पुरुष-मन अन्तिम रूप से हार गया। और जब भी मैं ऐसा सोचता तब पिता जी मुझे एक ऐसे सेनापति की तरह लगते हैं, जो भरी-पूरी सेना और अस्त्र-शस्त्र के बावजूद मेरी माँ से हार गया। उनकी आँखों में एक अन्तहीन आकाश घायल और वीरान होकर भर गया, जिसमें कभी कोई पक्षी नहीं उड़ा। पिता जी एक क्षत-विक्षत योद्धा की तरह लगते हैं। घर और गाँव में उनकी किसी से संगति नहीं बैठ सकी और वे अकेले हो गये तो महज इसलिए कि उन्होंने अपनी हार स्वीकार ली थी। जबकि दूसरे लोग अब भी अपने थोथे दम्भ में पड़े हुए हैं।

और मैं बीस सालों से माँ को खोजता जा रहा हूँ। बस इसलिए नहीं कि उन्हें जीवित पा सकूँ, बल्कि इसलिए भी कि माँ जो एक अवान्तर-कथा की तरह हैं, एक दिन मुख्य कथा की नायिका बनेंगी। पता नहीं मेरा ऐसा सोचना पिता जी को कैसा लगेगा? लेकिन मैं जानता हूँ कि उन्होंने मुझे आज तक किसी बात के लिए रोका नहीं है।

●

बीच के दिन

जहाँ आगे जाने के लिए कोई रास्ता नहीं बचता और जहाँ नदी का पानी ठहर जाता है। बावजूद इसके कि शहर में बसन्त का आभास देने के लिए कोयल कूकती रहती फिर भी ठहरे हुए पानी से निकलकर बदबू चारों ओर फैल रही है, यह कहानी, जो आपके सामने एक दिल-तोड़ हकीकत के बाद भी मात्र एक कहानी बनकर रह गयी है, उसी बदबू से निकल आयी है। अब मेरी ही तरह आपको भी यह बता पाने में बहुत ही मुश्किल होगी कि बदबू सबसे ज्यादा कहाँ है। विश्वविद्यालय के किस विभाग में? अथवा विभाग के किस लड़के में? जो पढ़ने में सबसे तेज है उसमें? या उसमें जो निरा लुच्चा होने की सम्भावनाओं से भरपूर है? बहरहाल, मैं क्या, यहाँ का चपरासी या प्रोफेसर जो भी अमर को थोड़ा-बहुत जानता, वह उसे लुच्चा या आवारा तो नहीं मान सकता, भले ही उसके घर या गाँववालों को अब इस बात में कोई गुंजाइश न दिखती हो।

आज फिर एक इण्टरव्यू देकर लौटा हुआ अमर इस चिलकती धूप के बावजूद अपना सामान रखकर सीधे विभाग जाता है, हालाँकि विभाग के किसी रजिस्टर में उसका नाम नहीं है लेकिन ढेर-सारी बुराइयों की तरह यह चीज भी उसकी आदत में शामिल है। कुछ इस तरह कि इससे बच पाना न उसके वश का है, न ही उसकी ऐसी कोई इच्छा है। तभी कहीं बगल से अचानक लड़कों का सामूहिक शोर गूँजता है। अगर आप यहाँ नये-नये आये हों और संयोग से कहीं गाँव से आये हों तो यह शोर सुनकर आपका कलेजा दहल जायेगा। सोचेंगे, जरूर कोई कुएँ में गिर गया है। लेकिन नहीं, असल बात अमर जानता है जरूर कोई लड़की उधर से गुजर रही होगी।

विभाग के दफ्तर में शर्मा जी मेज पर पैर फैलाये इत्मीनान से कुछ राजनीति बतिया रहे हैं। चार-पाँच लड़के बेवजह कभी कोई रजिस्टर पलटते या किसी की चिट्‌ठी खोलते। यह अमर की ही बिरादरी है। अचानक उसे देखते ही सब जोर से चिल्लाते-आओ-आओ अमर, कैसा रहा इण्टरव्यू? कौन एक्सपर्ट था? क्या-क्या पूछा था और कितने कैण्डीडेट थे? आदि-आदि। अमर संक्षिप्त-सा जवाब देता है– ‘‘यार,

पहले से ही हेड का एक आदमी वहाँ था'' और सब-के-सब एक निश्चित सच-सा उत्तर पाकर हँस पड़ते। एक विद्रूप व्यंग्य चारों ओर फैल जाता है। इस महँगाई में जबकि एक-एक सिक्का दाँत से ज्यादा कीमती और वजनदार हो गया है, अमर ढेर-सारे रुपये किराये में फूँकने की आदत पाल चुका है।

सुनील, अमर का दोस्त है। अमर उससे कहता—''यार, भूख लगी है। चलो कैफेटीरिया में कुछ खाऊँगा, तुम चाहो तो चाय पी लेना।'' रास्ते में चलते हुए जब अमर अपने इण्टरव्यू के सवाल बता रहा था तभी सुनील ने पूछा—''अमर, यह जगह किस अखबार में निकली थी? तुम बताते तो मैं भी भर देता।'' अमर के चेहरे पर तत्काल के लिए झेंप उभरी, सोचा-यह सुनील खुद इतनी ढेर-सारी जगहें आवेदन भेजता है लेकिन कभी जिक्र तक नहीं करता—फिर बोला, ''शायद उस समय तुम कहीं गये थे या सम्भवतः मैं ही भूल गया वरना तुम्हारा साथ अच्छा ही होता। चलो ठीक ही हुआ नहीं तो तुम्हारा भी किराया डाँड़ जाता।'' साथ-साथ चलते हुए भी दोनों एक-दूसरे की बातों पर यकीन नहीं करते।

डेढ़ सौ रुपये। एक पूरे महीने का खर्च लेकर अमर घर से आया था, लेकिन इस इण्टरव्यू के चलते कुछ मुड़े-तुड़े नोट ही पाकिट में बचे हैं। चाय पीते हुए सुनील से पूछा—''विमला है?''

''हाँ कल दिखी थी।''

''कुछ कह रही थी।''

''मैं मिला नहीं, शाम को देखा था हॉस्टल की ओर जा रही थी।''

कमरे पर लौटते हुए अमर ने तय किया कि वह शाम को विमला से मिलने जायेगा।

अक्सर दो गहरे मित्रों के प्रथम परिचय का कोई तीसरा माध्यम समय के साथ नेपथ्य में चला जाता और दोनों उसे बिलकुल भूल जाते या कभी-कभी तो ऐसा होता कि दोनों की ही धारणा उसके विषय में एकदम बुरी होती। आज से पाँच साल पहले अमर और विमला के बीच परिचय का जो तीसरा सूत्र था, वह इनके बीच से कब खो गया, इसे कोई नहीं जान पाया। बात बस यह हुई कि धीरे-धीरे वे रोज शाम मिलने लगे। दोनों में किसी-न-किसी का काम पड़ा ही रहता। फिर बगैर काम के भी, यूँ ही। दोनों एक-दूसरे के गाँव, घर, दोस्तों और एक-एक चीज के बारे में समान रूप से परिचित होते चले गये। उन्हीं दिनों एक शाम महिला छात्रावास के गेट पर खड़ा होकर अमर विमला से कुछ बात कर रहा था। तभी विमला की एक मुँह लगी सहेली बिलकुल आकस्मिक तरीके से आकर वहीं खड़ी हो गयी। अपनी कुहनी से विमला को ठुनकी मारी और अमर से कुछ मजाक करके लौट गयी। उसकी इस अप्रत्याशित हरकत से विमला और अमर न सिर्फ भौंचक्के रह गये बल्कि विमला

तो शरमाकर लाल पड़ गयी। इस अटपटेपन के साथ ही दोनों के बीच कोई बात अभिव्यक्त हुई? विमला ने महसूस किया कि भीतर सोयी हुई कोई बहुत नरम चीज हिल जाने से आँख मिचमिचाते हुए करवट ले रही है। और अमर देर तक उस लड़की को जाते हुए देखता रहा। पता नहीं क्यों उससे विमला की ओर ताका नहीं जा रहा था। बाहर पेड़ों पर हँस रहे फूलों से कुछ कहकर कनखी ताकती मुस्कराती हवा उसके भीतर घुसने की कोशिश कर रही थी। कहना न होगा कि उसी दिन के बाद धीरे-धीरे दोनों एक-दूसरे से बहुत-सारी अनकही बातें भी कहते चले गये। इस बीच रूठना-मनाना, लड़ना-झगड़ना सब-कुछ चलता रहा। दोनों एक-दूसरे की जरूरत बनते चले गये।

इसके कई महीने बाद एक साँझ गंगा के किनारे रेत पर बैठे हुए, वे जाने क्या-क्या बातें करते रहे। देर होती रही। आखिर सूरज क्या करता? थककर पेड़ों के पीछे चला गया। मल्लाह नाव लेकर किनारों की ओर लौट पड़े। जमाने का क्या भरोसा, रात के वीराने में गंगा के साथ कोई बदतमीजी न कर दे, सो टिमटिमाती बत्तियों के अँजोर में घाट जगे हुए थे। लेकिन वहाँ अकेले में दोनों बैठे तो बैठे ही रहे। जब बातें खतम हो गयीं और कहने के लिए कुछ भी नहीं रह गया तब अमर बार-बार विमला के चेहरे की ओर ताक रहा था। कुछ छिपकर, कुछ बदतमीजी से। पहले ऐसा कभी नहीं हुआ था। विमला से यह बात छिपी नहीं। गंगा का पानी उसके भीतर धीरे-धीरे हिल रहा था। आस-पास की सारी चीजें चुप थीं। आकाश और पृथ्वी भी। पलकों के गिरने से भी आहट हो सकती थी। इसलिए समय भी वहीं अटक गया। सब जैसे कुछ सुनने के लिए कान रोपे हों। तब इस भय से भरा हुआ कि कहीं कुछ हिल न जाय, अमर ने कहा—"विमला, मैं तुम्हें छू लूँ?" अचानक सब हँस पड़े इतनी-सी बात। विमला ने कहा—"छू लो।"

तब जैसे छोटे लड़के फूल की पंखुड़ी को छूते हैं, उसने तर्जनी से बहुत हल्के उसके गाल को छू लिया। वह हँस पड़ी। एक ममता चारों ओर बिखर गयी। उस दिन हॉस्टल आकर विमला ने अपनी डायरी में लिखा— "उसका दिल मेरे सीने में धड़कता है।" और अमर तो अकेले में रह-रहकर जाने क्या सोचता, मुस्कराता सारी रात बिता दिया, नींद नहीं आयी। आज लगता जैसे शताब्दियों पहले बीते हुए वे दिन अपार खुशियों से भरे थे, जब अमर पढ़ाई पूरी करने की धुन में था और विमला घर से निश्चिन्त थी।

पिछले डेढ़ साल से पढ़ाई पूरी करने के बाद नौकरियाँ ढूँढ़ने का जो सिलसिला शुरू हुआ उसने अनुभवों के अँधेरे बर्फ के नीचे सारी उमंगों और उम्मीदों को दबाकर ठण्डा कर दिया। एक भरी-पूरी जिन्दगी बाहर और भीतर से खोखली होने लगी। एक बार जब यह खोखलापन जिन्दगी से शुरू हुआ तो अमर ने देखा कि माँ, बाप, गाँव,

घर यहाँ तक कि विमला भी इससे बची नहीं है। माँ नौकरी के बारे में पूछती, बाप नौकरी के बारे में पूछता। गाँव के लोग पूछते क्या कर रहे हो? जीवन से बँधा यह सीधा-सादा सवाल विष-बुझे तीर की तरह इतना असहनीय हो गया कि अगर पैसे की जरूरत नहीं पड़ती तो वह कब का घर जाना बन्द कर देता। दबी जबान से पिता जी उसे बताते फलाँ के लड़के की वहाँ नौकरी लग गयी, और महीने भर के लिए डेढ़ सौ रुपया देते हुए यह जरूर बताते कि किससे उधार लेकर आये हैं। इस भयावह चुप्पी के क्षणों में उसे लगता कि शीशे की तपती छत के ऊपर वह अकेला और असहाय खड़ा है।

साँझ का समय। दिन-भर की भीड़ में थका हुआ सूरज विश्वविद्यालय के कैम्पस में ढलने चला आता। प्रकृति का समूचा सौन्दर्य यहाँ आकर अटक जाता है। लड़के-लड़कियाँ नहा-धोकर एकदम तरोताजा होते और सड़क पर निकल पड़ते। इनमें तरह-तरह के होते हैं—कुछ सिर्फ छींटाकशी करके रह जाते, कुछ ढेले भी फेंकते हैं। कुछ गालियाँ सुनकर ही रह जाते, कुछ कभी-कभार लात-चप्पल भी पा जाते हैं। कुछ इन सबसे अलग सीधे महिला छात्रावास पहुँचकर चपरासी भेजते, इन्तजार करते, फिर प्रेम करते, फिर चले आते। पूरे विश्वविद्यालय में ये बहुत कम हैं और ये अक्सर दूर-दूर से एक-दूसरे को पहचानते हैं। इनमें से अधिकांश अमर को भी जानते हैं और विमला को भी।

आज जब अमर महिला छात्रावास के गेट पर पहुँचा तो इन्तजार नहीं करना पड़ा। विमला के साथ दो लडकियाँ थीं, वह जल्दी में कहीं जा रही थी। चेहरे पर थकावट और परेशानी झलक रही थी। अमर को देखकर मुस्कराने की कोशिश भी नहीं की, पास आकर पूछा—"तुम कब लौटे?"

"आज दोपहर को।"

"इण्टरव्यू कैसा हुआ?"

"इण्टरव्यू से कोई फरक नहीं पड़ता, वहाँ के लिए मैं विजातीय था।"

दोनों लड़कियाँ दूसरी ओर चली गयी थीं। बातचीत के क्रम में अमर को फिर उसी कृत्रिम औपचारिकता का अहसास होने लगा जो पिछले कुछ दिनों से वह विमला में महसूस कर रहा था। कहीं कोई उत्सुकता नहीं, कहीं कोई सहजता नहीं। बगल में एक लड़का स्कूटर पर पैर टिकाकर खड़ा था और एक लड़की हैण्डिल पकड़े उछल-उछलकर बात कर रही थी। यहाँ अधिकांश लड़के कमोबेश इसी मुद्रा में चारों ओर बिखरे हुए थे। सड़क से गुजरते लड़के-बूढ़े सभी जरूर एक आँख इधर-उधर देख लेते। अमर कुछ असहज महसूस कर रहा था। चुप्पी तोड़ते हुए उसने कहा—"चलो उधर पेड़ की तरफ चलें। थोड़ा घूम लेना। वहीं बैठेंगे।"

विमला चल पड़ी, बगैर किसी खिंचाव और मकसद के। तेज मोटर साइकिल पर बैठे हुए तीन 'हीरो' लड़के जोर से हॉर्न बजाते बगल से गुजरे। उन्होंने कुछ 'टाण्ट' किये। लेकिन विमला जैसे कुछ सुनी ही नहीं।

पेड़ के पास बैठते हुए दोनों चुप थे। हवाओं से लग कर पत्तियाँ आहिस्ते-आहिस्ते हिल रही थीं। पेड़ों से लटकता अँधेरा जमीन को छू रहा था। चारों ओर फैले सन्नाटे के बीच एक शोर दबा हुआ था। विमला की चप्पल बार-बार अमर के पैरवाले अँगूठे पर उछल रही थी, लेकिन वह बहुत तटस्थ थी। भीतर की ऊब जब असह्य होने लगी, तो अमर ने पहलकदमी की—"क्या सोच रही हो?" विमला ने लम्बी साँस ली—"मीनाक्षी मर गयी। मर क्या गयी, जला दी गयी।"

अमर चौंक पड़ा—"अरे, कब कैसे?"

"नरेन्द्र ने जला दिया। हरामी, नीच। पीछे-पीछे लगा रहता था। प्रेम करता था। शादी के बाद पैसा चाहिए। लोग कितने लुच्चे होते हैं।"

अत्यधिक उत्तेजना के कारण वह हाँफ रही थी। अमर को लगा कि विमला कहीं मीनाक्षी की सम्भावनाओं में खुद को तो नहीं सोच रही है। वह बात को टालने की गरज से दूसरी ओर घूम गया—"कल छात्रावास में अमरूद बेचने आयी एक बारह साल की लड़की के साथ कुछ लड़कों ने..." विमला अचानक उठी—"अमर, मैं हॉस्टल जा रही हूँ।"

हॉस्टल के बड़े फाटक तक आकर वह रुक गयी। एक मिनट तक कुछ सोचती रही, फिर बोली—"कल तुम थे नहीं, पापा आये थे।"

"अमर, मैं तुमसे एक बात बताना चाहती हूँ। हो सकता है तुम कुछ दूसरा सोचो लेकिन बहुत परेशान हूँ। पापा ने मेरी शादी ठीक कर ली है। लड़का जमशेदपुर में इंजीनियर है।" अमर को लगा कि सामने की दीवारें बहुत तेजी से घूम रही हैं और एक तूफान उसके भीतर विस्फोट कर रहा है। उस भयावह क्षण में वह चुपचाप खड़ा था। विमला ने बहुत हिम्मत से उसके चेहरे की ओर देखा जहाँ असंख्य बनती-मिटती लिपियों के एक-एक अक्षर आक्रामक होकर उभरते और दबा दिये जाते। वह होंठों को भींच रहा था, बोला—"विमला, सारी बातें साफ हो जानी चाहिए। तुम परेशान क्यों थी? मुझे बता पाने की दुविधा से या शादी से?"

विमला जवाब दे रही थी—"मैं अपने बारे में कुछ नहीं सोचती। और बगैर पिता से पैसे लिये मैं हॉस्टल में एक दिन ठहर भी तो नहीं सकती। विश्वविद्यालय की जिन्दगी हमारी असलियत से बहुत दूर है। यहाँ से मैं कोई फैसला नहीं ले सकती। फिर मीनाक्षी की घटना...मैं कोई निर्णय नहीं ले पाऊँगा।"

अमर को यह भाँपते देर नहीं लगी कि आज विमला की बातों में समझदारी की कमी नहीं, बल्कि दुनियादारी का अतिरेक है। वह विमला नहीं कुछ और बनकर

अपनी सुरक्षा चाहती है। बहुत दृढ़ और संयत होने की कोशिश करते हुए उसने कहा—"देखो विमला, तुम्हारी जिन्दगी है, तुम्हारा विवेक है लेकिन एक बात जान लो मीनाक्षी के साथ जो हुआ वह बहुत बड़ा अपराध है। मीनाक्षी औरत थी, तुम औरत हो। क्या इसीलिए तुम सोचती हो कि इस पर सोचना सिर्फ तुम्हारा धर्म है? और इससे सिर्फ तुम्हीं निर्णय ले सकती हो। मैं नहीं जानता कि मीनाक्षी को जलाकर नरेन्द्र को कितना, क्या मिला? लेकिन तुम्हें मिल रहा है। एक चीज जो बहुत सच है उसके खिलाफ तुम अपराध को, तर्क बना रही हो।"

थोड़ी देर तक सब-कुछ चुप था। अमर एकटक विमला के चेहरे की ओर ताक रहा था, लेकिन वह जैसे कुछ न सुनना-समझना चाहती दूसरी ओर देख रही थी। उसके चेहरे पर कुछ भी खोज पाने की असफल चेष्टा से घबराकर वह बोला—"वैसे किसी के निर्णय को बदलना मेरी आदत के खिलाफ है, लेकिन मजबूरी में किये गये गलत काम को भी सही मानने की खुदगर्जी आदमी को और ज्यादा गलत बना देती है, इसलिए असलियत तो जानना ही चाहिए।"

फिर थोड़ी देर तक छायी चुप्पी के बाद विमला ने कहा-"मैं हॉस्टल जा रही हूँ।"

अमर कुछ देर तक खड़ा उसको देखता रहा फिर धीरे से बोला—"ठीक है मैं चल रहा हूँ।"

वहाँ से चलने के बाद विमला जो कुछ महसूस कर रही थी वह दो तरह का था। पहले तो उसे एक सन्तोष और राहत मिली जो बहुत मुश्किल काम कर लेने के बाद मिलती है। दूसरी तरफ, किसी सुरक्षित और सजायी गयी चीज को बेतरतीबी से उलट-पुलट दिये जाने की तरह लग रहा था। उसे लगा, आज कितने दिन बाद अमर ने उसे फिर उसी बर्बरता से चीर दिया, जैसे पहले करता था। नयी-नयी दोस्ती के समय कोई भी बात जब उसे गलत लगती तो वह बरस पड़ता। जैसे भीतर छिपे हुए नासूर को चीरकर मवाद निकाल दी जाय और तब जैसा सुख लगता है, विमला उसी सुख को प्रेम करती थी लेकिन आज जो नासूर उसने चीरा उसकी मवाद सिर्फ दिखाकर छोड़ दिया। उसे बाहर नहीं निकाला। इस छटपटाहट के बावजूद वह बार-बार संयत होने की कोशिश करते हुए सिर को झटक रही थी। लेकिन उस मन का क्या करती जो मान ही नहीं रहा था। इन्हीं दोनों भावों में उसका मन बार-बार डूबता-उतराता। उसे लगा कि आज वह बहुत कमजोर हो गयी है। और अमर जब वहाँ से चला तो उसने दुकान पर एक सिगरेट खरीदकर सुलगाया, फिर एक रुपया देकर चल दिया। दुकानदार ने उसे बुलाकर पैसा लौटाया। सामने से आ रहे एक प्रोफेसर उसे बुलाकर कुछ पूछना चाहते थे, लेकिन उसने नमस्कार ही नहीं किया। आगे जाकर चाय की दुकान पर वह जिस बेंच पर बैठा, वहीं यूनिवर्सिटी के चार-पाँच

नये-नये लेक्चरर बैठे हुए किसी लड़की के 'हिप' के बारे में बात कर रहे थे, और इस बात के लिए जोर आजमाइश कर रहे थे कि वह जरूर चालू किसिम की है। उनके लगातार चल रहे तर्कों में एक ने इजाफा किया कि 'बँगालिनें' वाकई ऐसी होती हैं। अमर अचानक तेजी से उठा और पीछे मुड़कर बोला—"आप लोगों का अपने विषय में क्या ख्याल है?" सब-के-सब भौंचक्के रह गये, जैसे बेबात की बात बीच में बोलनेवाला यह आदमी निहायत असभ्य और उजड्ड हो। उसे जोर की भूख लगी हुई थी लेकिन होटल में दो रोटी खाने के बाद जब कोई स्वाद नहीं मिला तो उठकर चल दिया। प्रॉक्टर ऑफिस के सामने छात्रों की भीड़ जमा थी। लड़के कुर्सियाँ और शीशे तोड़ रहे थे। पता लगा कि, हॉस्टल में गुण्डों ने एक लड़के को गोली मार दी है। छात्रों का हुजूम छात्रसंघ के खिलाफ नारे लगा रहा था। उनका पूरा विश्वास था कि छात्रसंघ प्रशासन का दलाल है। कुर्ता-पायजामा पहने नेता टाइप लड़के इन सारी कार्रवाइयों में आगे पहुँचने के लिए एक-दूसरे को धक्का दे रहे थे। अमर जानता है कि इनमें से अधिकांश अगले साल छात्रसंघ का चुनाव लड़ने की तैयारी कर रहे हैं और यह सारी तैयारी उनके चेहरे पर इस समय एक विकृत गुस्सा बनकर ऐंठ रही है। तभी गेट के भीतर पुलिस और पी.ए.सी. की कई गाड़ियाँ घुसती दिखायी दीं। लड़के तितर-बितर होने लगे।

हॉस्टल आने पर अमर ने देखा कि वे सारे नेता उससे पहले यहाँ आ चुके हैं। उनके इर्द-गिर्द लड़कों का छोटा-छोटा झुण्ड इकट्ठा है और वे बहुत ही शान्त और निस्पृह भाव से पूरी घटना की क्रमवार जानकारी दे रहे हैं। साथ ही यह भी बता रहे हैं कि गुण्डों को कौन नहीं जानता! लेकिन उनका कुछ नहीं बिगड़ेगा। छात्रसंघ उनके पक्ष में है। आदि-आदि।

कमरे का दरवाजा खोलते ही उसने देखा कि टैम्पो से तीन लड़के उतरे। बात क्या हुई अमर जान नहीं पाया, लेकिन वे तीनों टैम्पोवाले को बुरी तरह से पीटने लगे। शायद टैम्पोवाले को यहाँ का कायदा-कानून नहीं मालूम, नहीं तो भला मुल्क के किसी कोने में शरीफजादों से पैसा माँगा जाता है। टैम्पोवाला बाबू साहब लोगों के पैर पर गिरकर अपनी गलती के लिए बार-बार माफी माँग रहा है। अमर सारे लड़कों की तरह चुपचाप देखता रहा और जब नहीं देखा गया तो भीतर चला गया। कुछ लड़के जिन्हें 'अपने' होने का भी थोड़ा अहसास था, वे आगे बढ़कर यह समझाते हुए छोड़ देने का आग्रह करने लगे कि—"सालों को तमीज नहीं होती है। जाने दीजिये। अब इसका दिमाग ठिकाने आ जायेगा।"

रात को सोते समय अमर ने हिसाब लगाया तो पाया कि शायद यह उसकी जिन्दगी का सबसे खराब दिन रहा है वरना ये सारी अतिपरिचित घटनाएँ उसे इस तरह असहज क्यों कर देतीं। उसका दिमाग जोर से भन्ना रहा था। दिन-भर की बेहद

थकावट के बावजूद उसे नींद नहीं आ रही थी। थोड़ी-थोड़ी देर के अन्तराल पर उसके भीतर एक तूफान उठता। वह ऊपर से बहुत शान्त और तटस्थ दिखते हुए बिस्तर पर पड़ा-पड़ा छत की दीवाल पर एक ऐसा चित्र बनाने लगा जो उसे थोड़ी देर सुख दे सके। बचपन के कई मित्र, जिनका अब कहीं अता-पता नहीं, एक क्षण के लिए माँ, बाप, विमला, सुनील सब बारी-बारी दीवाल पर उभरते लेकिन भीतर चल रहा तूफान सबको डुबो देता।

इन्हीं दुश्चिन्ताओं में पड़े-पड़े जैसे ही उसकी आँख झपकी कि रात के सन्नाटे को बेधती-भागो-भागो!! की आवाज सुनकर वह झटके से उठा। बगलवाले हॉस्टल में पुलिस लड़कों की तलाशी लेते हुए पीट रही थी। जल्दी-जल्दी कमरे से निकलकर उसने ताला बन्द किया। पीछे से बूटों की आवाज दौड़ती चली जा रही थी। जब वह भाग रहा था तभी अचानक कोई मोटी चीज उसके सिर से टकरायी। उसे लगा कि चक्कर खाता हुआ वह किसी अँधेरे कुएँ में लुढ़का जा रहा है। तभी सनसनाता हुआ एक पत्थर बगल से गुजरा और बूटों के बीच से बहुत भद्दी चीख उभरकर पीछे की ओर भागी। उसे लगा कि हाथ पकड़कर कोई खींच रहा है।

हॉस्पिटल के इमरजेन्सी वार्ड में जब उसकी आँख खुली तो देखा कि कई लड़कों के सिर पर पट्टियाँ बँधी हैं। सिर से खून का रिसना ठण्डा-ठण्डा महसूस हो रहा था तभी बगल में खड़ा सुनील मुस्कराया—"साले एकदम भोंदू हो। एक ही डण्डे में आँख मुँद गयी। पुलिसवाले पकड़ लेते तो अब तक दूसरी दुनिया में रहते।"

अमर मुस्कराया—"चलो अच्छा हुआ। मुझे तो कुछ याद ही नहीं रहा।"

दूसरे दिन अमर घर चल पड़ा। रातवाली घटना से विश्वविद्यालय में हंगामा मचा हुआ था। लड़कों का बड़ा जुलूस वाइस चान्सलर लाँज के सामने मोर्चा लिये हुए नारे लगा रहा था। चारों ओर पी.ए.सी. की गाड़ियाँ खड़ी थीं। एक छात्रनेता, जो अब यहाँ छात्र नहीं है, जल्दी-जल्दी मोटरसाइकिल से उतरा और भीड़ के आगे जाने की कोशिश करने लगा। आज से आठ साल पहले जब यहाँ अमर बी.ए. का छात्र बनकर आया था, तब भी उसे इसी रूप में देखा था। छात्रसंघ में अपनी मजबूत पकड़ तथा अधिकारियों में भीतरी पहुँच की बदौलत अब वह विश्वविद्यालय में ठेके लेता है। उसकी बुजुर्गित और अपने पुराने परिचय के कारण पुलिसवाले उसे देखकर मुस्करा रहे हैं, लेकिन वह बहुत उग्र है। लड़के उसे देखते ही जोर से चिल्लाये—"वी. सी. के दलालों को एक धक्का और दो।" और वह धक्का खाकर आगे चला गया।

अमर ने महसूस किया कि अब तक जो घृणा उसके भीतर ऐंठ रही थी, वह अब भीड़ में फैल रही है। वह दूसरी ओर मुड़ गया। आगे उसे सुनील मिल गया, बोला—"अभी अनिश्चितकालीन बन्दी भी नहीं हुई तभी चल दिये।"

अमर ने कहा—"गाँव जा रहा हूँ।"

कब लौटोगे?

"कह नहीं सकता।" लेकिन अमर सोच रहा था कि अबकी बार शायद लौटना न हो सके। गेट के बाहर निकलते हुए उसे लग रहा था कि आठ साल पहले जो खिलता हुआ फूल यहाँ फल बनने की उम्मीद से आया था, आज वह घायल होकर लौट रहा है। रास्ते में अकेले चलते हुए सारी घटनाएँ उसके दिमाग में बुलबुले की तरह डूब-उतरा रही थीं। वह बहुत शान्त तटस्थ और हृदय की सारी संवेदनाओं को जागृत कर सोच रहा था—क्या विमला ने जो कुछ भी किया उससे अलग कुछ दूसरा कर पाना उसके लिए सम्भव था? नाव खे सकने की सारी कलाओं से परिपूर्ण होकर भी कोई ऐसी नाव पर चढ़ना चाहेगा, बीच धारा में जिसका टूट जाना निश्चित हो? क्या विमला इस सामाजिक संरचना की ऐसी कमजोर बिन्दु मात्र नहीं है जहाँ पूरी तरह सड़ चुका हाड़-मांस, और रक्त सिर्फ जख्म बनकर फूटता है। तब विमला के प्रति क्रूर होने की भूल करना क्या अपनी दुर्बलता का बचाव करना नहीं है?

बस पर बैठते हुए उसे अपना गाँव याद आया और एक अदृश्य भय भीतर रेंगने लगा। एक बार उसके मन में आया कि लौट पड़े लेकिन ऐसा नहीं कर सका। यात्रियों से भरी हुई बस शहर की बढ़ती भीड़ में रुक-रुक जाती। दुकानों पर भी भीड़ है। लोग सामान खरीदने में व्यस्त हैं। सड़क पर रिक्शे, टैम्पो भागे जा रहे हैं। इस समय वह शहर की जिस भव्य कॉलोनी के सामने से गुजर रहा है, आठ साल पहले वहाँ सूअर लोटते थे। विकास प्राधिकरण की बड़ी-बड़ी बिल्डिगें बन रही हैं। बावजूद इसके कि शहर में बसन्त का आभास देने के लिए कोयल कूक रही है, उसे लगा कि चारों ओर एक भयावह बदबू फैल रही है और कभी-न-कभी यह बदबू शहर की जिन्दगी और मौत से जुड़ ही जायेगी।

●

स्वान्तः सुखाय

यह अस्सी चौराहे की सबसे प्रतिष्ठित और पुरानी चाय की दुकान है। बनारसवाले इसे साहित्य और कला का एकमात्र केन्द्र मानते हैं। उन लोगों के विचार से प्रतिभाएँ यहीं अंकुरित होती हैं। रोपने के समय दिल्ली, भोपाल या पटना में चाहे जो बाजी मार ले जाय। बारह आने के एक गिलास चाय और चार आने में भाँग की एक गोली, तरह-तरह के लोग सुबह-से ही आने शुरू हो जाते हैं। यहाँ मौलिक खबरों का बाजार इतना गर्म रहता है कि दुकानदार ने आज तक अखबार खरीदने की जरूरत नहीं महसूस की। शरीफ लोग इस दुकान में कभी नहीं आते हैं। उनका कहना है कि एक तो इस दुकान में चाय देर से मिलती है और दूसरे शोर बहुत होता है। लेकिन जो बनारसी होते हैं वे शरीफ कम होते हैं।

अगर आप यह मानते हों कि आजकल के साहित्य को लेकर जनता में कोई दिलचस्पी नहीं रह गयी है, अगर आपकी चिन्ता जनता के अराजनीतीकरण को भी लेकर बढ़ रही हो, तो मेरा आपसे निवेदन है कि आप एक बार यहाँ जरूर आयें। आपको कोई तकलीफ नहीं होगी। बगल में दीक्षित जी की पत्रिकावाली दुकान है। वहाँ आप घण्टों बैठकर मुफ्त में कोई अखबार, कोई पत्रिका पढ़ सकते हैं। आप एक बार जरूर आयें। यहाँ लोग हर विषय पर समान अधिकार से बात करते हैं औरत पर भी और अध्यात्म पर भी।

आजकल शहर के बनियों ने सफलता और सार्थकता को आपस में इतना घुला-मिला दिया है कि आम तौर पर लोग इनके बीच का फासला भूलकर इन्हें एक मान बैठे हैं। जबकि यहाँ बैठनेवाले आज भी दोनों का अन्तर समझते हैं। ये लोग सफलता का अर्थ जानते हैं। उसमें एक खूबसूरत बीवी होती है। दो या तीन बच्चे होते हैं। साफ-सुथरा ड्राइंग-रूम होता है। आटा, चावल, चीनी, चाय और दूध का हिसाब होता है। मेहमानों की चिन्ता होती है। सफल लोगों की दुनिया शेषनाग के फन पर टिकी होती है। और उस फन में सबसे कीमती मणि होती है। मणि के लिए सफल लोग नरक के रास्ते चलते जाते हैं। अकेले-अकेले। इसलिए यहाँ बैठनेवालों को अपनी असफलता का कोई मलाल नहीं है। वहाँ कोने में बैठा हुआ आदमी

जिसके कन्धों पर झोला टँगा हुआ है, वह अपने आसपास के लोगों को एक कविता सुना रहा है।

दुकान में एक तरफ बैठा हुआ प्रभात सिगरेट पीते हुए ध्यान से कविता सुन रहा है। वह अपने मरे हुए बाप के बारे में सोच रहा है। वह उस औरत के बारे में भी सोच रहा है जिसने आज उसे सिनेमा दिखाने के लिए बुलाया है। इस समय ग्यारह बज रहे हैं और 'शो' साढ़े बारह से पहले शुरू नहीं होगा। अगर वह यहाँ से पैदल भी चले तो 'विजया टाकीज' का रास्ता आधा घण्टे से ज्यादा का नहीं है। इसलिए वह इत्मीनान से बैठकर सिगरेट पीते हुए सोच रहा है।

शेषनाग के फन पर टिकी दुनिया बहुत तेजी से घूम रही है और बदल रही है। प्रभात भी बदल रहा है। अगर वह पाँच साल पहले जैसा होता तो अब तक कभी का सिनेमा हॉल पर पहुँचकर उस औरत की, जो तब सिर्फ सुमन थी, उसकी प्रतीक्षा करता। बेचैन होता। दूर दिखायी देनेवाले टैम्पो को आँखें गड़ाकर देखता रहता और बगल से गुजर जाने का इन्तजार करता। फिर दूसरा, तीसरा, चौथा और पचासों टैम्पो यूँ ही गुजर जाते। प्यार में प्रतीक्षा और प्रतीक्षा में समय बहुत मुश्किल होता है। वह झुँझलाता और सोचता कि आज गुस्सा जरूर करूँगा। लेकिन तभी पसीने से तर-ब-तर तेज धूप में जलती उस सड़क पर उसके एकदम करीब वसन्त का एक छोटा-सा टुकड़ा हौले से आकर उसे पीछे से छू देता—"बच्चे मैं कब से खड़ी-खड़ी राह देख रही हूँ, और आप यहाँ किसका इन्तजार कर रहे हैं।"

दुनिया की सबसे सुन्दर लड़की के सामने वह गुस्सा होने की कोशिश करता लेकिन एक नैसर्गिक मुस्कान कोमलता से उसे थाम लेती—"बस-बस, क्या तुम्हें मुझ पर यकीन नहीं है। ये प्रमाण ले लो।" उसके खुले हुए हाथों पर सिनेमा के टिकट पहले से ही मौजूद होते। अब वह लाचार होकर अपने ही ऊपर खिसियाता कि सड़क पर खड़ा होकर भी सुमन को क्यों नहीं देख पाया था। वह बताती थी कि, "दूर से ही मैंने तुम्हें सड़क पर देख लिया था। रिक्शे से उतरकर गली में मुड़ गयी और पीछे के रास्ते सीधे टिकट खिड़की पर पहुँच गयी।" फिर वह चुहल करती, "प्रतीक्षा में थके हुए प्रेमी को देखकर मन विश्वास से भर जाता है।"

लेकिन पाँच सालों में एक समूची दुनिया ही बदल गयी। एक दिन शेषनाग के फन पर टिकी हुई धरती अचानक ही घूम गयी थी। गर्मियों के दिन थे। 'लाइफ आफ गैलीलियो' का रिहर्सल चल रहा था। थियेटर के बगलवाले लॉन में बैठकर वह अपने डायलाग याद कर रहा था। तभी सुमन आयी। उसकी उँगली में मँगनी पर मिली सोने की अँगूठी थी। वह बहुत खुश थी कि उसकी सास बहुत अच्छी है। उसका होनेवाला पति इतनी कम उम्र में ही बैंक का मैनेजर है। उसने उँगलियाँ सीधी कीं और बताया कि यह अँगूठी उसकी सास ने दी है। प्रभात पूरी तरह डायलाग याद

करने के नशे में था। उसने उसकी आँखों में आँखें डालकर चीखती हुई-सी आवाज में याद किये हुए डायलाग का एक टुकड़ा किनारे से तोड़कर चस्पा दिया, "सुमन, जब तुमने कहा कि तुम्हारी मँगनी हो गयी है तो मुझे तुम्हारा अस्तित्व चिता पर आग की लपटों से घिरा हुआ दिखायी देने लगा...जब तुमने सोने की अँगूठी दिखायी तो मुझे जलते हुए मांस की दुर्गन्ध महसूस होने लगी।"

शुभ मुहूर्त्त पर ऐसी अशुभ बातें सुनकर वह लड़की न सिर्फ रोने लगी बल्कि उसने यह भी बताया कि, "तुम्हारे जैसा नीच आदमी इस दुनिया में मिलना मुश्किल है।"

भूरेलाल अपना डॉयलाग याद कर चुका था और थोड़ी दूर पर बैठा हुआ उन दोनों की बातें सुन रहा था। लड़की के हटते ही वह प्रभात के करीब चला आया। नाटक में उसे गैलीलियो की भूमिका करनी थी। आकाश की ओर देखते हुए अपना डायलाग बोलने लगा, "पोप और राजा और धर्म की किताबें इस सच्चाई को कब तक और कैसे छिपा सकती हैं कि पृथ्वी घूम रही है। लेकिन जेल की इस अँधेरी और भयानक कोठरी में अकेले पड़े-पड़े मुझमें सत्य को स्वीकारने का साहस नहीं रह गया है। आज की रात कितनी काली और भयावह है।"

प्रभात ने डायलाग के टुकड़े को पकड़ने की चेष्टा की, "कितना दुर्भाग्यशाली है वह देश जिसका कोई नायक नहीं होता।"

लेकिन उस लड़की का नायक था। नायिका ने ड्राइंग-रूम सजाने के लिए सोफे खरीदे। टीवी और खिड़कियों के लिए पर्दे खरीदे। उसने चूड़ियाँ, साड़ियाँ और लिपिस्टिक खरीदे। तरह-तरह के क्रीम और पाउडर खरीदे। शिमला और मंसूरी की पहाड़ियों पर जाकर प्राकृतिक सौन्दर्य का सृजनात्मक उपयोग किया। पाँच वर्षों में दो बच्चों की माँ बन गयी।

फिल्मी गीतों की जितनी भी एक-दो लाइनें याद थीं, प्रभात ने सबको गाया। दाढ़ी भी बढ़ायी, लेकिन नौकरी के लिए जब पहली बार 'इण्टरव्यू' देने गया तो उसे लगा कि दाढ़ी बढ़ाकर फकीर तो हुआ जा सकता है लेकिन नौकरी नहीं मिलेगी। फिलहाल उसे नौकरी की ही जरूरत थी। पिछले पाँच सालों से उसे लगातार नौकरी की जरूरत है।

कल शाम को प्रभात दशाश्वमेध से गोदौलिया की ओर आ रहा था। अचानक रास्ते में सुमन मिल गयी। उसके हाथों में सामानों के पैकेट थे। वह बहुत खुश थी। उसने बताया कि, "दुकान के शीशे में ही तुम्हें देखकर पहचान गयी और दौड़ी हुई आ रही हूँ। और तुमने इस तरह दाढ़ी क्यों बढ़ा रखी है? अरे हाँ, तुम तो पहले से ही 'फिलासफर' थे।" प्रभात को लग रहा था कि इसके भीतर की सारी खुशियाँ

गन्दगी फैलाये हुए हैं। तभी वह बोल पड़ी, "चलो किसी दुकान में चलकर डोसे खायेंगे। कॉफी पियेंगे, इतने दिनों पर मिले हो, सबके हालचाल मालूम हो जायेंगे।"

प्रभात ने दिन भर से कुछ खाया नहीं था। उसने सोचा कि डोसे के साथ इस औरत को थोड़ी देर झेल लेने में कोई हर्ज नहीं है। इस बीच साथ-साथ चलते हुए वह लगातार बोले जा रही थी कि, "यहाँ बनारस में तो लोगों को सड़क पर चलने का 'शऊर' ही नहीं है। चारों ओर भीड़ किये रहते हैं। किसी भी आदमी के साथ चलो तो लोग ऐसे घूरते हैं जैसे शरीर को छेद देंगे।" रेस्टोरेण्ट में घुसते हुए उसने बताया कि, "ये देखो, कैसे कुर्सियाँ लगा रखी हैं। किसी भी चीज का कोई तरीका ही नहीं मालूम।" आदि-आदि।

डोसा खाते समय प्रभात ने तीन बार साँभर मँगाया। नौकर सोच रहा था कि यह आदमी साँभर से ही पेट भर रहा है। इस बीच वह औरत लगातार बोले जा रही थी, "तुम तो क्रान्तिकारी हो, नौकरी करोगे नहीं और क्या तुम लोग अब भी सड़क पर नाटक करते हो? वह शुक्ला जी, वह अरविन्द, वह द्विवेदी, सब कैसे हैं?" प्रभात सोच रहा था कि इतने-सारे सवालों का जवाब एक साथ कैसे दिया जा सकता है। और असल तो इसे किसी के बारे में कोई दिलचस्पी भी नहीं है। कॉफी पीते हुए वह उसकी काँखों के नीचे ब्लाउज में चिपके हुए पसीने को देख रहा था, जो उसे काफी उत्तेजक लग रहा था। वह सोच रहा था कि पुरानी प्रेमिकाएँ सबसे दिलचस्प झूठ होती हैं। बातचीत के क्रम में उसने भी एक कुरूप झूठ बोला, "अगले महीने दिल्ली के एक अखबार में ज्वाइन करने की सोच रहा हूँ। यूनिवर्सिटी की मुदर्रिसी में तो कोई दिलचस्पी है नहीं। अखबारों में अच्छा यह रहता है कि मुख्यधारा से जुड़े रहकर आप अपने विचारों को फैला भी सकते हैं। दो हजार का ऑफर है।"

औरत ने कहा, "है तो ठीक। लेकिन दिल्ली जैसे शहर में तुम दो हजार में कैसे रहोगे। अब देखो, छह सौ रुपये लेकर मैं चली थी। मुश्किल से तीस-बत्तीस रुपये बचे हैं।"

प्रभात ने सोचा कि अब यह इतनी बेशरम हो चुकी है कि इसे इतने झूठ से भी तसल्ली नहीं हुई। और यूँ ही मुस्कराकर रह गया।

चलने से पहले उस औरत ने बताया कि, "उसका बड़ावाला लड़का बहुत शैतान है। मुझे घर से निकले काफी देर हो गयी है। अभी तो बहुत-सारी बातें करनी हैं। कोई कायदे की फिल्म लगी हो तो बताओ। कल इत्मीनान से सिनेमा देखेंगे।"

प्रभात को बहुत दिनों से एक फिल्म देखने की इच्छा थी। उसने झट से बता दिया कि, "'विजया' में 'उत्सव' लगी है।"

वह दुकान में बैठा हुआ यही सब सोच रहा था। इसी बीच उसके गाँव का एक आदमी आया। उसी ने बताया कि आज चार बजे के करीब तुम्हारे पिता की

मृत्यु हो गयी है। लाश रखी हुई है। लोग तुम्हारा इन्तजार कर रहे हैं। जल्दी चले जाओ। प्रभात एक क्षण के लिए तो चौंका, लेकिन जल्दी ही सामान्य हो गया। उसे लगा कि अभी पिता जी की उम्र पचास-पचपन ही रही होगी। उन्हें कोई बीमारी भी नहीं थी, फिर अचानक मृत्यु कैसे हो गयी। वह सिगरेट पी रहा था और सोच रहा था। धीरे-धीरे उसे यह घटना सामान्य-सी लगने लगी।

वह सोच रहा था कि अगर उसे पिता के मरने की सूचना न मिली होती तो वह इत्मीनान से उस औरत के साथ सिनेमा देख लेता। लेकिन अब तो जाना ही पड़ेगा। धीरे-धीरे उसके सोचने का पहलू बदलने लगा। अगर वह न भी जाये तो लोग थोड़ी देर इन्तजार करने के बाद पिता जी की लाश को जला ही देंगे। वह साढ़े तीन बजे तक सिनेमा से खाली होकर रात साढ़े दस ग्यारह बजे तक घर पहुँच ही जायेगा। उसके पिता अकसर कहा करते थे– "अगर मैं बीमार पड़ूँ तो कोई प्रभात को दवा के लिए मत भेजना। दूसरे लोग कफन लेकर चले आयेंगे और तब तक दवा का पैकेट लिये वह बाजार में घूमता रहेगा।" उसे ऐसा कुछ भी नहीं लग रहा था कि स्वतः ही सिनेमा का प्रोग्राम छोड़ दे। वह चाह रहा था कि पिता की मृत्यु पर वह भी दुःखी और उदास हो। उसकी आँखों से दो-चार बूँद आँसू गिरें। लेकिन ऐसा कुछ भी नहीं हो पा रहा था।

इस तरह वह कभी पिता जी के बारे में और कभी सुमन के बारे में सोच रहा था। पिछले पाँच सालों में वह थोड़ी-सी मोटी हो गयी है। लेकिन उसकी आँखों में अब भी वही चमक है। जब औरत पहली बार अपने गर्भस्थ शिशु का हिलना अनुभव करती है तो आत्मगौरव से भरकर उसकी आँखें चमकने लगती हैं। उसकी देह का एक एक पोर सौन्दर्य की समूची आन्तरिक सम्भावनाओं को समेटकर किसी अदृश्य इच्छा से खिल जाता है। पूरे व्यक्तित्व की गरिमा को समेटकर अपने अस्तित्व की अद्वितीयता से सारी सृष्टि को चुनौती देती हुई औरत की आँखें चमक उठती हैं। सुमन की आँखों में स्थायी तौर पर बस गयी वही चमक उसे शुरू से ही आकृष्ट करती रही है। क्या वह उसे पहले की तरह छूने देगी? वह तरह-बे-तरह की बातें सोच रहा था और इस तरह उसने उस दुकान पर बारह बजा दिये, जहाँ सुबह आठ बजे बैठा था। जब वह सिनेमा हॉल पर पहुँचा तो सुमन उसी का इन्तजार कर रही थी। कत्थई बार्डर पर गुलाबी रंग की साड़ी पहने उसका समूचा व्यक्तित्व प्रौढ़ और तेजस्वी लग रहा था। बहुत पहले एक बार 'कैफेटीरिया' में बैठे हुए उसने सुमन से कहा था कि, "तुम्हारे ऊपर हल्का आसमानी या गुलाबी रंग बहुत अच्छा लगता है।" उन दिनों वह सिर्फ शलवार और कुर्ता पहना करती थी। वह सोच रहा था कि क्या इसे आज तक वे बातें याद हैं, या यह केवल इत्तिफाक है? औरतें एकदम गैर मर्दों और अपरिचितों तक के सामने अपने कपड़ों को लेकर बहुत ज्यादा सजग रहती हैं।

आत्म-प्रशंसा की भूख औरतों में कवियों की तरह होती है। जगह-जगह विभाजित व्यक्तित्व को एक साथ सहेजकर जीना औरत की कला है। एक को पाकर दूसरे को भूल जाना या किसी याद को लम्बे समय तक जीते हुए भी शब्द न देना, यह सब औरत ही कर सकती है। वह सोच रहा था कि अब इस औरत से कौन-सी बात किस तरह शुरू की जाय। वह अपने या अपने दोस्तों के बारे में कोई बात नहीं करना चाहता था। क्योंकि सारे दोस्त विश्वविद्यालयों या डिग्री कॉलेजों में लेक्चरर हैं। मोटी रकम वसूल रहे हैं। परीक्षा की कापियाँ जाँचते हैं। जीवन-बीमा कराते हैं। और वह आज भी सुबह की दिनचर्या ब-मुश्किल पाँच रुपये या कभी-कभी खाली हाथ शुरू करता है।

सिनेमा हॉल में वह उसके बायीं तरफ ही बैठी, प्यार के दिनों में कभी लड़-झगड़कर उसने हमेशा के लिए उसकी बायीं सीट अपने लिये रिजर्व माँगी थी। इस समय उसकी देह-गन्ध से छनकर पाउडर की हल्की-हल्की महक आ रही थी। वह स्लीवलेस ब्लाउज पहने हुए थी। उसे याद आया इन्हीं उन्मुक्त बाँहों पर दो छोटे-छोटे तिल हैं, जिनसे वह अकसर छेड़छाड़ किया करता था। अँधेरा होने के थोड़ी देर बाद प्रभात ने बहुत अनजान भाव से, लेकिन सचेत होकर अपनी उँगलियों से उसकी बाँह को छू लिया, गुलामों की तरह औरतों की आँखों में भी पैनापन और थाह लेने की अद्‌भुत शक्ति होती है, पुरुष को पढ़ने में औरत धोखा नहीं खाती। सुमन ने तत्काल अपनी बाँह को हटा लिया। और अपनी कुर्सी पर बायीं तरफ सिमट गयी। अब प्रभात अपने पतन और गिरते जाने की हद को सोचकर परेशान होने लगा। क्षमा कर देना औरत का सबसे कोमल दुर्गुण है। प्रभात की मनःस्थिति को भाँपकर उसने भुलाने की गरज से कुछ बातें करनी शुरू कर दीं, जिसके जवाब में प्रभात बस यूँ ही हाँ-हूँ करता रहा। फिल्म के अलावा भी वहाँ का सारा माहौल प्रभात के भीतर ऊब पैदा कर रहा था।

'इण्टरवल' में जब वे बाहर निकलकर लिम्का पी रहे थे तो उसने सोचा कि हो सकता है कि पिता की लाश उसी के इन्तजार में रखी हुई हो। उसने बहुत ठण्डे तरीके से, जैसे कि कोई बर्फ चिटक रहा हो, उस औरत को बताया कि, "आज सुबह उसके पिता की मृत्यु हो गयी है।"

वह अचानक चिहुँक गयी, "क्या कह रहे हो तुम? क्या यह सच है? और तुम सिनेमा देख रहे हो?"

उसने कोई उत्तर नहीं दिया और बचे हुए लिम्का का आखिरी घूँट पीने लगा। वह उसे अचरज से देखने लगी, "मैं तो ऐसे किसी आदमी की कल्पना भी नहीं कर सकती।" फिर उसने सिनेमा के टिकट फाड़कर फेंक दिये और उसे जल्दी घर पहुँचने की हिदायत दी। वह और भी बहुत-कुछ बातें कर रही थी। जिनका उसके

लिए कोई अर्थ नहीं था। वह सिगरेट सुलगाने के लिए एक आदमी से माचिस माँगने चला गया।

जब वह रिक्शा पकड़कर अपनी एक सहेली के घर जाने लगी तो उसने वहाँ खड़े-खड़े उसे एक भद्दी-सी गाली दी और पैदल ही बस अड्डे की ओर चल पड़ा।

श्मशान घाट तक पहुँचने में साँझ हो गयी थी। वहाँ उसे कोई भी परिचित आदमी नहीं दिखायी दिया। एक लाश जल रही थी। उसके पास दो आदमी हाथों में बाँस लिये बहुत तटस्थ भाव से लाश को जलने में मदद दे रहे थे। पास में ही एक लड़का, जिसकी उम्र मुश्किल से दस साल होगी, बैठकर उस जलती लाश की ओर देख रहा था, लड़के ने सिर पर बाल मुँड़ा लिये थे और पूरे शरीर पर मारकीन का एक सफेद झिंलगा कपड़ा लपेटे हुए था। लाश और लकड़ी के धुएँ से लड़के की आँखें लाल पड़ गयी थीं। उसे लड़के को देखकर बहुत दया आयी। पास ही पीपल के नीचे बैठे हुए डोम से उसने पूछा कि पिपनार गाँव से कोई लाश आयी थी? डोम ने बताया कि दोपहर को ही वे लोग ट्रैक्टर पर एक लाश लेकर आये थे, और आधा घण्टा हुआ जा चुके हैं।

वह उल्टे पाँव बस अड्डे की ओर लौट गया। परसों उसे 'इण्टरव्यू' के लिए इलाहाबाद जाना है। वह सोच रहा था कि शहर लौट चले या घर जाय। पिता की अनुपस्थिति में उसे घर का कोई रूप ही नहीं समझ में आ रहा था। पिछले पाँच सालों में वैसे भी वह बहुत कम घर जाता रहा है। गाँव पर उसका लड़का धीरे-धीरे बड़ा हो रहा है और पत्नी बूढ़ी। इन सबके बीच उसका वजूद पिचके हुए टीन की तरह होता जा रहा था।

पिता के न होने पर माँ की क्या दशा होगी? रोती कलपती माँ अब एक विधवा हो चुकी होंगी। इस खयाल के साथ ही वह नर्वस होने लगा। दुविधा के इस क्रम में ही अचानक गाँव जानेवाली बस आ गयी और वह बैठ गया। यह सोचकर कि पिता की मृत्यु के गम में कोई उससे उसकी नौकरी के बारे में नहीं पूछेगा, उसे थोड़ी राहत महसूस हुई। पिता की मृत्यु के साथ ही एक अनर्गल सवाल भी मर गया। कस्बे से गाँव की ओर जाते हुए इस बार वह एक खास किस्म के तनाव से मुक्त था।

रात घिर चुकी थी। दूर से उसे अपना गाँव शोक के काले समुद्र में घिरा और डरा हुआ द्वीप लग रहा था। गाँव के बाहर 'कोट' के टीले पर नरकट की झाड़ियों के बीच एक भैंसा हूँफ रहा था। उसे बचपन का एक दृश्य याद आया—पिता जी उसे लेकर इन्हीं झाड़ियों के पास आये थे। उन्होंने हँसिये से काटकर उसे ढेर-सारे नरकट दिये थे। उन दिनों वह पटरी पर नरकट की ही कलम से लिखता था। पिता ने उससे कहा कि इन झाड़ियों में चुड़ैल और भूत हैं जो रात को निकलकर चारों ओर घूमते रहते हैं। चारों ओर एक भयावह और घुप्प अँधेरे से घिरे हुए घर के दरवाजे

पर एक बीमार-सी लालटेन जल रही थी। वहीं पड़ोस के सात-आठ लोग चुपचाप बैठे थे। उसके आने की आहट पाते ही माँ और उसकी पत्नी जोर-जोर से चीखने लगीं। उस अँधेरे सन्नाटे में गूँजती हुई चीख दूर सिवान में जाकर विलीन होने लगी, जहाँ सियारिनें रोया करतीं। थोड़ी देर तक तो किंकर्त्तव्यविमूढ़-सा पड़ा हुआ वह वहाँ के माहौल में खुद को अजीब-सा महसूस करता रहा, लेकिन धीरे-धीरे सामान्य हो गया। दरवाजे पर लोगों का आना-जाना लगा हुआ था। पत्नी बीच-बीच में उठकर घर के भीतर और बाहर का काम करती जा रही थी, और फिर जब फुर्सत मिलती तो माँ के पास बैठकर रोने लगती।

दिन भर की भूख, प्यास, ऊब और थकान की पीड़ा से भरा हुआ वह धीरे-धीरे अपने आस-पास की उदासी का हिस्सा बन गया। लोगों से दूर अँधेरे में अकेले चारपाई पर बैठा हुआ वह उस औरत के बारे में सोचने लगा। सिनेमा हॉल के भीतर जिस तरह खिसककर वह उससे दूर बैठ गयी थी, वह अपमान अब भी उसके भीतर धीरे-धीरे घुल रहा था। वह सोच रहा था कि कल शाम को जब उस औरत ने सिनेमा देखने के लिए कहा था, तभी मुझे इन्कार कर देना चाहिए था। पिता की मृत्यु की बात सुनकर वह कैसी नसीहतें दे रही थी। क्यों वह मेरी आन्तरिक दुनिया में दखल दे रही थी। औरत किसी पुरुष की आन्तरिक दुनिया में निर्वस्त्र होकर ही प्रवेश करने का अधिकार पा सकती है, वरना, सब अपना नफा-नुकसान जानते हैं। आप अपनी सुरक्षित दुनिया में तिजोरी के ऊपर बैठकर परिवार की, गृहस्थी की, आदर्शों की माला फेरते रहिये। हमें आपकी नसीहतें नहीं चाहिए। हमारी बीवी, हमारे बच्चे, हमारी गृहस्थी आपके लिए एक मनोरंजक दया की चीज हैं। यह सही है कि मेरी जिंदगी बाँझ है, लेकिन हे सुखी-सन्तुष्ट लोगो, आपके आदर्श उससे ज्यादा बाँझ हैं। क्योंकि देश, दुनिया के सम्बन्ध में आपके सारे विचार वहीं अकेले, असहाय और निर्जीव हो जाते हैं जहाँ आपकी बीवी को 'मासिक धर्म' होने में तीन दिन की देरी हो जाती है। जहाँ आपके बच्चे को जुकाम हो जाता है। उसके भीतर एक भयंकर उथल-पुथल मची हुई थी। मानो एक ऊँची और विशाल सूली के सामने खड़ा होकर तमाशबीनों की भारी भीड़ को ललकारते हुए वहीं से एक खौफनाक हँसी हँस रहा हो कि हमारे बाद भी यह सूली रहेगी और फिर आपमें से कोई भी एक आदमी यहाँ तक लाया जायेगा। और यह क्रम चलता रहेगा। सुमन से शुरू होकर वह सारे समाज, दोस्तों, पत्नी और फिर सारी औरत जाति के खिलाफ सोचने लगा। वह सोच रहा था कि ये औरतें अपनी इच्छाओं के अनुसार सम्बन्ध बनाती हैं, और सुविधाओं का गणित लगाकर कन्नी काट लेती हैं। ईश्वर की बनायी हुई इस दुनिया में सबसे स्वार्थी औरत ही होती है। वह सुमन और फिर अपनी पत्नी के प्रति घृणा से ऐंठने लगा। जब

अचानक उसकी विचार श्रृंखला टूटी और सोचने लगा कि अगर वह यहाँ न भी आता तो ठीक ही रहता। कब सो गया, पता नहीं चला। रात के अँधेरे में जब सब लोग जा चुके थे तो पत्नी उसे जगाने के लिए आयीं। दालान के अँधेरे कोने में अपने घुटनों पर सिर रखे माँ हिचकी लेते हुए सिसक रही थी। सारा गाँव सो चुका था। वह अपनी पत्नी के साथ घृणास्पद एकान्त में चला गया।

सवेरे काफी दिन चढ़ आने के बाद उसकी नींद टूटी। शरीर का एक-एक पोर अब भी दुःख रहा था। उसने चाय पी और यह सोचकर कि पिता की मृत्यु की सूचना पाकर रिश्तेदार आज आने शुरू हो जायेंगे। और बे-वजह उसकी नौकरी को लेकर पूछताछ करेंगे। उसने गाँव में न रुकने का फैसला किया। जब पत्नी ने और गाँव के भी एकाध लोगों ने पिता की मृत्यु के बाद उसे रुकने की अनिवार्यता बतायी तो उसने कह दिया कि, "कल इलाहाबाद इण्टरव्यू देने जाना है।"

शाम को शहर पहुँचने के बाद वह अपने एक अध्यापक मित्र के घर गया। पिता की मृत्यु की खबर उन्हें पहले ही लग चुकी थी। संवेदना व्यक्त करते हुए वे दुःखी और उदास थे। प्रभात भी दुःखी और उदास बना रहा। फिर उसने उन्हें 'इण्टरव्यू' की बात बतायी और पचास रुपये उधार माँगे। अन्य कई बार उधार देने के बाद उस अध्यापक मित्र ने फैसला कर लिया था कि अब उसे कभी पैसा नहीं देंगे। लेकिन आज उसके पिता की मृत्यु की वजह से फिर इन्कार नहीं कर सके। उन्होंने मन-ही-मन सोचा कि इसे संवेदना देना भी काफी महँगा है। भारी मन से पचास रुपये देते हुए उन्होंने कहा कि, "देखिये इस बार आप 'इण्टरव्यू' देने जरूर चले जाइयेगा।"

वहाँ से उठने के बाद वह सीधे होटल गया। फिर उसने एक छोटा-सा गणित लगाया। अगर वह पैसेञ्जर ट्रेन से इलाहाबाद तक जाये तो लौटने तक में कुल अट्ठाईस रुपये लगेंगे। उसके पास पहले से बचे हुए ग्यारह रुपये थे। इस तरह उसके पास तीस से कुछ ज्यादा रुपये ही अतिरिक्त बच रहे थे। उसने दाल फ्राई, हॉफ प्लेट सब्जी और सलाद के साथ चार तन्दूरी रोटियों का ऑर्डर दिया। बाद में उसने एक प्लेट चावल भी लिया। सड़क पर आने के बाद उसने महसूस किया कि महीनों बाद आज उसे मनमाफिक भोजन मिला है। पान की दुकान से उसने पनामा की एक पूरी डिब्बी ली। उसके पास अभी भी सत्रह रुपये थे।

जब वह हॉस्टल की ओर जा रहा था तभी एक लड़का मिल गया। उस लड़के के पास ह्विस्की का एक क्वार्टर था। उसे बताया कि, "अगर मेरे कमरे में चलो तो साथ अच्छा रहेगा। वैसे भी आजकल चीफ प्रॉक्टर रोज किसी-न-किसी हॉस्टल की तलाशी ले रहा है। जो लड़के अनधिकृत हैं उन्हें पुलिस के हवाले कर दिया जा रहा है।"

वह पिछले पाँच सालों से बिना कोई कमरा 'अलाट' कराये छात्रावास में ही रहता है। उसे आशंका हुई कि कहीं पुलिस ने धर लिया तो कल का 'इण्टरव्यू' भी 'डिस्टर्ब' होगा। साथवाले लड़के ने कहा कि, "अगर चाहो तो मेरे साथ मेसवाले कमरे में रह सकते हो। उधर तो पुलिस या प्रॉक्टर आफिसवाले आयेंगे नहीं।"

'इण्टरव्यू' के लिए तैयारी की गरज से उसने अपने कमरे से थीसिस ली और उस लड़के के साथ मेस की ओर चला गया। वहाँ चारों तरफ बीड़ी और सिगरेट के जले-अधजले टुकड़े पड़े थे। सोने के लिए कोई तख्त वगैरह था नहीं। उन्होंने कमरे का एक कोना अपने बिस्तर से झाड़कर वहीं दरी बिछा दी। एक नजर में उसे यह स्थान काफी शान्त और निरापद लगा। सोने की व्यवस्था उपयुक्त थी, सिर्फ तकिया एक था। उसने सोचा कि सोते समय थीसिस से तकिये का काम लिया जा सकता है। पूरी तरह निश्चिन्त हो लेने के बाद उसने मेस के नौकर से दो गिलास मँगवाये।

पहला घूँट लेने के साथ ही उन्होंने महसूस किया कि नमकीन के अभाव में कुछ मजा नहीं आ रहा है। सो, उन्होंने नमक-मिर्च मिलाना शुरू कर दिया। प्रभात ने बताया कि, "कैसे कल उसकी प्रेमिका सिनेमा देखते समय उसके हाथ को पकड़कर अपने सीने तक ले गयी थी। उसने यह भी बताया कि शादी के बाद आज भी वह सोने के पहले हर रात मेरे बारे में जरूर सोचती है। और जब भी इस शहर में आती है किसी-न-किसी तरह एकान्त में जरूर मिलती है।" साथवाले लड़के की आँखों में लार टपक रही थी। थोड़ा संयम बरतते हुए उसने इत्मीनान से सिगरेट की राख झाड़ी और अपने बाप को भद्दी-सी गाली दी, "हाईस्कूल में था, तभी मादरचोद बाप साले ने शादी कर दी। मैं तो पत्नी के अलावा आज तक किसी लड़की को छू भी नहीं सका हूँ। लड़कियाँ कैसे नहाती हैं, कैसे खाती हैं, कैसे सोती हैं? मैं आज तक कुछ भी नहीं जान सका। रही पत्नी, तो उन्हें छूना-न-छूना सब बराबर। मुँह में पायरिया, घड़े जैसी गोलाई। साथ सोओ तो लगता है चीर घर की लाश अपनी भूख मिटाने के लिए हिंसक हो उठी हो। सारी देह बजबजाने लगती। मेरी तो आत्मा घिना जाती है। तीन साल हो गये, घर नहीं गया हूँ। गुरु! यू आर वेरी लकी। और क्या-क्या हुआ माशूका के साथ?"

प्रभात ने बताया, "यार पिता जी की मृत्यु की वजह से मेरा मन उचट गया था। वह तो कह रही थी कि शाम को भाभी-भैया एक पार्टी में जा रहे हैं। माँ अपने कमरे में चुपचाप पड़ी रहती हैं। तुम शाम को आठ बजे आना, इन्तजार करूँगी। लेकिन यार औरतों के मामले में ज्यादा 'सेण्टीमेण्टल' नहीं होना चाहिए। 'माया महाठगिनि हम जानी' तुलसी बाबा ने कहा है 'अवगुन आठ सदा उर रहहीं।' कभी तो कहेंगी कि 'दुनिया में तुम्हारे जैसा कोई नहीं है।' और फिर कहेंगी 'तुमसे प्रेम

की बात तो कभी मेरे मन में आयी ही नहीं। तुम मेरे आदर्श हो।' अब दुनिया में सबसे सुन्दर तुम। निरीह आदर्श पुरुष बने रहो। अपनी मूर्खताओं को बेपर्द करके उपदेश सुनो, और पैसे का एक थैला 'हसबैण्ड' बनेगा।''

मेरे आखिरी घूँट के साथ उसने निर्णय दिया कि, ''इन वाहियात बातों में कुछ नहीं रखा है। बेकार सोचकर दिमाग खराब करने से क्या फायदा? कल 'इण्टरव्यू' देने जाना है। देखो, कौन साले 'एक्सपर्ट' होते हैं। हिन्दी में इतने टेढ़-बाकुँच भर गये हैं कि पूछो मत। वह देखो, वर्मा जी! हमारे यहाँ प्रोफेसर हैं। अगर ये पान की दुकान पर होते तो अक्ल और शक़्ल से ज्यादा सही लगते। इसके पहले एक 'धीचोद' हेड थे। सारा हिन्दी-जगत् उनके कदमों तले शरणागत था। मुक्तिबोध को मरे हुए पच्चीस साल हो गये। और उसने उनके नाम से 'चेक' भेज दिया। साथ में सूचना भी कि, "तुम्हारी कविता एम.ए. के कोर्स में लगवा दिया हूँ। तुम अपने विश्वविद्यालय से जाँचने के लिए थीसिस कब भिजवा रहे हो?" इन्हीं सबके लिए निराला जी ने लिखा है, "लहू दूसरों का पिये जा रहे हैं" खैर, इन सब बातों से क्या होनेवाला है।''

उसने अपनी थीसिस पलटनी शुरू की। जैसे कोई बूढ़ी औरत अपने ब्याह का बक्सा खोल रही हो। एक जगह उसने लिखा था कि—''अकविता के लिए औरत का अर्थ सिर्फ योनि था। नयी कविता की प्रतिक्रिया में अकवि सिर्फ औरत की जाँघ की गोलाई नाप रहे थे। नक्सलबाड़ी आन्दोलन के प्रभाव में जनवादी कविता का जो तीसरा दौर शुरू हुआ उसने अमरीकी साम्राज्यवाद के दलाल पूँजीवाद और उसके सांस्कृतिक उत्तराधिकारी 'लुकमान अली' का वध किया और दूसरी तरफ सामाजिक साम्राज्यवाद के संशोधनवादी चेहरे की प्रगतिशीलता को भी बेनकाब कर दिया। यौन कुण्ठाओं की अकवितावादी अराजकता को नक्सलबाड़ी आन्दोलन ने साहित्य से भी और समाज से भी बहिष्कृत कर दिया।'' अपने ही लिखे हुए इस वाक्य को पढ़कर उसे बहुत तेज हँसी छूटी और वह जोर-जोर से हँसने लगा। साथवाला लड़का जो 'डेवोनार' का कोई पन्ना पलटे हुए था उसने उसकी ओर अचरज से देखकर मुस्कराते हुए पूछा, ''क्या बात है गुरु?''

उसने कहा, ''कुछ नहीं यार। एक पुरानी बेवकूफी याद आ गयी। उठो, चलो एक जगह चलते हैं। ह्विस्की में कुछ मजा नहीं आया।''

सड़क पर आकर उसने एक रिक्शा पकड़ा और भेलूपुरा जाकर ठर्रे की एक बड़ीवाली बोतल खरीदी। एक दुकान से नमकीन का पैकेट और एक पाव कच्ची प्याज ली। रिक्शेवाले को आठ रुपये देने के बाद उसके पास कुल केवल पाँच रुपये बचे। जाहिर है इतने पैसे से इलाहाबाद तक नहीं पहुँचा जा सकता। सुबह-सुबह

कौन उधार देगा? उसके पास उधार देनेवाले आठ-दस लोगों की एक फेहरिस्त थी। उनका चेहरा याद करने पर उसे उनके भीतर बैठा हुआ एक कोढ़ी उपदेशक नजर आ रहा था। वह सब याद करके अब वह बोतल का मजा किरकिरा नहीं करना चाहता था। उसने कल के बारे में सोचना बन्द कर दिया और तन्मय भाव से बोतल को देखते हुए बाबा तुलसीदास को याद करने लगा—"स्वान्तः सुखाय तुलसी रघुनाथ गाथा।"

●

अनुपस्थित

इतवार का दिन था। कुलपति आवास, बगल में चीफ प्रॉक्टर का ऑफिस। सामने दूर तक फैला मैदान। आम तौर पर छुट्टीवाले दिन इधर सन्नाटा रहता है। सुबह-सवेरे तो कत्तई। लेकिन आज का मौसम बदला-बदला-सा है। विश्वविद्यालय कैम्पस का वह एक कोना सुबह से ही नहा-धोकर एकदम टाइट, चहलकदमी कर रहा है।

हिन्दी विभाग में असिस्टेण्ट प्रोफेसर की पाँच सीटों पर इण्टरव्यू होनेवाला है। सुबह से ही रिक्शे और ऑटो, कुलपति आवास का पता पूछते हुए इधर चले आ रहे हैं। पूरी बारात। देखो किसकी लॉटरी खुलती है। डेढ़ सौ से कम संख्या नहीं होगी। सालों भटकते-भागते वही चेहरे। अक्सर एक-दूसरे के परिचित हो जाते हैं। छोटे-छोटे कई ग्रूप और बेतरतीब बातें–

"कुछ पता चला, कौन एक्सपर्ट है?"

"शायद पटना से कोई आ रहा है।"

"नहीं असम्भव। पटना से कोई आता तो मुझे पता लग गया होता।"

"एक तो दिल्ली से ज़रूर कोई होगा।"

अनुमान और आशंकाओं से घिरे अलग-अलग टुकड़े और बातों का बेतरतीब सिलसिला–

"कुलपति कायस्थ हैं न! दिल्ली और चण्डीगढ़ के बीच कौन-कौन कायस्थ प्रोफेसर हैं?"

"सिनहा लिखते हैं, कोई जरूरी नहीं कि कायस्थ ही हों। भूमिहार भी हो सकते हैं।"

"इण्टरव्यू का समय नौ बजे से है। ग्यारह बजने को है। अभी तक कोई हलचल नहीं। कहीं चण्डीगढ़ की तरह स्थगित न कर दिया जाये।"

"वहाँ तो कोर्ट ने 'स्टे' कर दिया था।"

“कोर्ट तो इस देश में मुसीबत हो गयी है। खुद तो कुछ करना नहीं। सही-गलत कुछ भी अगर हो रहा हो तो ‘स्टे’।”

नीली बत्ती। शायद रजिस्ट्रार की गाड़ी है। बगलवाले कार्यालय का दरवाजा चपरासी खोल रहा है। मैदान में इधर-उधर बिखरे लोग तेजी से उस ओर भागे। शायद इण्टरव्यू शुरू होनेवाला है।

“पीछे हटिये। भीड़ लगाने से कोई फायदा नहीं, एक-एक कर सबका नाम पुकारा जायेगा। बारी-बारी आकर अपने ‘डॉक्यूमेण्ट’ की जाँच करा लीजिये।” चपरासी भीड़ को धक्का देते हुए पीछे धकेल रहा है, “बोरे में क्या है?” उसने अचरज से देखा-जैसे कोई मरा हुआ सूअर फूलकर बोरे को फाड़े दे रहा हो।

“पब्लिकेशन!” आगे बढ़े आ रहे लड़के ने चपरासी को समझाने की कोशिश की।

जैसे कोई तेज बदबू नाक में घुस आयी हो-“छापाखाना खोले हैं क्या?” चपरासी ने कहा, “जाकर एक्सपर्ट लोगों को दिखाइयेगा। अकेले आपका ही गिनने में साँझ हो जायेगी।”

पीछे खड़े लोग हँस पड़े, “इतना पब्लिकेशन!”

“उधर देखिये, दुबे जी भी चले आ रहे हैं”, किसी ने टोका।

दुबे जी! ए.पी.आई. के चक्रवर्ती सम्राट्। कुल एक सौ चालीस किताबें। मिजोरम से मद्रास तक। कहीं भी हिन्दी का इण्टरव्यू हो, दुबे जी मिल जाते हैं। ठिगना कद, खल्वाट खोपड़ी, उदार और निस्पृह हँसी, दुबे जी को सब पहचानते हैं।” आइये-आइये! एक आपकी ही कमी थी।” और सब हँस पड़े। आदमी की फितरत ही ऐसी है कि श्मशान में भी हँसने का बहाना ढूँढ़ लेता है।

यह सब चल ही रहा था तभी–

तभी एक जीप बहुत तेज रफ्तार, विश्वविद्यालय को लगभग रौंदती, धूल उड़ाती आयी और आकर तेज़ झटके के साथ रुक गयी, “भागो! निकलो भागो यहाँ से। सबको यहाँ से भगाओ!” जीप में से पाँच-सात मुस्टण्डे उतरकर दबंग आवाज में चीखने लगे। वे लोग आसपास भीड़ लगाये कीड़ों-मकोड़ों को हिकारत से देख और धकिया रहे थे।

“हे, बन्द कर साले!” -उनमें से एक जो दादा टाइप था, ऑफिस में घुसता चला गया। रजिस्ट्रार घबराकर खड़ा हो गया–“भाई साहब...” उसकी बोलती हलक में अटक गयी थी।

“अपने बाप को बता दे, इण्टरव्यू का नाटक किया तो खोपड़ी तोड़ दूँगा। पाँच जगहें। और इतनी भीड़ जमा कर रखे हो। नौकरी कहाँ है बे। कुलपति साला पूरे देश को जुटाकर यहाँ मुजरा करा रहा है।” वह आदमी जोर-जोर से चीख रहा था।

किसी ने फोन कर दिया है शायद। पुलिस के कुछ सिपाही, दारोगा और साथ में चीफ़ प्रॉक्टर भी है, सब लगभग दौड़ते हुए इधर ही चले आ रहे हैं।

"क्या बात है?" जीपवालों की ओर बढ़ते हुए चीफ प्रॉक्टर ने उस दादा टाइप आदमी से कहा-"आप लोग रोज-रोज यहाँ उपद्रव कर रहे हैं। जो भी बात करनी है आपको, ऑफिस में आकर करिये। प्रमोद जी," चीफ प्रॉक्टर ने उसे सम्बोधित करते हुए कहा—"आप इन लोगों को लेकर जाइये यहाँ से। आपके मारे तो नौकरी करनी मुश्किल हो गयी है।"

प्रमोद जी! यानी शहर में कुख्यात माफिया गुण्डा प्रमोद चाकसे-"सर, देखिये मैं आपकी बहुत इज्जत करता हूँ। अगर आपको दिक्कत है तो छुट्टी पर चले जाइये! लेकिन यह इण्टरव्यू नहीं होगा।"

प्रमोद चाकसे। नाटा कद, साँवला बदन। गठीला और कसा हुआ। उभरी आँखें।

अब तक जो भीड़ उपद्रव और मारपीट से डरकर तितर-बितर हो गयी थी, धीरे-धीरे दारोगा और चीफ प्रॉक्टर के इर्द-गिर्द जमा होने लगी। चाकसे ने आखिरी बार फैसला सुनाते हुए ऐलान किया, "अव्वल तो यहाँ इण्टरव्यू होगा ही नहीं। और अगर होगा भी तो इस शर्त पर कि मध्य प्रदेश से बाहर के जितने कैण्डीडेट हैं, उन सबको हटाकर।"

चीफ प्रॉक्टर साहब रजिस्ट्रार से कुछ बुदबुदा रहे थे। दारोगा चाकसे के पीछे खड़ा था।

सौ से ज्यादा लोग इण्टरव्यू देनेवाले हैं। चीफ प्रॉक्टर, रजिस्ट्रार और यह दारोगा भी है, साथ में इतने पुलिसवाले। ये पाँच-सात लोग क्या कर लेंगे अरुण ने सोचा-यह तो सरेआम गुण्डागर्दी है। उम्मीद के क़रीब खड़ा आदमी सबसे पहले अन्याय के खिलाफ मुखर होता है। उसने चीफ प्रॉक्टर को सम्बोधित करते हुए कहा, "अगर यही सब होना है तो आप मध्य प्रदेश के बाहर विज्ञापन ही क्यों देते हो? दो हजार रुपये का ड्राफ्ट, देश भर की फोटोकॉपी, किराया-भाड़ा और समय की बर्बादी।"

चाकसे के सामने हर आदमी, चाहे कुलपति हो या रजिस्ट्रार, चीफ प्रॉक्टर और प्रोफेसरों की तो कोई औकात ही नहीं, सब सिर्फ सुनते हैं। ये जो सामने चीफ़ प्रॉक्टर हैं, इन्होंने उसे बी.ए. और एम.ए. में पढ़ाया है। गुण्डे, बदमाश लड़कों से पैर छुआने की आदत। चाकसे का घर आना-जाना था। "चाकसे तुम कुछ मेरे लिये नहीं सोचते।" एक दिन उन्होंने गुरु दक्षिणा की माँग की। प्रमोद चाकसे ने पुराने वाले कुलपति को हड़काकर इन्हें चीफ प्रॉक्टर बनवाया था। सारा विश्वविद्यालय जानता है कि चाकसे आधे दिमाग का आदमी है। कब खोपड़ी गरम हो जाय, कोई

भरोसा नहीं। गुस्से में उसकी आँखें सिकुड़ने लगती हैं—"कहाँ से आया है बे?" उसने अरुण को घूरते हुए पूछा।

"दादा, बनारस से अरुण नाम है।" पीछे से किसी ने कुण्डली खोली।

साथवालों को इशारा समझ में आ गया, "इसकी वल्दियत ठीक करो। इसके नाम रजिस्ट्री करानी है।" एक तेज का चाँटा अरुण की कनपटी पर पड़ा। बचपन के दिन थे। एक बार गाँव के ट्यूबवेल पर जिज्ञासावश डरते-डरते उसने चार सौ चालीस वोल्ट के नंगे तार को छू दिया था। ऐसा ही झटका लगा था। आँखों के सामने अँधेरा और अँधेरे में तैरती नीली-पीली लकीरें।

सामने दारोगा, चार-छह कान्स्टेबिल, चीफ प्रॉक्टर और रजिस्ट्रार। आसपास खड़ी भीड़ में दहशत फैल गयी। लोग दूर-दूर फैलते गये। अब वह अकेला था। किसी ने धक्का देकर उसे जमीन पर गिरा दिया। किसी दूसरे ने बेरहमी से बाँह मरोड़ रखी थी। फिर एक साथ कई सारे लात और घूँसे। कन्धे पर लटका बैग हवा में उछल रहा था-देखो, देखो। ये मार्कशीटें हैं। 'हिन्दी कविता में जनवादी परम्परा और प्रगतिशील धारा' यह थीसिस और ढेर-सारे ए.पी.आई.। सब-कुछ चिन्दी-चिन्दी।

रजिस्ट्रार ऑफिस के दो-तीन बाबू और चीफ प्रॉक्टर प्रमोद चाकसे को समझाने की कोशिश कर रहे हैं-"आप रोकिये, भाई साहब! यह सब क्या है? कल अख़बारवाले लिखेंगे। विश्वविद्यालय की छीछालेदर।"

कान्स्टेबिलों की समझ में कुछ नहीं आ रहा है। इतने बड़े-बड़े और पढ़े-लिखे लोगों की यह कौन-सी भाषा का संवाद चल रहा है। दारोगा जरूर उन मार रहे लड़कों को खींच रहा है—"आप लोग इण्टरव्यू देने बाहर नहीं जाते हैं क्या? यह भी कोई बात है। बाहर से आये लड़के को...आप लोग यह क्या कर रहे हैं?"

दारोगा एक को पकड़ता तो दूसरा उसके हाथ से छूट जा रहा था। बस पाँच-सात मिनट लगा होगा, अरुण लगभग निर्जीव माँस पिण्ड की तरह जमीन पर धूल में खो गया था। बड़ी मुश्किल से पुलिसवालों ने उसे झाड़-पोंछकर उठाया। उसे खड़ा नहीं हुआ जा रहा था। होंठ फट गये थे। नाक और कान से खून बह रहा था। शोर सुनकर कुलपति ऑफिस से तीन-चार लोग बाहर निकल आये थे। सारा शरीर थर-थर काँप रहा था। दारोगा अरुण को सहारा देकर थामे हुए था। एक सिपाही फटे, चिथड़े कागजों को बटोरते हुए झोले में डाल रहा था। —"सर, मुझे खड़ा नहीं हुआ जा रहा है। पानी! सर मुझे बहुत तेज प्यास लगी है।" अरुण ने दारोगा से कहा।

"यह सब क्या हो रहा है?" कुलपति ने रजिस्ट्रार से पूछा।

"सर, प्रमोद चाकसे था।" रजिस्ट्रार ने बताया।

"था नहीं, यहीं हूँ।" प्रमोद चाकसे ने कुलपति के सामने आकर हेकड़ी के

अन्दाज़ में कहा, "इण्टरव्यू कराओगे? करा लो। अब यहाँ यही सब होगा। और आगे से कोई लड़का नहीं, तुम लोगों की थुराई होगी।"

"आप गुण्डागर्दी करेंगे?" कुलपति का गुस्सा अक्षम और असमर्थ लड़खड़ा रहा था।

"गुण्डागर्दी!" चाकसे की आँखें दुबारा सिकुड़ने लगी थीं। चीफ़ प्रॉक्टर बीच में आकर खड़ा हो गया। चाकसे ने उन्हें एक ओर हटाते हुए कुलपति से कहा, "छह महीने से तुम यहाँ इण्टरव्यू ही करा रहे हो। रण्डीबाजी का रेट खोल रखे हो। सारी फैकल्टी दिल्ली के लड़कों से भर गयी। देश के सारे विद्वान् वहीं बस गये हैं तो तुम यहाँ क्या कर रहे हो? वहीं जाओ।...जिस भाषा को समझोगे कुलपति, हम उसी भाषा में बात करेंगे। आज से कैम्पस में अगर कोई बाहरी आया तो यही गत होगी। सिर्फ मध्य प्रदेश। सोच लो।"

कुलपति पिछले साल दिल्ली से आये थे। धर्मनिरपेक्ष सरकार के प्रगतिशील खयालोंवाले विद्वान् व्यक्ति हैं। सरकार बदलते ही भारतीय संस्कृति और वैदिक परम्परा में विज्ञान की जड़ें तलाशने लगे हैं। पहले चाहे जो कुलपति रहा हो, विश्वविद्यालय में कन्स्ट्रक्शन के सारे काम प्रमोद चाकसे ही कराता रहा है।

राजधानी के बाद यह प्रदेश का दूसरा सबसे बड़ा शहर था। उद्योगों को देखते हुए कुछ लोग इसे ही मध्य प्रदेश की आर्थिक राजधानी कहते हैं। कन्स्ट्रक्शन की दुनिया में चाकसे की सल्तनत बहुत बड़ी न थी। विश्वविद्यालय भर से उसका काम चल जाता था। बाहरी दुनिया में उसकी कोई दिलचस्पी भी नहीं थी। और बाहर का कोई, चाहे वह जितना बड़ा और रसूखवाला हो, चाकसे ने इस विश्वविद्यालय की ओर उसे देखने नहीं दिया।

कुलपति लोग तो कहीं न कहीं बाहर से ही आया करते, लेकिन विश्वविद्यालय का अपना 'लोकल' रंग था। कर्मचारी संघ, शिक्षक संघ, सत्ता पार्टी और विपक्ष के स्थानीय नेता। लेकिन यह भी एक अजीब विडम्बना कि विश्वविद्यालय की स्थानीयता का प्रतीक प्रमोद चाकसे, जो खुद महाराष्ट्रियन था। बारह-पन्द्रह साल पहले उसकी बम्बई उजड़ गयी। चाकसे ने तब सब कुछ, माँ-बाप, घर-द्वार छोड़कर अपनी ब्याहता प्रेमिका के इस शहर में रहने और रुकने का ठिकाना खोजते हुए, इस विश्वविद्यालय में दाखिला ले लिया था। जहाँ जान, वहीं जहान! अब यही उसके 'जान' का शहर था और यह विश्वविद्यालय उसका 'जहान'। पिछले दस सालों से छात्रसंघ पर उसका दबदबा बना हुआ था।

पिछले साल दिल्ली से आये इस नये कुलपति ने सारे ठेके रुकवाकर जायसवाल कन्स्ट्रक्शन कम्पनी को दे दिया था। शराब का बहुत बड़ा कारोबारी जायसवाल गाजियाबाद का बहुत बड़ा बिल्डर है। उसकी अपनी कन्स्ट्रक्शन कम्पनी

थी। कुलपति का फाइनेन्सर वही था। कुल पाँच करोड़ रुपये की डिमाण्ड थी। प्रोफेसरों के पास इतना पैसा कहाँ होता है। तीन बार से इनका नाम वाइस-चान्सलर के लिए उछलता और हर बार रह जाता। साला पी.डब्ल्यू.डी. में इन्जीनियर था, उसी ने मनोहर जायसवाल से भेंट करायी। ज्योतिषी ने कह रखा था। हाथ की लकीरें रंग लायीं। इस तरह ये कुलपति बन सके।

ज्वाइन करने के बाद अपनी पहली मीटिंग में ही कुलपति ने प्रोफेसरों से कहा था कि, ''बड़े सपने ही आदमी को बड़ा बनाते हैं। इस विश्वविद्यालय को एशिया का सबसे भव्य और बड़ा विश्वविद्यालय बनाना है। मैं आपको आश्वस्त करता हूँ कि पैसे की कोई कमी नहीं होने दूँगा। आप लोग प्रोजेक्ट बनाइये। हर विभाग में राष्ट्रीय और अन्तरराष्ट्रीय सेमिनार। पढ़ाई-लिखाई में कोई कोताही मुझे पसन्द नहीं। प्रोफेशनल कोर्सेज का जमाना है। हमें बाजार को समझना होगा। घिसी-पिटी लीक से हटकर आप लोग पाठ्यक्रमों में बदलाव लाइये।'' और सबसे अन्त में, थोड़ा रुककर उन्होंने बड़ी पते की बात कही—''हमें सारे विभागों में खाली पड़े पदों पर नियुक्ति करनी है। लड़के इतनी फीस देते हैं, गेस्ट फैकल्टी से पढ़ने के लिए नहीं।'' और थोड़े ही दिनों बाद विश्वविद्यालय बदलने लगा। 'डिजिटल लाइब्रेरी' का पहला बजट यू.जी.सी. ने पचास करोड़ का दिया था। जिन ऑफिसों में बाबा आदम के जमानेवाले जंग लगे हिलते, काँपते, खड़खड़ टाइप राइटर पड़े रहते थे, वहीं अब कतार-के-कतार कम्प्यूटर। मोटे चश्मेवाले थुलथुल बड़े बाबू लार टपकाती ललचाई आँखों से देख रहे थे—जीन्स, टी-शर्टवाली हाय-हलो छाप लड़कियाँ सब-कुछ ऑपरेट करने लगीं। बूढ़े और बुजुर्ग प्रोफेसर इस नये दृश्य में भौंचक और भकुवाये हुए थे। खस्ताहाल दीवारों को तोड़कर नयी-नयी छतें। वाया जायसवाल अब यह विश्वविद्यालय यू.जी.सी. से सीधे जुड़ गया था। पैसे की कोई कमी वास्तव में न थी। यह विश्वविद्यालय का जायसवाल-युग था।

जायसवाल यहाँ कभी-कभार ही आता था। जब भी आता, उसकी अपनी अलग व्यवस्था होती। डीन और विभागाध्यक्ष मिलने के लिए लाइन लगाये रहते। वहीं तय होता कि किस विभाग में सेमिनार होना है। सेमिनार का विषय क्या होगा? किस विभाग में कब तक इण्टरव्यू हो जाना चाहिए, गाजियाबाद के नामी बिल्डर, शराब के कारोबारी मनोहर जायसवाल, जो तीन साल में भी हाईस्कूल पास नहीं कर सका था, वही सारा कुछ तय कर रहा था। एक बार जब वह अपने बचपन, माँ की गरीबी और बहन की बीमारी के किस्से सुना रहा था तो हिन्दी के एक प्रोफेसर ने उनसे उनकी जीवनी लिखने की इच्छा जतायी, ''नयी पीढ़ी के लिए बहुत प्रेरणा देगी सर!''

प्रमोद चाकसे की समझ में कुछ नहीं आ रहा था। वह यही जानता था कि कुलपति लोगों की नियुक्ति सर्च कमेटी द्वारा सुझाये गये नामों में से होती है। ये लोग अपने विषय के विद्वान् और ढेर-सारे बवालों से दूर रहते हैं। आदर्शवादी और कायर। यह कुलपति तो जायसवाल के लिए बिछा रहता है। कट्टा, कारतूस, मार-पीट, गाली-गलौज, गुण्डागर्दी के पुराने चोंचले। यह नयी दुनिया जायसवाल के साथ कदम मिलाकर चल रही है। विश्वविद्यालय चल रहा है। चाकसे की जगह दिन-ब-दिन सिमटती जा रही थी। कुलपति को लेकर उसे कोई भ्रम न था। वह अच्छी तरह तड़ चुका था। वह देख रहा था कि प्रोफेसरों की मर्जी के बग़ैर दिल्ली के लड़के धड़ाधड़ विश्वविद्यालय में असिस्टेण्ट और एसोशिएट प्रोफ़ेसर बनते चले आ रहे हैं। अब तो हद हो रही है। कुछ-न-कुछ जरूर करना पड़ेगा उसने सोचा।

"कुछ करिये भाई!" चाकसे पर साथवाले लड़कों का दबाव बढ़ता जा रहा था।

परसों रात को प्रमोद चाकसे अंग्रेजी के विभागाध्यक्ष प्रोफेसर कुलकर्णी के घर गया—"यह सब क्या हो रहा है सर?" पैर छूते चाकसे ने पूछा। कुलकुर्णी साहब आर्ट्स फैकल्टी के डीन भी हैं। रात के ग्यारह बज रहे थे, उनके सोने का समय हो रहा था।

"सर, आपके विभाग में आठ जगहें थीं। मनोज दस साल से गेस्ट फैकल्टी पढ़ा रहा था। आज के जमाने में पन्द्रह हजार रुपया। आपका शोध छात्र था। आप लोगों ने उसे भी बाहर कर दिया?" कुलकर्णी साहब की पत्नी भी आकर ड्राइंग-रूम में बैठ गयी-"कम-से-कम एक नियुक्ति तो आप कर ही सकते थे।"

बाहर लॉन में अँधेरा सन्नाटा था। बाहर दूर-दूर तक फैली गाढ़ी रात की सिसकी ड्राइंग रूम में भरती जा रही है। दरवाजा उढ़काते हुए कुलकर्णी सर ने लम्बी साँस ली, "कुछ नहीं हो सकता चाकसे। जायसवाल को तो तुम जानते ही हो। यह सारी लिस्ट उसी की थी। मैंने कुलपति के सामने हाथ तक जोड़े। दो साल बचा है। अब तो लगता है अपनी नौकरी ही कर ले जायें, यही बहुत है।"

"सर, आप डीन हैं। कुलपति आपका क्या कर लेगा। आप बोर्ड में थे। दस्तखत नहीं करना चाहिए था।"

"अब वह बात न रही चाकसे। शिक्षक संघ होता था। कर्मचारी संघ था। और-तो-और तुम्हारा छात्र संघ था। कुलपति लोग दबकर रहते थे। अधिकार की ऐसी निर्लज्ज पिपासा नहीं होती थी। अब कुछ नहीं। हर पद का रेट तय है। जायसवाल जैसे लोग फाइनेन्सर हो गये हैं। किसी प्रोफेसर के पास कहाँ पैसा धरा है। दलाल लोग कुलपति होने लगे हैं। राजनीति विभाग में सेमिनार था। बड़े-बड़े विद्वानों के बीच जायसवाल दीप प्रज्वलन कर रहा था। लड़कियाँ स्वागत-गान गा

रही थीं। कुलपति ने गुलदस्ता देकर शॉल ओढ़ाया। सेमिनार का सारा पैसा जायसवाल की वजह से यू.जी.सी. ने दिया था। दस साल पहले गाजियाबाद के आर.टी.ओ. ऑफ़िस में दलाली का इसका धन्धा था। लेकिन आज...।''

परसों रात डीन कुलकर्णी साहब के घर से लौटते हुए प्रमोद चाकसे पहली बार गम्भीर और डरा हुआ था। उसे जायसवाल की पकड़ और पहुँच का अन्दाजा था। लेकिन अब तो बचने और छिपने का सारा कोना सिमटता जा रहा था। उसी रात उसकी भेंट चीफ प्रॉक्टर से भी हुई।

''देखो चाकसे, मुझे नौकरी करनी है। मेरे हाथ बँधे हुए हैं। तुम्हारी समझ से अगर कुछ गलत हो रहा है तो तुम्हें ही कुछ करना होगा।''

इण्टरव्यू की उस सुबह चाकसे और उसके गुण्डों ने जो कुछ किया, उसकी जानकारी शहर के एस.पी. को पहले से थी। चीफ़ प्रॉक्टर और डीन सबको इधर-उधर से कुछ अन्दाज़ा था। यह बात किसी को पसन्द न थी कि असिस्टेण्ट प्रोफेसर पर सारी नियुक्तियाँ बाहर के लड़कों की हो रही हैं।

हालाँकि रजिस्ट्रार ने कुलपति को रात में ही सावधान कर दिया था, लेकिन उन्होंने बात को गम्भीरता से नहीं लिया। मनोहर जायसवाल का भरोसा था, कुलपति ने प्रमोद चाकसे को कभी बहुत महत्त्व नहीं दिया। उनकी रूटीन में था, रोज़ रात को फुर्सत पाकर वह जायसवाल सर से जरूर बात करते। छोटी-मोटी बातें इसी दौरान निबट जाया करती थीं। आज आबकारी विभागवालों ने छापा मारकर जायसवाल की तीन दुकानें 'सीज' कर दी थीं। आजकल मौसम में अजीब किस्म की खुश्की भर गयी है। जायसवाल कुछ-कुछ झुँझलाया हुआ था। उसने बेमन से ही फोन उठाया, "हाँ, कुलपति साहब।"

''कुछ खास नहीं, बस यूँ ही हाल-चाल'' कुलपति ने पूछा—''आप कहीं व्यस्त तो नहीं हैं?''

''नहीं, घर में ही हूँ। फुर्सत से। कल तो आपके यहाँ हिन्दी का इण्टरव्यू है'' जायसवाल ने कुलपति को आश्वस्त करते हुए पूछा।

''हाँ, उसी सिलसिले में कुछ बात थी। इलाहाबाद के प्रोफेसर तिवारी जी, हमारे बचपन के मित्र हैं। कई अहसान हैं उनके मेरे ऊपर। उनका भानजा है। बहुत तेज और विनम्र। तिवारी जी ने कभी किसी से कुछ नहीं माँगा है। उन्होंने पहली बार किसी के सामने मुँह खोला है। लड़के को मैं भी जानता हूँ।''

''कुलपति साहब, यह सब न करिये। देखिये, पहले ही तय हो चुका था। विश्वविद्यालय का कन्स्ट्रक्शन और नियुक्तियाँ मेरी होंगी। आपको क्या लगता है कि ये सब मेरे घर के लड़के हैं। यू.जी.सी. से लेकर मानव संसाधन मन्त्रालय, राजभवन और मन्त्री, मुख्यमन्त्री सबको मैनेज करना पड़ता है। मेरा अपना कोई

इण्टरेस्ट नहीं है। अगर ऐसा है तो कहिये, मैं सबको मना कर देता हूँ।''

''देखिये, यह मेरे सामने नैतिक संकट है। इतनी नियुक्तियाँ हैं। मैं सिर्फ एक के लिए कह रहा हूँ।'' कुलपति साहब ने जायसवाल सर को समझाने और मनाने की कोशिश की।

जायसवाल ने झुँझलाकर फोन रख दिया।

थोड़ी देर बाद जायसवाल ने कुलपति को अपनी ओर से फोन लगाया—''आप क्या नाम बता रहे थे? प्रोफेसर तिवारी इलाहाबाद विश्वविद्यालय से हैं न!''

''हाँ, बहुत सज्जन आदमी हैं। कभी किसी के सामने मुँह नहीं खोलते। यह मेरे सामने बहुत बड़ा धर्म संकट है।'' कुलपति ने लगभग रिरियाते हुए अपनी बात समझाने की आखिरी कोशिश की।

''क्या नाम है लड़के का? शायद मैंने कहीं सुन रखा है। दिल्ली के किसी कॉलेज में आया था।'' जायसवाल ने अपने अनुमान को खुजलाते हुए कहा।

''अरुण कुमार! बहुत तेज लड़का है। बनारस से पी-एच.डी. की है। इसकी कविताएँ बड़ी-बड़ी और प्रतिष्ठित पत्रिकाओं में छपती रहती हैं।'' कुलपति ने शराब के बड़े कारोबारी और गाजियाबाद के बड़े बिल्डर मनोहर जायसवाल को बनारस विश्वविद्यालय के हिन्दी विभाग और हिन्दी कविता का महत्त्व सुना रहे थे—''इसकी नियुक्ति से विश्वविद्यालय का सम्मान ही बढ़ेगा।''

जायसवाल चुपचाप सुनता और धीरे-धीरे बुदबुदाता रहा—''बनारस से अरुण कुमार।''

इण्टरव्यू के पहले प्रमोद चाकसे ने कुलपति आवास के सामने दारोगा, चीफ प्रॉक्टर, रजिस्ट्रार और इण्टरव्यू देने आये सैकड़ों लोगों के सामने जो क्रूर और दर्दनाक नाटक लिखा था, वह गाजियाबाद के शराब व्यवसायी जायसवाल के हाथों उछाले हुए क्षेपक का एक्सटेन्शन था। यह संयोग ही था कि उस रात जायसवाल कन्स्ट्रक्शन कम्पनी के मालिक मनोहर जायसवाल और लगभग अप्रासंगिक होते जा रहे प्रमोद चाकसे ने एक साथ सोचा था कि कुलपति को उसकी औकात बतानी जरूरी है। और यह सारा कुछ घटित हो गया।

दारोगा बड़ी मुश्किल से अरुण को बचा पाया था। वर्दी के बाहर इस समय वह एक भले आदमी की तरह अरुण की धूल में लिथड़ी पड़ी घायल देह को झाड़-पोंछ रहा था, ''यहाँ इतने लोगों के बीच आपको उन गुण्डों से बोलने की क्या जरूरत थी?''

''कहाँ से आये हो भाई?'' कान्स्टेबिल ने दया भाव से अरुण को देखते हुए कहा।

अरुण के होंठ फट गये थे। बार-बार मुँह में भर जा रहे खून को वह थूक रहा था, "बनारस से।" उसने रिरियाती काँपती आँखों से दारोगा और कान्स्टेबिल को देखते हुए कहा, "मुझे खड़ा नहीं हुआ जा रहा है।"

थोड़ी देर पहले जहाँ इण्टरव्यू देनेवालों की भीड़ थी, वहाँ दूर-दूर तक सन्नाटा और अनिश्चित हादसों का भय पसर गया था। एक तरफ कुलपति, रजिस्ट्रार और चीफ प्रॉक्टर दूसरी ओर प्रमोद चाकसे।

"उधर दो-तीन लोग कौन खड़े हैं भाई?"

"पता नहीं। एक्सपर्ट हों शायद।"

कुलपति ने रजिस्ट्रार से कहा, "इस तरह गुण्डागर्दी मुझे पसन्द नहीं। एक्सपर्ट लोगों का बिल बनवा दीजिये। अब इण्टरव्यू सम्भव नहीं।"

अरुण इस हादसे का तमाशा नहीं बनना चाहता था। बचपन में उसने भूतों-प्रेतों के ढेर-सारे डरावने सपने देखे थे। सपने ईश्वर की रहस्यमयी दुनिया के छोटे-छोटे कोलाज होते हैं, जिन्हें सोये में हम देखा करते हैं, लेकिन आज जो उसने देखा वह उजाले का अनुभव था। हादसे या अनुभव यथार्थ नहीं होते। वह इस अनुभव में से सदा-सदा के लिए अनुपस्थित होकर अपने समय के यथार्थ में खो जाना चाहता था।

क्लीनिक में डॉक्टर ने उससे कहा, "हमें रपट की कॉपी चाहिए। पहले आप थाने जायें। तभी हम पट्टी कर सकते हैं।"

दारोगा ने कहा, "अगर आप चाहें तो मैं रपट दर्ज करा दूँगा।"

अरुण ने डॉक्टर से कहा, "आप लिख दीजिये सड़क पर चलते-चलते हवा से टकरा गया था मैं। इस शहर में किसी से मेरी कोई जान-पहचान नहीं है। क्यों कोई मारपीट करेगा?"

"वैसे आप चाहें जो भी कहें, उन लोगों को आपके बारे में सब-कुछ मालूम था।"

"कैसे?" अरुण ने आश्चर्य से दारोगा को देखा।

"आप बनारस से आये हैं। आपका नाम अरुण है।" दारोगा ने विश्वासपूर्वक देखते हुए कहा।

"मेरा क्या कसूर है? मुझे तो उनमें से किसी का नाम तक नहीं मालूम।" अरुण ने दारोगा को आश्चर्य से देखते हुए कहा।

"ढेर-सारे लोगों को अपना कसूर नहीं मालूम पड़ता, और वे हादसों के शिकार होते ही रहते हैं।" दारोगा ने कहा।

उसी समय एक कान्स्टेबिल मोटर साइकिल से आया और उसने दारोगा को बताया कि, "इन्हें गेस्ट हाउस में लेकर चलें सर। कुलपति सर ने बुलाया है।"

"मैं अब कहीं नहीं जाना चाहता।" अरुण ने कहा। सामने हैण्डपम्प पर तीन-चार आदमी और कुछ औरतें लगातार क्लीनिक के बाहर देख रही थीं। दो पुलिसवाले और एक चोट खाया लड़का। क्या माजरा है? उनकी समझ में कुछ नहीं आ रहा। लेकिन कुछ-न-कुछ तो जरूर होगा।

शायद पॉकेटमार हों या किसी की साइकिल चुराते पकड़ा गया हो।

गेस्ट हाउस में कुलपति तो नहीं थे, मामा जी थे। मामा प्रोफेसर तिवारी! आज होनेवाले इण्टरव्यू के एक्सपर्ट!

"सब गुड़ गोबर हो गया। कोई जानने न पाये कि तुम मेरी जान-पहचान के हो।" मामा जी दरवाजा बन्द करते हुए फुसफुसा रहे थे।

अरुण बिस्तर के सामने पड़ी कुर्सी पर बैठ गया। सामने शीशे में उसे अपना चेहरा दिख रहा था। बेहतर सूजा और जगह-जगह से कटा-फटा चेहरा।

"सब-कुछ मैंने तय कर लिया था। कुलपति साहब से बात हो चुकी थी। वह भी तैयार थे। तुम्हें वहाँ गुण्डों से भिड़ने की क्या जरूरत थी?" मामा जी के स्वर में गहरा अफसोस था—"सब किया-धरा चौपट!"

मैं अब किससे-किससे सफाई दूँ? अरुण एक लम्बी साँस खींचकर चुप लगा गया।

"कुलपति साहब ने मेरे सामने पूछा था। रजिस्ट्रार और चीफ प्रॉक्टर दोनों बता रहे थे कि तुमने उन्हें माँ-बहन की गालियाँ दी थीं।" मामा ने बताया।

अरुण ने सोचा, "काश, मैं उन्हें गाली भर दे पाता।"

"तुम जितनी जल्दी हो सके, गाड़ी या बस पकड़कर शहर छोड़ दो। और देखो, किसी से मेरे बारे में कुछ न बताना।" मामा ने कहा।

"मामा जी आपके पास कुछ पैसे हों तो दे दीजिये। उन लोगों ने मेरे पर्स छीन लिये हैं।" अरुण ने बेहद निस्पृह ढंग से कहा।

तंगी और मुसीबत के दिनों में भी उसने कभी किसी से उधार न माँगे थे।

"चार सौ रुपया तो किराया ही है।" मामा ने कहा, "ये पाँच सौ रुपये रख लो। रास्ते में कुछ खा लेना।"

अरुण के निकलते ही मामा जी ने दरवाजा बन्द कर लिया। कुछ क़दम आगे जाने के बाद वह लौट आया। "मामा जी!" उसने धीरे से दरवाजे पर दस्तक दी।

"क्या बात है? कुछ छूट गया है क्या?" मामा जी ने दरवाजा खोलते हुए पूछा।

"मामा जी। आप माँ या पिता जी से इस सबका कोई ज़िक्र न करियेगा। आप न बताइयेगा कि आप यहाँ एक्सपर्ट थे, या मैं यहाँ इण्टरव्यू देने आया था।"

"लेकिन तुम्हारे पिता जी को तो पता है। उन्होंने रात ही मुझे फोन किया था।" मामा ने कहा।

"अब अगर फोन आये तो आप बता दीजियेगा कि मैं वहाँ पहुँच न सका और अनुपस्थित हो गया था।"

वह तेजी से निकल गया।

इस समय एक भरे-पूरे शहर और दूर तक फैले उचाट मैदान में वह अकेला चला जा रहा था। बस अड्डे और प्लेटफार्म पर तो बहुत भीड़ होगी। वह कहीं अकेले में, किसी पेड़ के नीचे, जहाँ कोई आदमी न हो, वहीं दूर तक बैठकर वह अपने घावों को सहलाना और रोना चाहता था। बचपन में वह छोटी-छोटी बातों पर अक्सर रोने लगता था। आखिरी बार वह कब रोया था, उसे याद नहीं आ रहा था।

●

तेरी गड्डी दी आस

आठ दिन बाद दशहरे का मेला है। सुबह उठकर बसन्ती ने उँगली पर गिना—पूरे आठ दिन बाद। कलवती को जागने के लिए बोली और बाल्टी लेकर कुएँ पर पानी लाने चली गयी। कलवती ने कुनमुना कर करवट बदली और फिर सो गयी। बर्तन माँजकर लौटती हुई बसन्ती ने देखा कि दिन चढ़ता आ रहा है। भीतर बँधी बकरियाँ मिमियाने लगी थीं। उसने दुबारा लड़की को सोये हुए देखा तो भद्दी-सी गाली दी और बाल खींचकर चारपाई पर से उतार दिया। जब इस पर भी आँख पूरी तरह नहीं खुली तो तड़ातड़ दो चाँटे जड़ दिये। कलवती आँख मलती, गाली देती, रोती बाहर चली गयी। बसन्ती ने दुलरा को भी जगाया और हाथ-मुँह धोकर उसे रात की बची हुई रोटी और गुड़ थमा दिया।

महीने भर पहले आदमी ने कलकत्ते से चिट्ठी भेजी थी कि दशहरे से आठ दिन पहले आयेगा। पूरे तीन साल बाद। उसने चिट्ठी में यह भी लिखा था कि पैसे की कमी नहीं है। लड़के से काम मत कराना और स्कूल पढ़ने के लिए जरूर भेजती रहना। चिट्ठी पढ़वाकर लौटती हुई बसन्ती ने पड़ोसी देवर रामसुख को बताया कि "कलकत्ते जाकर फैशन बढ़ गया है। अब लड़का स्कूल में पढ़ेगा।" वह हँस रही थी। उसने यह भी बताया कि, "तुम्हारे भैया दशहरे से आठ दिन पहले दीवाली तक के लिए आयेंगे।" लड़के को पीने के लिए पानी दिया और बताया कि बढ़िया से हाथ-मुँह धो ले। उसने एक बार फिर उँगली पर गिना...आठ दिन बाद दशहरा।

लेकिन कल रामसुख की माँ आयी थी। कलकत्ते की बात चलने पर उसने बताया कि, "कलकत्ते का दशहरा यहाँ की तरह नहीं होता। यहाँ से कभी एक दिन आगे पड़ता है और कभी एक दिन पीछे भी।"

बसन्ती को विश्वास नहीं हुआ। मुलुक भर में दशहरा तो एक ही दिन होता है फिर आगे-पीछे कैसे होगा?

पद्माकर पाण्डे भी कल चिट्ठी बाँटने आये थे। उन्होंने भी यही बताया था कि जगह-जगह पर 'पत्रा' बदल जाने से ऐसा होता है। लेकिन स्कूलवाला सरकारी दशहरा हर जगह एक ही दिन होता है।

बसन्ती ने लड़की को भी बुलाकर रोटियाँ दीं और बताया कि खाने के बाद बकरियों को लेकर सिवान की ओर चली जाना। घर में से खोजकर पटरी और खड़िया ले आयी। दुलरा स्कूल न जाने के लिए दिक् कर रहा था। बसन्ती ने उसके चूतड़ पर पटरी दे मारी और झुँझलाकर गाली देने लगी। "बाप को तो फैशन बढ़ा है और पूत गोली गुप्पी खेलेंगे।" बाँह पकड़ घसीट ले चली। दुलरा जोर-जोर से रोता हुआ पीछे-पीछे घिसटता रहा।

गाँव का स्कूल था और गाँव के मास्टर। पहले बारहों महीने बन्द रहता था। जबसे गंगा-पारवाले पण्डित जी आये हैं तब से खुलने लगा है। पण्डित जी रात को स्कूल में ही खाना बनाते और सोते हैं। इस समय हाथ में बाँस की सिटकुन थामे सुबह-सुबह लड़कों से धूल साफ करवा रहे थे। बसन्ती ने दुलरा को वहीं छोड़ दिया और पण्डित जी के पास जाकर पूछा, "पण्डित जी आप दशहरे की छुट्टी में घर तो जायेंगे?"

पण्डित जी ने पूछा—"क्यों? तुम्हें क्या काम है?"

"बस ऐसे ही पूछ रही थी कि दशहरा कब है?"

"आठ दिन बाद है।" पण्डित जी ने बताया।

बसन्ती ने दुबारा पूछा-"कलकत्ते में भी आठ दिन बाद है?"

पण्डित जी ने कहा-"भीतर से बर्तन माँज ला तो बताऊँगा।"

बसन्ती बर्तन लेकर बगलवाले ट्यूबवेल पर चली गयी। जब थोड़ी देर बाद लौटी तो लड़के टाट बिछाकर कतार में बैठ चुके थे। पण्डित जी अँगोछे से कुर्सी साफ कर रहे थे। बसन्ती बर्तन रखने के लिए भीतरवाले कमरे में चली गयी। पण्डित जी भी धीरे-से उठे और भीतरवाले कमरे में चले गये। वे हँस रहे थे। बर्तन रखकर पीछे मुड़ती हुई बसन्ती ने जैसे ही देखा उसका खून खौल उठा, बोली—"पण्डित होकर सरम नहीं आती। आधे दाँत झूल रहे हैं और खें-खें-खें हँस रहे हो।" वह गाली देती हुई बाहर निकल आयी। पण्डित जी ने जोर से कहा—"कलकत्ते में भी आठ दिन बाद है बसन्ती।"

बसन्ती ने कहा—"वहीं मरो?" और घर चली आयी।

कलकत्तेवाली गाड़ी रात को आती है। गाँव में सारे कलकत्तेवाले उसी गाड़ी से आते हैं। बसन्ती ने सोचा, आज मालिक के खेत पर काम करने नहीं जायेगी।

अभी दोपहर होने में काफी देर है। बसन्ती ने घर की सफाई कर ली थी। चूल्हे के पास जाकर देखा, थोड़ा-सा चावल, आटा और मटर की दाल है। उसने सोचा कि आज शाम को अरहर की दाल पकायेगी। बढ़िया चावल और सब्जी खरीदने की गरज से उसने रखी हुई पुरानी साड़ी के खूँट को खोला। कुल बारह रुपये और कुछ सिक्के थे। वह लेकर दुकान की ओर चली गयी।

अभी बहुत देर थी। बसन्ती ने सोचा कि इतने समय तक घर पड़े रहने से क्या फायदा? तब तक तो मालिक के यहाँ काम करके कुछ पैसा उधार भी पा सकती है। वह दुकान का रास्ता छोड़कर खेत की ओर चल पड़ी। वहाँ धान की कटाई हो रही थी। मालिक एक बूढ़ा किसान था। धान के बड़े-बड़े बोझ बँधवाकर खुद मजूरिनों के सिर पर उठा रहा था। बसन्ती को देखकर उसने सुर्ती थूकी और जोर से चीख पड़ा—"दोपहर तक सोकर काम करने आयी हो?" फिर उसे खलिहान को गोबर से लीपने का काम बताकर दूसरे खेतों की ओर चला गया।

गोबर लीपने से हाथ रातभर बदबू करता है। बसन्ती आज साफ-सुथरा काम करना चाहती थी, बोली—"मालिक आज से आठ दिन बाद दशहरा है। कलवती के ददृदा आनेवाले हैं। गोबर लीपने में रात हो जायेगी। मुझे जल्दी जाना है। कोई दूसरा काम कर दूँ?"

मालिक बिगड़ गये—"जाँगरचोर कहीं की। काम नहीं करना था तो आयी क्यों? कलकत्ते से आयेगा तो भाग जायेगा क्या?"

बसन्ती ने कहा—"नहीं मालिक! काम करने ही तो आयी हूँ, लेकिन यह काम आज दूसरों से करा लें। मैं बोझ ढो दे रही हूँ। कलवती भी बिना खाये-पिये बकरी चराने चली गयी है।" उसने लड़के के स्कूल जाने की बात नहीं बतायी और बोली—"मुझे आज जल्दी जाना है।"

मालिक ने कहा—"जाकर ट्यूबवेलवाले घर में से फावड़ा ले ले और नहरवाले खेत की ओर चली जा। पानी जा रहा है, देखना बेकार बहे न।"

यह काम आसान भी था और साफ-सुथरा भी। बसन्ती फावड़ा लेकर नहरवाले खेत की ओर चली गयी। पानी भरे खेत में इधर-उधर फावड़ा चलाते हुए उसका पैर देर तक भीगता रहा। साँझ ढलने लगी थी। थोड़ी राहत मिलने पर वह दूर से एक छोटा-सा पत्थर उठा लायी और नाली में पैर को धोते हुए पत्थर पर मलने लगी। पैर काफी देर से भीग रहा था। पत्थर की हल्की रगड़ पाकर मैल छूटने लगा। बसन्ती ने छूकर देखा, पैर एकदम चिकना और मुलायम हो गया है। फिर उसने थोड़ी देर तक हाथ को पानी में भिगोया और पत्थर लेकर बारी-बारी से दोनों बाँहों को रगड़ने लगी। उसने मुँह पर पानी का छींटा मारा। दाँतों को रगड़कर साफ किया और बालों को भिगोकर उँगलियों से पीछे की ओर झाड़ने लगी।

कतार में उड़ते बगुलों का झुण्ड कहीं दूर अपने घोंसलों की ओर चला जा रहा था। गायों को गाँव की ओर हाँकते हुए दसरथ अहीर कन्धे पर लाठी सँभाले, कानों में उँगली डाले, ऊँची आवाज में बिरहा टेर रहा था। बाजार से लौटती एक औरत सिर पर गठरी लादे खेतों के रास्ते तेजी से घर की ओर चली जा रही थी। चारों ओर साँझ घिर रही थी। नाली पर बैठी हुई बसन्ती ने देखा कि रतन धोबी नहर पर से

मछली मारकर लौट रहा है। अचानक उसके दिमाग में आया कि बहुत पहले कलवती के दद्दा ने चिट्ठी में लिखा था कि यहाँ कलकत्ते में मछली-भात बहुत बढ़िया बनता है। उसने सोचा कि आज वह कलकत्ते से बढ़िया मछली-भात बनायेगी। रतन धोबी के नजदीक आने पर उसने पूछा-"कितनी मछली मारे हो?"

रतन ने दाँत निपोरते हुए चद्दर खोला। डेढ़ सेर से कम नहीं होंगी। बसन्ती ने अन्दाज लगाया। उसने कहा—"थोड़ी-सी मछली दे दोगे?"

रतन की आँखें भोंड़ी हो गयीं। गन्दी हँसी हँसते हुए उसने कहा—"उधर खेतों की ओर चलोगी?"

गलती तो अपनी है जो इस नीच आदमी से मछली माँगी—बसन्ती ने सोचा और मन-ही-मन छटपटाती हुई बोली—"उधर खेतों की ओर तुम्हारी बहन गयी है। जाकर उसी को रख लो। उतान छाती ताने गाँव भर में घूमती रहती है।"

रतन ने कहा—"अरे भौजी...तू तो बुरा मान गयी। मैंने तो बस मजाक किया था। ले लो न मछली।"

"जाकर अपनी महतारी को मछली देना। मैं नहीं लूँगी।" बसन्ती ने कहा और मुँह दूसरी ओर फेर लिया। सूरज डूबने लगा था। उसने देखा, परछाईं लम्बी हो गयी है। खेतों में पानी भर गया था। नाली का पानी स्थिर होने लगा था। बसन्ती ने पानी में ध्यान से एक बार चेहरा देखा और फिर पानी का छींटा मुँह पर मारा। उसने अन्दाजा लगाया कि मालिक ने ट्यूबवेल बन्द कर दिया है। उसने फावड़ा उठाया और लौट पड़ी। रतन थोड़ी दूर पर आगे-आगे जा रहा था, पूछा—"भौजी, भैया कब तक आयेंगे?"

बसन्ती थोड़ी देर तक तो गुस्से में चुप रही। फिर मन नहीं माना तो बता दिया, "दशहरे से आठ दिन पहले आने के लिए चिट्ठी भेजी है। आज से आठ दिन बाद ही तो दशहरा है।" फिर उसने बताया कि उसी के लिए तो मछली माँग रही थी।

रतन ने रुककर एक मुट्ठी मछली निकाली और बसन्ती की साड़ी में डाल दी।

साथ-साथ चलते हुए बसन्ती ने पूछा—"रतन तुम्हारी औरत इतनी सीधी है। तू उसे मारता क्यों है?"

रतन ने कहा—"मारने से ही तो सीधी रहती है। ऐसे तो एक भी बात नहीं सुनती।"

बसन्ती ने समझाया, "तू जुआ खेलना छोड़ दे फिर वह काहे को झगड़ा करेगी?"

दोनों बातें करते जा रहे थे। आगे घसियारिनों के पास लाठी टेककर खड़ा रामबली मिसिर का लड़का मुसकी काट रहा था। रतन को बसन्ती के साथ देखकर हँसने लगा—"किधर से आ रहे हो?"

रतन ने मछली दिखा दी तो बोला—"अकेले-अकेले मछली मारते हो। हमें भी बुला लिया करो।" वह बसन्ती की साड़ी में बँधी मछली को देख रहा था, पूछा—"तू भी मछली मार रही थी क्या?"

बसन्ती ने कहा—"हाँ, मार रही थी। क्या कर लेगा।" आगे जाने पर उसने रतन से कहा—"लौंडा अपने बाप से सारे गुन पाया है। बस उसी तरह इसकी भी एक बार कुटम्मस हो जाती तो सारी हेठी छूट जाती।"

ट्यूबवेल घर में फावड़ा रखने के बाद बसन्ती ने हौज के साफ पानी में हाथ-मुँह धोया। चलते हुए एक बार इत्मीनान से पानी में झाँककर अपना चेहरा देखा और साड़ी खोलकर बाँध ली। उसने देखा कि खलिहान के कोने पर खड़े होकर मालिक धान के बोझ गिन रहे हैं। वह उसके पास जाकर बोली—"मालिक कुछ पैसे हों तो दे दीजिये।"

मालिक ने आँखें सिकोड़ते हुए पूछा—"पैसा! कैसा पैसा? आज तो कलवती का बाप खुद कलकत्ते से आ रहा है। तुम्हें पैसे की क्या कमी? जाकर घर से अनाज ले लेना।"

"परदेशी आदमी का कौन ठिकाना" बसन्ती ने कहा—"आये, न आये। फिर कलकत्ता कितनी दूर है। सौ रुपये किराया लग जाता है। क्या जाने पैसा हो, न हो। हमें पैसे की गरज है।"

मालिक ट्यूबवेल घर में गये और आलमारी से पाँच का नोट निकालकर थमाते हुए उन्होंने बसन्ती से कहा—"काम से जा रही हो तो ये उपले सिर पर रख लो। घर रखती हुई चली जाना।"

बसन्ती ने सफाई से हाथ-मुँह धो रखा था। अब सिर पर उपले रखना खराब लग रहा था, बोली—"मैं इधर खेतों के रास्ते से जाऊँगी। आज जल्दी जाना है।"

मालिक ने कसकर डाँटा-"क्या जल्दी-जल्दी सबेरे से कर रखी है। ऐसी जल्दी थी तो क्यों आयी? चल उठा।"

बसन्ती उपले उठाती हुई भुनभुना रही थी, "घर में पचीस जनी बैठी हैं, खाना बनाना है तो उपले उठा ले जातीं। सरम लगती है और घर में लड़ती हैं तो मुहल्ला भर सुनायी देता है" सिर पर उपले लेकर घर की ओर चल पड़ी।

घर आने के बाद उसने चूल्हे के पास उपले गिरा दिये। वहीं छोटी बहू माटी से चूल्हा लीप रही थी। बसन्ती से बोली—"वहाँ नल के पास थोड़े-से बर्तन पड़े हैं, माँजकर जाना।"

बसन्ती झनक पड़ी—"आप लोग बर्तन माँजें। कलवती के ददृदा आनेवाले हैं, मैं जा रही हूँ।"

बड़ी बहू वहीं आँगन में झाड़ू लगा रही थीं, सुनते ही बोल पड़ी—"आज गाँव में रामलीला होगी, देखने नहीं आओगी बसन्ती?"

छोटी बहू ने कहा—"आज तो बसन्ती घर पर रामलीला करेगी।"

बसन्ती जानती है कि दोनों बहुएँ बस लड़ते समय आपस में सीधे मुँह होती हैं। ऐसे कभी बात नहीं करतीं। उसने जवाब दिया—"कौन नहीं रामलीला करता है। फिर हमारा आदमी तो तीन साल पर आ रहा है। हमसे बेंग (व्यंग्य) मत बोलिये," और वह तेजी से निकल गयी।

दालानवाले कमरे के अँधेरे कोने में बूढ़ी मालकिन साड़ी के आँचल छिपाये खड़ी उसी का इन्तजार कर रही थी। तेजी से निकलती बसन्ती को उन्होंने धीरे से बुलाया—"ये रख लो! चलो दुकान पर आ रही हूँ।"

यह बुढ़िया अर्थी उठने तक चोरी करेगी—बसन्ती जल-भुन गयी, बोली—"आज मैं दुकान पर नहीं जाऊँगी और फिर मेरी साड़ी में मछली बँधी है।"

मछली का नाम सुनते ही मालकिन ने नाक पर हाथ धर लिया और आहिस्ते से बोलीं-"धीरे बोल! उधर दूसरी ओर खूँट में बाँध ले।"

बसन्ती चावल को साड़ी में ले ही रही थी कि तभी आहट पाकर बड़ी बहू हाथ में झाड़ू लिये वहीं आ गयी। उन्होंने कहा—"बसन्ती घर का अनाज दुकान पर नहीं जायेगा। चल चावल रख। आज सबके सामने भेद खुलेगा।"

बसन्ती ने चावल वहीं जमीन पर गिरा दिया। यह कहते हुए कि आप ही लोगों का भेद है अपना ही खोलें। फिर मालकिन और बड़ी बहू की तेज आवाज और झड़पों के बीच भुनभुनाती हुई वह तेजी से गली में निकल गयीं।

रास्ते में ही दुकान थी। बसन्ती ने मछली बनाने के लिए मसाला, लहसुन, प्याज, थोड़ा-सा कड़ुवा तेल और अलग से बढ़ियावाला आधा किलो चावल उधार लिया और वह तेजी से घर की ओर चल पड़ी। धीरे-धीरे रात होने लगी थी। बसन्ती ने सोचा कि अब तक तो वह जरूर आ चुका होगा। यह सोचकर कि पता नहीं, कलवती ने कायदे से गुड़-पानी भी दिया होगा या नहीं, उसका मन घबराने लगा। इतनी दूर से रेलगाड़ी में कितना थका होगा। उसने सोचा कि उसे आज काम पर नहीं जाना चाहिए था। इतनी रात तक काम करने के लिए कहीं वह बिगड़े न। और उसका डाँटता हुआ चेहरा याद करके उसके मन में गुदगुदी होने लगी। वह अँधेरे में अकेले ही हँस रही थी। उसे लगा कि एक लम्बा साँवला-सा आदमी एकदम उसके करीब आकर गुदगुदा रहा है। पुष्ट बाँहों में उभरे हुए माँस की गोलाई, छाती पर नरम और काले-काले घने बाल। वह हँसे जा रही थी। तभी उसने जलती गैस बत्तियों के अँजोर में उछल-कूद रहे लड़कों की भीड़ देखी। एक जगह चौकी पर दरी बिछाकर कुँवर कमकर हारमोनियम और बेचन पाण्डे ढोलक बजा रहे थे। वहीं बगल में रामकिसुन सिंह बजरंगी के लड़के को साड़ी पहनाकर सीता जी बना रहे थे। बुल्लू पाण्डे का लड़का राम बना हुआ आसपास घेरे हुए लड़कों पर धनुष-बाण तान रहा

था। लड़के खुश हो-होकर भागते और हल्ला करते थे। बसन्ती ने उसकी पूँछ खींचकर धकेल दिया। मुखौटा सरककर गर्दन में झूलने लगा। यह रामबली मिसिर का छोटावाला लड़का था। बसन्ती ने घृणा से थूक दिया और बोली—"बड़ा भाई दिन-भर घसियारिनों के पीछे घूमता है और ये हनुमान जी बने हैं। खूब जतन से सपूत पैदा किये हैं मिसिर ने।" और घर की ओर चल पड़ी।

कलवती ने अभी तक चिराग भी नहीं जलाया है। बसन्ती ने देखा कि दुआर पर अँधेरा और सन्नाटा था। बाहर खूँटे पर बकरियाँ बँधी थीं। भीतर जाने पर उसने कलवती को नंगी देह जमीन पर सोये हुए देखा। छोकरे का कहीं पता नहीं था। पटरी बर्तन माँजने की गन्दी जगह पर पड़ी थी। बसन्ती ने पटरी को उठाकर साफ-सुथरी दीवार से टिका दिया और पता लगाने के लिए बुधिराम के घर की ओर चल दी। बुधिराम भी कलकत्ते से साथ आनेवाला था।

बुधिराम दुआर पर टूटी चारपाई पर दरी बिछाकर बैठा दाने चबा रहा था। उसकी बूढ़ी माँ बेना डोला रही थी। नीचे जमीन पर लोटे और गिलास में पानी रखा हुआ था। बसन्ती को देखते ही बुधिराम ने सलाम किया और बोला—"भौजी, भैया ने दो सौ रुपये दिया है। आ नहीं सके। होली में आने के लिए कहा है।"

बसन्ती को जैसे काठ मार गया। कुछ पल चुप रहने के बाद बोली—"कह देना, वहीं कफन खरीदकर पड़ा रहे। कलकत्ता का जादू लगा है। यहाँ लड़की राँड की तरह दिन-भर घूमती है और सपूत गुण्डागर्दी करते हैं। गोली गुप्पी खेलते हैं। अब यहाँ आने की क्या गरज। पैसा उसे दे देना, वहीं मरे।"

बुधिराम की माँ ने बसन्ती को गाली दी—"परदेशी आदमी के लिए ऐसी बात बोलती है। तेरे मुँह में कीड़ा पड़े।"

बसन्ती भुनभुनाती हुई लड़के को खोजने चल पड़ी। पता चला कि गाँव की रामलीला में गया है तो लड़के को गाली देने लगी—"बाप को रण्डीबाजी से फुर्सत नहीं और बेटा अभी से रामलीला करेंगे।"

घर आकर उसने चूल्हे पर पतीली रखकर चावल चढ़ाया और नीचे आग में मछलियों को डाल दिया। तेल, मसाला, लहसुन, प्याज सब एक गन्दे कपड़े में बाँधकर ताखे पर रख दिया। वह अनायास ही बार-बार इधर-उधर जा रही थी। फिर उसने सोयी कलवती को गाली दी, बाल खींचकर जगाया और चूल्हे के पास बैठाकर रामलीला की ओर चल दी।

वहाँ गैसलाइटों की चकाचौंध में आदमियों, औरतों और बच्चों की भीड़ बढ़ गयी थी। उसने एक लड़के से पूछा तो पता चला कि उसका लड़का राक्षसोंवाला मुखौटा लगाये उधर दूसरी ओर घूम रहा है। वहाँ बहुत-सारे लड़के वानरों और राक्षसोंवाली दफ्ती का मुखौटा लगाये उछल-कूद कर रहे थे। बसन्ती ने बहुत मुश्किल

से अपने लड़के को पहचाना। "बाप कहता है कि पढ़ेगा। क्या सुरूप बनाया है।" उसने लड़के की बाँह पकड़ी और पीठ पर दे धमाधम। मुखौटे को हारमोनियमवाले के पास फेंककर रोते हुए लड़के को घसीट ले चली।

खाना खा चुकने के बाद कलवती और दुलरा एक झिलँगी चारपाई पर नंगे बदन सो गये। जो कुछ बचा था उसे बसन्ती ने खाया। और बाल्टी लेकर कुएँ पर पानी भरने चली गयी। सारी बस्ती के लोग सो चुके थे। सन्नाटा था। बसन्ती ने देखा कि आज बुधिराम के दालान में ढिबरी जल रही है। इसके अलावा कहीं कोई जागरण का चिह्न न था। रामसुख की बूढ़ी दादी रातभर जागती है। बारहों महीने खाँसती है। आहट पाकर अपनी लाठी टेकती उठ बैठी। करीब-करीब बेकाम हो चुकी आँखों पर अनुमान का जोर लगाते हुए उसने पूछा—"कौन, बसन्ती?"

"अभी जाग रही हो दादी?" बसन्ती ने पूछा।

बुढ़िया ने कहा—"अब एक ही बार सोऊँगी बेटी। सुना है बुधिराम कलकत्ते से आया है। कलवती के दादा नहीं आये क्या?"

"फगुवा में आने के लिए बोले हैं" बसन्ती ने बताया।

"कुशल मंगल से तो है?" बुढ़िया ने पूछा।

"हाँ पैसा भेजा है।" बसन्ती ने बता दिया और पानी लेकर चली आयी।

रात सोने से पहले बकरियों को लेकर जाकर भीतर बाँध दी। बाहर निकलते समय उसके पैर में किसी चीज की जोर से ठोकर लगी। उसने देखा तो दुलरा की पटरी थी। उसके मुँह से भद्दी-सी गाली निकली। भीतर अँधेरा था, सो पता नहीं चला कि गाली किसके लिए थी? उसने पटरी उठायी और कोने में पड़े अल्लम-गल्लम सामानों के पीछे कहीं फेंक दी और बाहर आकर खाट पर लेट गयी।

अँजोरी रात थी। आकाश चमक रहा था। बसन्ती ने उँगली पर गिना—कुवार, कातिक, अगहन, पूस, माघ, फागुन। छह महीना। गाँव में बज रहे हारमोनियम और ढोलक की आवाज सुनायी दे रही थी। बसन्ती दिन-भर की थकी थी। देह का पोर-पोर टूट रहा था। इस थकान में एक-एक कर सब-कुछ डूबता चला गया। अँजोरी रात। आकाश की चमक। बाजों की आवाज। कुवार से फागुन तक की गिनती। सबेरे जगकर काम पर जाना है। बसन्ती कटी फसलोंवाले खुरदुरे खेतों की तरह उतान पसरकर सो गयी।

●

शहर कोतवाल की कविता

बात 1974 की है। रोज-रोज हड़ताल होती थी, आफिसों का घेराव होता था।। शहर की हालत यह हो गयी कि जुलूस और प्रदर्शन से अलग उसके बारे में कोई बात ही नहीं की जा सकती थी। उन्हीं दिनों किसी पहाड़ी इलाके से ट्रान्सफर होकर एक कोतवाल शहर में आया। मैं यह तो नहीं कह सकता कि वहाँ किन परिस्थितियों में वह कैसे रहता था, लेकिन शहर में आने के करीबन महीने भर बाद ही चाय और पान की दुकानों पर बैठे लोग किसी-न-किसी बात को लेकर अक्सर उसकी चर्चा करने लगते। उसके बारे में लोगों की धारणा किसी अच्छे आदमी के रूप में कभी नहीं थी।

एक दिन दोपहर के समय जब सड़क रोज की ही तरह साइकिलों, रिक्शों और सिटी बस के बीच बिलकुल दब-सी गयीं थी, कहीं से घूमता हुआ शहर कोतवाल आया। उसके साथ दो-चार कान्स्टेबिल थे। कोई जानता भी नहीं था कि क्या होनेवाला है। शहर के लिए इस तरह रोज घण्टों ट्रैफिक का जाम होना आम बात थी। रिक्शेवाले सवारियों को बैठाये बीच सड़क पर मजे से पसीना पोंछ रहे थे। तभी अचानक एक कोने से जोर की भगदड़ मची। कुछ चीख-पुकार सुनायी पड़ी। भागने की जगह थी भी कहाँ? लोग एक-दूसरे के ऊपर गिर रहे थे। शहर कोतवाल का मोटा डण्डा बेरहमी से रिक्शावालों की नंगी पीठ पर बरस रहा था। अभी थोड़ी देर पहले तक जो स्कूली छोकरे साइकिलों पर इत्मीनान से पैर टिकाये बगल में रिक्शे पर बैठी किसी लड़की को ताकते हुए रूमाल से हवा कर रहे थे, वे भी डण्डे की मार से नहीं बचे। ज्यादा समय नहीं लगा होगा, सड़क एकदम वीरान हो गयी। कुछेक भद्र पुरुष और रिक्शेवाले खून से लथपथ बेहोश थे। कुछेक रिक्शों पर किसी तरह सही-सलामत बच गये। बच्चे दूर-दूर तक भी अपने माँ-बाप को न पाकर चिल्ल-पों कर रहे थे। पूरी सड़क, उलटे-पुलटे रिक्शों और साइकिलों से पटी पड़ी थी। अगल-बगल की दुकानवाले कुछ समझने से ही पहले शटर गिराकर गायब हो चुके थे। उस दिन पहली बार लगा दिन को भी रात बनाया जा सकता है। शहर कोतवाल

अभी तक जोर-जोर से गालियाँ देता हुआ खुली सड़क पर हाँफ रहा था। कुछ लोग जो किसी तरह कोने में दुबके हुए बच गये थे, बता रहे थे कि तब कान्स्टेबिलों तक के चेहरे पर हवाई उड़ रही थी।

यह पहला दिन था जब कोतवाल अपनी कोतवाली से बाहर खुली सड़क पर आ गया। शाम के समय चौराहों, नुक्कड़ों और चाय की दुकानों पर सायंकालीन अखबारों में छपे सड़क के मातमी दृश्य और कोतवाल की फोटो को देखते हुए लोग इस बात को बहस का विषय बनाये हुए थे। सबको पक्का यकीन था कि इतने हो-हल्ले के बाद तो सरकार किसी भी तरह इस कोतवाल को बर्दाश्त नहीं करेगी। मुअत्तल न भी करे तो भी कुछ-न-कुछ जरूर करेगी, लेकिन ऐसा कुछ भी नहीं हुआ।

वह रोज शाम को सड़क पर निकलता और भीड़ छँट जाती। जिसकी ओर देखकर मुस्कराता उसका दिल दहल जाता। वर्दी में मुस्तैद, मूँछों को ऐंठता, मोटा डण्डा लिये हुए वह अक्सर अपने हेड कान्स्टेबिल के साथ ही निकलता। सड़क पर आते ही दोनों एक-दूसरे की आँखों-में-आँखें डालते, मूँछे ऐंठते, मुस्कराते फिर जोर से ठठाकर हँसते और शिकार की तलाश में निकल पड़ते एक साल के भीतर उन्होंने एक-पर-एक कई हमले किये। इस बीच कितनी औरतें बेवा हुईं, कितनी कालेज से लौटती लड़कियाँ रात-रात भर गायब रहने के बाद गंगा में उतराती मिलीं, कितनी बार जुलूस निकले, अखबार चिल्लाये, लेकिन दोनों के व्याकरण में कोई तब्दीली नहीं आयी। रात के समय शरीफ हों या उचक्के दोनों ने घूमना बन्द कर दिया था। क्या पता किधर हो कोतवाल और किसका मुकाबला हो जाये उसके साथ।

एक दिन रात के दस बज रहे थे। वह घूमता हुआ चौराहे की ओर आया। इधर उसका आना कम ही होता था। उस दिन वह पप्पू की चाय की दुकान के सामने से गुजरा। रोज की ही तरह वहाँ भीतर से जोर-जोर की आवाज आ रही थी। कोतवाल रुक गया। कुछ जाँचने की मुद्रा में उसने कान्स्टेबिल की आँखों में देखा, कान्स्टेबिल बोला-'साहब, शहर के छँटे हुए लफंगे, रोज रात तक यहाँ अड्डा मारते हैं।'

कोतवाल मुस्कराया, उसने और जानकारी बढ़ायी—"इनमें कोई पत्रकार है, कोई साहित्यकार और कोई उभरता हुआ नेता। सब-के-सब मेहतरों की बस्ती की तरह हाँव-हाँव, किच-किच करते हैं। न कोई काम, न धन्धा, बस देश की चिन्ता। इसके मारे तो जी-आजिज आ गया है। क्या आपको इनकी बाबत कुछ भी पता नहीं था।"

कोतवाल उदास हो गया, बोला—"सुनो दीनानाथ, मैं अगर सरकार होता तो देश भर में चाय और पान की दुकानें बन्द करा देता। यह ऐसा रथ है जिस पर बैठकर निकम्मी राजनीति चारों ओर घूमती है।"

कान्स्टेबिल भी उदास हो गया। आधे मिनट तक चुप-चुप दोनों एक-दूसरे की आँखों-में-आँखें डालकर देखते रहे। हल्के से मुस्कराये फिर जोर से ठठाकर हँसे।

उनका हँसना इतना भयावह था कि चाय बनाता पप्पू गिरते-गिरते बचा। दोनों तेजी से भीतर घुसे। एक आदमी, जो अभी-अभी उठकर बाहर जा रहा था, उसके पेट में कोतवाल ने मोटा डण्डा घुसेड़ दिया। वह तिलमिलाकर लचक गया। कान्स्टेबिल के डण्डे उसके ऊपर बेरहमी से बरसने लगे। एक-दूसरे आदमी ने दौड़कर पकड़ना चाहा लेकिन वे दोनों अबकी उस पर ही पिल पड़े। अक्सर वहाँ बैठनेवाले कायर और डरपोक ही थे, सब-के-सब दुम दबाकर भाग गये। आसपास की दुकानें पहले ही बन्द हो चुकी थीं। जो बाकी रह गयी थीं उन्हें बन्द होने में थोड़ी भी देर नहीं लगी। चारों ओर सन्नाटा था, दूर गलियों में कुछ कुत्ते भूँक रहे थे। कोतवाल और कान्स्टेबिल उन दोनों को घसीट ले गये।

दूसरे दिन जैसे अखबारवालों का अब यह आखिरी और सामूहिक प्रयास था। जितना हो सकता था, उन्होंने हो-हल्ला मचाया। एक ही दिन नहीं, लगातार किश्तों में लिखते रहे, सबको बहुत उम्मीद थी कि आखिर इस अन्याय और जुल्म को कहीं-न-कहीं तो रुकना चाहिए, लेकिन ऐसा कुछ भी मुमकिन नहीं हुआ। शहर में एस.पी. हों या कलेक्टर सब इस कोतवाल का मतलब जानते थे। उन्हें पूरा यकीन था कि दंगे हों या फसाद, जुलूस हो या हड़ताल, ट्रक भर पी.ए.सी. से ज्यादा कारगर होता है यह कोतवाल। इस कोतवाल के पास सिर्फ तीन चीजें थीं, ऐंठी-तनी मूँछ, डण्डा और यह हेड कान्स्टेबिल दीनानाथ। पिछले तीन सालों से दोनों साथ-साथ थे। दोपहर या शाम को साथ ही निकलते थे और भीड़ भरी सड़कों पर कर्फ्यू की-सी दहशत छा जाती। वे जिसकी बगल से गुजरते उसके शरीर में सरसराहट होने लगती। इस बीच खटकिनों ने खोनचे लगाना बन्द कर दिया और लड़कियों ने घूमना। पार्कों में खेलते हुए बच्चे अँधेरा होने से पहले घर चले जाते। समूचा शहर जानता था कि कोतवाल और कान्स्टेबिल की दोस्ती अपना मिसाल नहीं रखती।

कोतवाल के तीन सालों की दिनचर्या के विषय में यही कहा जा सकता है कि वह रोज सुबह नहा-धोकर वर्दी पहनता, दिन भर शहर में या साहब लोगों के दफ्तर में घूमता था, दौड़ता था। रात के समय तक जब बुरी तरह थक जाता तो सोने के लिए अपने दड़बे की ओर चल देता। इस समय वह नशे में बुरी तरह हिलता रहता। सारे अफसरों को यह बात मालूम थी कि पीने के बाद खुली सड़क वह उन्हें गाली देता है, अपने कान्स्टेबिल को भी गाली देता है। बावजूद इसके उन्हें इस विषय में सोचने की फुर्सत नहीं थी। वे जानते थे कि चाहे वह कितना भी क्यों न पिये हो, सामने पड़ने पर उसे हर्गिज नशा नहीं होता।

एक दिन जब क्वार के महीने में आसमान एकदम साफ था, शाम के समय वह अकेले ही घूमते-घूमते शहर के पिछवाड़े जा पहुँचा, जहाँ से गाँवों का सिलसिला शुरू होता था। डूबते हुए सूरज को देखकर उसे लगा कि बहुत दिन हो गये लेकिन

उसने इतनी सुन्दर शाम कभी देखी ही नहीं। कल्पना में घूमता-घूमता उसका मन अपने गाँव जा पहुँचा, जहाँ बँसवारों के पीछे सूरज डूब रहा है। थके हुए पक्षियों की तरह सिवान से लौटते हुए लोग एक ऐसे सहज प्रेम से भरे हुए हैं जो अब उसके लिए बिलकुल अपरिचित हो गया है। खपरैलों पर धुएँ के टुकड़े रेंग रहे हैं। सारा गाँव खेलते-दौड़ते बच्चों के शोरगुल में समा गया है। उसने देखा कि इन सबके बीच चुहानी में धुएँ से लिपटी एक औरत भी है जो उसकी पत्नी है। उसे लगा, पिछले पाँच सालों में एक इन्तजार खूबसूरत फूल की तरह उसकी आँखों में मुरझा गया है। उस दिन कोतवाल का मन कहीं भी नहीं लगा। वह पूरी रात अकेले उदास पड़ा रहा।

दूसरे ही दिन कोतवाल ने छुट्टी की अर्जी दी और गाँव के लिए चल पड़ा। दिन-भर बेहद ऊब और थकावट पैदा करनेवाली यात्रा के बाद उसने वह आखिरी बस पकड़ी जो उसके गाँव के पासवाले कस्बे तक जाती थी। प्राइवेट बस थी। कण्डक्टर ने इतनी ज्यादा सवारियाँ ठूँस ली थीं कि तिल रखने की भी जगह शेष नहीं थी। लोग एक-दूसरे के ऊपर झुके हुए से खड़े थे। साँस लेने तक में दिक्कत महसूस हो रही थी। कुछ औरतें जो किसी तरह सीट पर बैठ चुकी थीं, घबड़ा-घबड़ाकर बेना डोलातीं और गोद में अकुलाते बच्चों को दूध पिलाने की कोशिश करतीं लेकिन वे ज़ोर-जोर से चिल्ला रहे थे। बस में बैठे हुए सारे शिष्ट और अशिष्ट लोग अपनी-अपनी भाषा में कण्डक्टर को गाली दे रहे थे। और ड्राइवर को इस बात के लिए कोस रहे थे कि वह क्यों नहीं बस को जल्दी स्टार्ट कर रहा। कण्डक्टर अत्यन्त धैर्य-पूर्वक टिकट बनाने में मशगूल था। सामने कोतवाल को पुलिस वर्दी में देखकर उसने बुरा-सा-मुँह बनाया और अगले आदमी से टिकट का पैसा माँगने लगा। एक अधेड़ आदमी जो सम्भवतः गाँव का ही होगा, इस धक्कम-धुक्की में कोतवाल से दो-तीन बार डाँट खा चुका था, अब उसे लगा कि मुफ्त में चलनेवाला यह पुलिस का आदमी उस पर अपनी वर्दी झाड़ रहा है। कोतवाल की ओर देखते हुए उसने आसपास के लोगों को सुनाया—कण्डक्टर साहब, अब हम भी होमगार्ड की वर्दी सिलवा लेंगे, पैसे मत माँगना।

उसकी बात को सुनकर लोग अचानक हँस पड़े। कोतवाल के लिए यह एकदम नयी बात थी। उसका रोवाँ-रोवाँ जल उठा, लेकिन क्या करता, वर्दी इलाके के बाहर थी। मन-ही-मन कहा बच्चू, एक बार किसी तरह शहर में पहुँच जाते तो जन्म भर वर्दी को नहीं भूलते और उसने जोर से कण्डक्टर को डपटते हुए अपना टिकट माँगकर पैसा थमाया। साथ ही यह बताना नहीं भूला कि हम वैसे पुलिसवाले नहीं हैं।

वह कस्बे से पैदल ही गाँव की ओर चला। एक हाथ में झोला था और दूसरे में मिठाई का पैकेट। रास्ते में ही गाँव-जवार के परिचित लोग मिलने लगे। सबसे

हाल-चाल पूछता-बताता जब घर पहुँचा तो उसे लग रहा था, गाँव काफी बदल गया है और नयी चीजें उसे तरजीह नहीं दे रही हैं। डूबती हुई साँझ की तरह उसका मन पत्नी से मिलने के बाद भी अकेला पड़ा रहा। गाँव-सिवान में लोगों से मिलते-बतियाते उसे बार-बार लग रहा था कि कहीं कोई चीज उसके भीतर से खो गयी है जिससे सब-कुछ असहज लग रहा है। चलते हुए अचानक वह एक जगह रुक गया, यहीं कभी बड़ा-बूढ़ा बरगद का पंचायती पेड़ था। अब उसका नामोनिशान भी नहीं है। वहाँ एक बिजली का खम्भा गड़ा है जिसके सभी तार एक-दूसरे से उलझे पड़े हैं। स्मृतियों में खोया हुआ वह गाँव की सरहद की ओर देखने लगा जहाँ अब नागफनी का बड़ा टीला ही शेष रह गया था। उसे इस तरह सड़क पर अकेले खड़ा देखकर एक लड़का साइकिल से आ रहा था, उतर गया और सलाम किया। कोतवाल उसे पहचान नहीं रहा था, लड़के ने बताया कि वह बगल के गाँव का रहनेवाला है। पास के दो-तीन गाँवों में उसकी छोटी मोटी डॉक्टरी है। शाम के समय वह इस गाँव के मरीजों को देखता है। दिन भर में तीस रुपये मिल जाते हैं और यह कि उसने उसके विषय में बहुत दिन से सुन रखा था।

दोनों बातें करते हुए गाँव की ओर चले। कोतवाल ने पूछा– "इस बीच गाँव कितना बदल गया है? लोग अपने में ही सिमटे-सिमटे क्यों लग रहे हैं?"

लड़का हँसते हुए सकुचा रहा था, बोला– "नहीं, ऐसी बात तो नहीं है। खर्चे बढ़ गये हैं लेकिन लोग पहले से ठीक हैं।"

घर आने तक कोतवाल को लगने लगा कि उसका मन बहुत बेचैन हो रहा है। काफी ऊब जाने के बाद जब वह रात को सोने के लिए गया तो उसे नींद नहीं आ रही थी। पत्नी बर्तन माँजने में लगी हुई थी। लेकिन उसे लगा कि वह जान-बूझकर देर कर रही है। वह बार-बार करवट बदलता, चिढ़कर बैठ जाता फिर सोने की कोशिश करता– लेकिन परेशानी बढ़ती ही जाती। काफी रात बीत जाने के बाद पत्नी सोने के लिए आयी। कोतवाल सोच रहा था कि पत्नी भरसक कट रही है। बगल में सोने के बावजूद वह बार-बार उसके चेहरे को अपने हाथों में लेकर आँखों में कुछ जाँचता, फिर पूछता–"बताओ, तुम ऐसी क्यों हो गयी हो, आखिर क्या सोच रही हो और क्यों जान-बूझकर देर कर रही थी?"

पत्नी को बड़ा अजीब-सा लग रहा था, बोली–"नहीं, मैं तो एकदम ठीक हूँ, आखिर काम करने में देर तो हो ही जाती है।"

कोतवाल सोचने लगा-यह तो बात का कोई जवाब नहीं है और यह जान-बूझकर ही सवाल को काट रही है।

थोड़ी देर बाद ही पत्नी को नींद आने लगी। उसने करवट बदली और दूसरी ओर मुँह फेरकर सो गयी। कोतवाल वैसा ही अकेला पड़ा रहा। उसे लगने लगा रात

काले भयावह पहाड़ की तरह उसके ऊपर पसर गयी है। आसपास एक पीड़ा फैल रही है। जिसमें शरीर अवश होकर डूब रहा है। भयाक्रान्त आदमी की तरह उबरने की पुरजोर कोशिश करते हुए लगभग चीखने की मुद्रा में उसने पत्नी को जगाया। जगाने का यह ढंग पत्नी को अजीब-सा लगा, बोली—"तुम्हें कुछ हुआ है क्या? तबीयत तो ठीक है न?" और उसने हल्के हाथ से उसके माथे को छुआ।

कोतवाल ने कहा—"हाँ, मैं एकदम ठीक हूँ। तुम जरा पानी लाओ, प्यास लगी है।"

पानी देकर थोड़ी देर बाद ही पत्नी फिर गहरी नींद में सो गयी लेकिन वह बिस्तर पर पड़ा-पड़ा कोशिश करता रहा। नींद कोसों दूर थी। बेचैनी जब फिर बढ़ने लगी तो वह उठा और बाहर बरामदे में चला गया।

सबेरा होते-होते कोतवाल को हल्का-सा बुखार हो गया। पत्नी ने अन्दाजा लगाया कि सम्भवतः इसी कारण उसे रात को अच्छी नींद नहीं आयी लेकिन खास चिन्ता की बात नहीं थी, वह अपने रोज के काम में लग गयी। कोतवाल को कुछ अजीब-सा लग रहा था, पत्नी से बातचीत करने के लिए भीतर गया, पूछा—"तुम्हें यहाँ कोई तकलीफ तो नहीं है, अगर कोई दिक्कत हो तो शहर चली चलो, कुछ दिन रहकर चली आना।"

यह कहते हुये उसे लग रहा था कि मन की गहराई में कोई चीज बहुत धीरे-धीरे हिल रही है। पत्नी चाय छान रही थी, बोली—"नहीं, शहर चले जाने पर यहाँ का काम कौन सँभालेगा? हाँ, अगर पैसा हो तो पाँच सौ रुपये दे देना, एक आदमी से कर्ज लिया था।"

कोतवाल का मन अचानक बुझ गया, सोचने लगा पत्नी अपनी सीमित दुनिया में कितनी छोटी हो गयी है। उसे बहुत तरस आया। कोशिश कर रहा था कि बातचीत आगे बढ़े लेकिन शब्द नहीं मिल रहे थे। उसे लग रहा था कि कुछ ऐसी बात है जिसे वह कहना चाहता है लेकिन बोल नहीं पा रहा है। पत्नी चूल्हे पर चावल के लिए पानी चढ़ा रही थी। कोतवाल ने पूछा—तुम्हें गाँव के लोग गाली तो नहीं देते हैं?

वह काम में लगी हुई थी, अचानक रुक गयी—"क्यों, लोग गाली क्यों देंगे? मैंने किसी का क्या बिगाड़ा है?"

कोतवाल को अपने सवाल के बेतुकेपन पर झेंप आ गयी। उसने सँभालने की कोशिश की, "नहीं, लोग आजकल अनायास ही पीठ पीछे गाली देते हैं।" और चाय लेकर बाहर चला आया। अपनी बात को न कह पाने के कारण उसका मन भारी बना रहा। दरवाजे पर नीम की छाया में बैठा हुआ वह सिवान की ओर वैसे ही ताक रहा था। पास ही पड़ोस की दो लड़कियाँ गुड्डे-गुड़िया का खेल खेल रही

थीं। नीम की पत्तियाँ हिल रही थीं और उसका मन उदासी से डूबता चला जा रहा था।

दोपहर को खाने के बाद उसने पत्नी को बताया कि वह शहर जायेगा तो चौंक गयी, बोली-"तुम तो कह रहे थे कि पन्द्रह दिन की छुट्टी है। इतने दिन पर आये हो, जल्दी क्या है? फिर तुम्हारी तबीयत भी तो भारी है।" लेकिन उसने कुछ जवाब नहीं दिया।

शहर आने के बाद दो दिन बीत गये। कोतवाल अपने महकमे के किसी आदमी से नहीं मिला? सड़क पर निकलने की बात तो दूर थी। पता लगने पर जब उसका कान्स्टेबिल आया तो उसने बहुत रूखेपन के साथ उससे न मिलने की इच्छा जाहिर कर दी।

अगले दिन सबेरे, जब लोग पूरी तरह घरों के बाहर निकले भी नहीं थे कि बगैर अखबारों के ही सारे शहर में कानों-कान खबर फैल गयी कि कोतवाल ने आत्महत्या कर ली है। लोग मुँह खोले अचरज में इसे सुनते और फिर दूसरे को यकीन दिलाते कि एकदम सच बात है। उसने अपनी रिवाल्वर से गोली चलायी है और उसकी लाश कोतवाली में रखी हुई है।

कोतवाली के अहाते में एक ओर लाश को सफेद चादर में ढँककर रख दिया गया था। दूर सड़क से आते-जाते लोग उझक-उझककर देख रहे थे। शहर के सारे अफसर वहीं थे। उनके चेहरों पर मुर्दनी छायी हुई थी। सब-के-सब एक-दूसरे के प्रति सशंकित कुछ कहना चाहते थे लेकिन भीतर-ही-भीतर किसी अदृश्य से डर रहे थे। बरामदे की जमीन पर बैठा हुआ कान्स्टेबिल दीनानाथ न सिर्फ कोतवाल की मौत से बेचैन था बल्कि उसे लग रहा था कि यह एक ऐसा सिलसिला है जहाँ फर्क कर पाना मुश्किल है कि मामला हत्या का है या आत्महत्या का।

धीरे-धीरे दोपहर हुई और फिर शाम। लोग इस खबर के प्रति अभ्यस्त हो गये। हर बड़ी-से-बड़ी घटना को भूल जाने की अपनी आदत के मुताबिक शहर फिर अपनी पुरानी दिनचर्या में लौट गया। लेकिन पूरे प्रशासन के चेहरे पर जो पीलापन छा गया था उसके कारण उनकी रात और भी ज्यादा काली तथा भयावह हो गयी, दिन और भी सूखा तथा उदास। कान्स्टेबिल दीनानाथ तो सैनेटोरियम के मरीजों जैसा लगता। दिन भर अपने दड़बे में पड़ा रहता और रात को जब कभी किसी तरह भूले-भटके उसे नींद लग जाती तो डरावने सपने दिखायी देते। मेले में खोये बच्चे की तरह हरदम रोता रहता। आँखें सूजकर लाल हो गयी थीं। दरवाजे के आसपास जब कभी पैरों की आहट होती तो वह जोर से चिल्ला-चिल्लाकर पूछने लगता—कौन है! कौन है! इतने दिनों में मुश्किल से दो-तीन बार ही बाहर निकला और सीधे साहब के पास गया, रोया, गिड़गिड़ाया—"साहब, इस शहर से मेरी बदली कर दीजिये।"

साहब बहुत कातर आँखों से उसे देखता जिसमें उसके लिए रहम और अपनी मजबूरी का भाव उभरता था। एक दिन उन्होंने बताया– "देखो, तुम्हारी बदली अब हमारी मर्जी के बाहर है। शायद तुम्हें अन्दाजा होगा कि कोतवाल की बात इतनी मामूली नहीं है। हमारे चाहने से भी सरकार उसे ऐसे नहीं छोड़ेगी। ऊपरवालों तक को कोतवाल पर नाज था। कोई सोच भी नहीं सकता था कि इसके भीतर इतना बड़ा झूठ है और इसकी इतनी आसान मौत होगी। सरकार मामले की तह में जाना जरूरी समझती है। जल्दी ही एक बड़ा जाँच कमीशन आनेवाला है। ऊपर से यह आदेश है कि इसके लिए तुम्हारा रहना जरूरी है।"

ये बातें सुनकर कान्स्टेबिल को लगा कि सारा शरीर सुन्न होता जा रहा है और आँखों के आगे केवल अँधेरा-ही-अँधेरा है। लौटते हुए उसके पैर इतने बोझिल थे कि सड़क पर चल पाना असम्भव लग रहा था।

आमतौर पर ऐसा कम ही होता कि कोई सरकारी काम इतनी जल्दी शुरू हो जाय लेकिन इस बार ऐसा ही हुआ। मामले की जाँच करने के लिए दिल्ली से सी.बी.आई. के पाँच बड़े अधिकारी शहर में आये और शहर के सारे अधिकारी चौकस हो गये। आने के बाद उन लोगों ने क्या किया, किससे मिले, इन बातों की जानकारी किसी को नहीं मिल पायी। एक दिन रात के ग्यारह बजे पुलिस की एक जीप कान्स्टेबिल के क्वार्टर के सामने रुकी। पुलिस का एक अफसर उसमें से उतरा और उसने बताया कि कोतवालवाले मामले में अभी तुरन्त उसकी हाजिरी जरूरी है। वे लोग उससे कुछ बयान लेना चाहते हैं।

कान्स्टेबिल जब जीप में बैठा तो उसे लग रहा था जैसे उसे फाँसी चढ़ाने के लिए ले जाया जा रहा हो। एक बड़े-से हाल के भीतर घुसते हुए उसके पैर बुरी तरह काँप रहे थे। जीप पर ले आनेवाला अफसर उसे छोड़कर वापस लौट गया। सामने एक बड़ी-सी गोल मेज के इर्द-गिर्द पाँच आदमी बैठे थे। कान्स्टेबिल बगैर बताये इस बात को जान गया कि उसे इन्हीं लोगों के सामने बयान देना है। डरते-डरते उसने सबको सलाम किया लेकिन किसी ने सिर तक नहीं हिलाया। उनमें से एक आदमी झुककर फाइल पलट रहा था और दूसरा कुर्सी पर पीछे की ओर उठँगा हुआ सिगरेट के धुएँ को गोल-गोल बनाकर ऊपर की ओर छोड़ रहा था। शेष तीन मूर्तिवत् बैठे उसे एकटक घूर रहे थे। चारों ओर घुटी हुई-सी खामोशी थी। कान्स्टेबिल को चुपचाप खड़ा देखकर सिगरेट पी रहे आदमी ने सामने खाली पड़ी कुर्सी पर उसे बैठने का इशारा किया। तीनों पहले की ही तरह अब भी उसे घूर रहे थे। कान्स्टेबिल के भीतर धकधक की आवाज हो रही थी। बावजूद इसके कि बाहर हल्की-हल्की ठण्ड पड़नी शुरू हो गयी थी, उसे बहुत जोर की प्यास लगी, लेकिन वह पानी माँगने की बात सोच भी नहीं सकता था।

कुर्सी पर बैठने के तकरीबन पन्द्रह मिनट बाद तक वे वैसे ही चुप पड़े रहे। इसके बाद वह आदमी जो काफी देर से फाइल में उलझा हुआ था, उसे बन्द करता हुआ बोला–

'तुम कान्स्टेबिल दीनानाथ हो?'

'जी साहब!'

इसके बाद दो मिनट तक चुप्पी रही। फिर सिगरेट पी रहे व्यक्ति ने सामने ऐश ट्रे में राख झाड़ते हुए बड़े इत्मीनान के साथ धीरे-धीरे बोलना शुरू किया–"हमें तुमसे कोतवाल के बारे में कुछ पूछताछ करनी है। पूरे महकमे में तुम उसके सबसे करीबी रहे हो। तुम्हें पता है कि वह कविताएँ लिखता था?"

"नहीं साहब, इसके बारे में मुझे कुछ भी मालूम नहीं है।"

"तो सुनो, उसने अपनी डायरी में एक कविता लिखी है। कुल नौ लाइनें हैं। हमें उसी के बारे में तुमसे जानना है।"

कान्स्टेबिल को लग रहा था कि शेष चारों की आँखें उसके दिल के भीतर बहुत बेरहमी से कुछ उलट-पुलट कर रही हैं। इस पूरी प्रक्रिया से वह इतना बेचैन हो गया है कि उसके आसपास सिवा भय के कुछ रह ही नहीं गया। सामनेवाले आदमी ने कुछ देर रुककर फिर बोलना शुरू किया–"वैसे तो हम लोग सरकारी महकमे के आदमी हैं, भरसक कविता-वविता से दूर ही रहना चाहिए लेकिन अगर कोई लिखने ही लगे तो सबसे पहले उसे वह तमीज आनी चाहिए जो कविता के लिए जरूरी है। यह भी कोई तुक है कि घर की बात बाहर रोयें। बहरहाल, तुम इन बातों को छोड़ो। उसने लिखा है–इस शहर में रोज रात जितनी हत्याएँ होती हैं और जितने बलात्कार होते हैं उनके आधे से ज्यादा में हम सशरीर शामिल रहते हैं। बाकी में हमारी आदतें तुम इस बारे में कुछ बताओगे?"

कान्स्टेबिल का चेहरा एकदम पीला पड़ गया, कई बार थूक गटकने की कोशिश की लेकिन जुबान खुल ही नहीं रही थी। बगल में बैठा हुआ एक दूसरा आदमी, जिसके होंठ भद्दे ढंग से लटके हुए थे, और जो चश्मे के ऊपर से लगातार घूर रहा था, उसने बोलना शुरू किया–"वैसे तो हम इस बात को न ही गलत मानते हैं न सही, हमारे लिये इसका कुछ मतलब ही नहीं बनता लेकिन तुम बताओ, कुछ कहना चाहते हो?"

कान्स्टेबिल ने डरते हुए दो-तीन बार खँखारा और बोलने की कोशिश की–"साहब के साथ रहते हुए मुझे बहुत डर लगता था। मैं कुछ बोल नहीं पाता था। जब भी ऐसा करते, बिलकुल बदहवास हो जाते। पता नहीं किसे जोर-जोर से गाली देते थे। तब मुझे वही करना पड़ता था जो वे कहते।"

तीसरा आदमी बोला–'लेकिन उसने लिखा है–"यह शहर जहाँ मुझे देखकर उड़ती हुई चिड़िया भी रास्ता बदल लेती है, मेरे लिये भयावह पिरामिड की तरह है।

यहाँ एक-एक आदमी मेरी हत्या के लिए घात लगाये बैठा है। मैं इसमें से निकलना चाहता हूँ लेकिन मेरा बड़ा अफसर और कान्स्टेबिल दीनानाथ ऐसा नहीं चाहते। दीनानाथ मेरे अदृश्य हत्यारों के गिरोह का सबसे बड़ा खतरनाक खुफिया है।'

यह सुनकर कान्स्टेबिल डर के मारे रुआँसा हो गया, बोला—"साहब, मैं तो सोच भी नहीं सकता कि वे ऐसा कैसे सोचते थे? हाँ, रात के अकेले में साहब के साथ रहते हुए मुझे बहुत डर लगता था—अपनी जान का भी।"

अबकी चौथा बोला—"उसने लिखा है-जब मैं अपनी पत्नी के साथ सोया था तो लगा कि वर्दी पहने हुए कोई आदमी पागल कुत्ते की तरह उसके शरीर को नोच रहा है और वह छटपटाती हुई जोर-जोर से चीख रही है। मेरे हाथ पाँव सुन्न करके एक कोने में डाल दिया गया है। सब-कुछ बहुत ही भयावह था। उस समय मुझे बहुत जोर की प्यास लगी थी—क्या तुमसे उसने ऐसा कुछ बताया था?"

"नहीं साहब, वे मुझसे कुछ नहीं बताते थे।"

अब पाँचवाँ बोल रहा था—"देखो, हमारे लिये इस कोतवाल का ऐसा कुछ खास मतलब नहीं था। उसके मरने या जीने से हमारा कुछ नहीं बदलता। बात सिर्फ इतनी ही है कि महकमे की बात को उसने डायरी में लिखा था। तुम उसके सबसे करीबी रहे हो, इस बात को कहीं किसी से कहना मत।"

कान्स्टेबिल को थोड़ी राहत मिली, बोला—"नहीं साहब, मैं क्यों कहूँगा?"

तब तक दूसरा बोला—"वैसे तुम कह भी दोगे तो हमें कोई फरक नहीं पड़ेगा। तुम्हारी बात से हमारा कुछ बनने-बिगड़ने का नहीं।"

कान्स्टेबिल फिर डर गया, बोला-"नहीं साहब, भला मैं क्यों कहने जाऊँगा?"

तीसरा आदमी अपने होंठों के भीतर एक विद्रूप किस्म की हँसी हँस रहा था, बोला—"वैसे तुम्हारी जो मर्जी हो करना और अब जाओ।"

बाहर आकर कान्स्टेबिल ने घड़ी देखी तो रात के ढाई बज रहे थे। सन्नाटा इतना गहरा था कि ओस की बूँदों का गिरना तक सुनायी दे जाय। सड़क पर बत्तियाँ जल रही थीं। बीच-बीच में अँधेरी गलियों को पार करते हुए उसे लग रहा था कि वही विद्रूप हँसी हँसती कोई काली छाया पीछे-पीछे चली आ रही है। उसने मुड़कर देखा तो कहीं कुछ नहीं। दूर-दूर तक सिर्फ अँधेरा और सन्नाटा था। अचानक उसके होंठों से भी ठीक वैसी ही हँसी फूट पड़ी। उसने हँसी रोकनी चाही लेकिन वह और ज्यादा विद्रूप हो गयी। कान्स्टेबिल इतना डर गया कि उसका दिल जोर-जोर से धड़कने लगा। वह वहीं रुक गया और बहुत आहिस्ते से धड़कन को सुनने की कोशिश करने लगा। लेकिन तब तक दूर कहीं रोते कुत्तों की आवाज सुनायी पड़ने लगी।

●

महाकाव्य का आखिरी नायक

न्यूयार्क में होनेवाले डॉक्टरों के सेमिनार के लिए भास्कर राव का पेपर स्वीकृत कर लिया गया था। सेमिनार बोर्ड की ओर से उनके पास इस आशय का एक पत्र भेजा गया था—"निश्चित ही भारत के अलावा अन्य देशों को भी आपके इस काम से बहुत ज्यादा मदद मिलेगी।" इसके बाद सेमिनार में सम्मिलित होने के लिए कुछ निर्देश दिये गये थे।

टाइप किये हुए इस छोटे-से पत्र को भास्कर राव ने उलट-पुलट कर बीसियों बार पढ़ा। उस दिन आये हुए मरीजों को उन्होंने इत्मीनान से देखा और किसी-न-किसी बहाने यह जरूर बताया कि उन्हें न्यूयार्क बुलाया गया है।

क्लीनिक के ऊपर ही उनका आवास था। दोपहर तक मरीजों को निबटाकर उन्होंने ऊपर जाकर कपड़े बदले और इत्मीनान से खड़े होकर सड़क की ओर देखने लगे। वहाँ एक पागल धूप में खड़ा होकर सूरज को ललकार रहा था। मुहल्ले के मैले-कुचैले लड़के पीछे से हो-हो करते हुए ढेला फेंक रहे थे। चाय की दुकान के सामने बेंच पर बैठे हुए दो कान्स्टेबिल अपनी राइफलों पर ठुड्डी टिकाये धीरे-धीरे हँस रहे थे।

टहलते हुए भास्कर राव मेज के पास गये और पत्नी की चिट्ठी को दुबारा पढ़ने लगे। नीचे लॉन में माली करीने से पौधों की कटाई कर रहा था। कमरे और बालकनी के बीच टहलते हुए वे सिर्फ न्यूयार्क के बारे में सोच रहे थे। उनके चेहरे पर हल्की मुस्कराहट और आँखों में दुनिया को समझने की गम्भीरता चमक रही थी। खिड़की और दरवाजे से आ रही हवा उन्हें स्फूर्ति और ताजगी से भरी हुई लग रही थी। रोशनदान पर बैठा हुआ एक कबूतर अपनी मादा के पंखों में सिर छुपाकर खेल रहा था। उम्र के इस मुकाम पर पहली बार दुनिया उनके सामने पवित्र आस्था की तरह शान्त भाव से गतिमान् हो रही थी। उन्होंने आदमी के दायित्वों के बारे में सोचा और धीरे से बुदबुदाये—"कठोर परिश्रम उन्नति का मूलमन्त्र है।" इन समूची कोमल और शान्त मनःस्थितियों के बीच उस समय अचानक खलल पड़ा, जब नीचे गेट पर खड़ा दरबान जोर-जोर से किसी को गाली देने लगा।

रोज के मुताबिक यह भास्कर राव के सोने का समय था। अक्सर इस समय आये हुए मरीजों को दरबान गालियाँ देता और धक्के मारकर भगा दिया करता है। लेकिन आज भास्कर राव न तो सोये हुए थे और न ही उनके भीतर काम के थकान की कोई झुँझलाहट थी। दरबान की आवाज सुनकर वे बालकनी की ओर चले आये। उन्होंने देखा कि एक मैली-कुचौली गन्दी-सी औरत अपनी गोद में बच्चा लिये दरबान के पैर पकड़कर गिड़गिड़ा रही है। एक निरीह और सहमा हुआ-सा आदमी हाथों में गठरी पकड़े चुपचाप पीछे खड़ा है। दरबान बेरहमी से धकेलते हुए उन दोनों को गालियाँ दे रहा है। भास्कर राव ने दरबान को रोककर उन दोनों को क्लीनिक में बैठने के लिए कहा और खुद नीचे चले आये।

यह औरत दो महीने पहले अपनी आँख दिखाने आयी थी। भास्कर राव ने उसी समय बता दिया था कि तुरन्त ऑपरेशन करा लो वरना आँख खराब हो सकती है। जब इस समय उन्होंने जाँच की तो पता चला कि एक आँख पूरी तरह खराब हो चुकी है और अब दूसरी को भी बचा पाना मुश्किल है। उन्होंने झुँझलाते हुए लापरवाही बरतने के लिए उसके पति को डाँटा।

पति गिड़गिड़ाने लगा—"साहब, पैसा नहीं था। एक आदमी से उधार लेकर आज आ रहा हूँ। आप तो भगवान् हैं साहब, कोशिश कीजिये।"

जब वे दोनों जा रहे थे तो भास्कर राव ने देखा कि सिसकती हुई औरत अपनी साड़ी के पल्लू से आँखों को पोंछ रही है। असहायता और विश्वास से भरा हुआ उसका पति लौटना नहीं चाहता था। औरत ने समझाया—"अब चलो! जो कुछ तकदीर में बदा है वह तो भोगना ही पड़ेगा।" उसकी गोद में चिपका बच्चा लॉन में खिले फूलों को देखकर मचल रहा था। यह सारा कुछ भास्कर राव को इतना कारुणिक लगा कि वे भीतर तक काँप गये। और जैसे कि विराट् समुद्र के अखण्ड स्थैर्य को तोड़ता कँपाता एक द्वीप उभर आये। जीवन के चहल-पहल से भरा द्वीप अपने हाथ उठाकर सोने की सभ्यताओं से लदी नौकाओं पर बैठे सौदागरों को अपनी ओर बुलाने लगा। वहाँ खपरैलों के घर थे। गोबर से पुता आँगन था। घास चरती भैंसें थीं। गाँव के प्राइमरी स्कूल में मास्टर और किसान पिता की छाया में पटरी पचरता, ककहरा रटता बचपन था।

एक दिन पिता जी ने घर की इकलौती दूध देनेवाली भैंस को बेच दिया। जो कुछ भी पैसा मिला उससे माँ का इलाज कराने के लिए वे शहर के डॉक्टर के पास गये। घर में बूढ़ी दादी और भास्कर राव की बड़ी बहन थी। माँ को गये कई दिन बीत गये थे। एक साँझ स्कूल से लौटने के बाद बालक भास्कर घर की छत पर अकेला बैठा उदास पड़ा-पड़ा रो रहा था। उसी दिन पिता जी आये थे। माँ साथ नहीं थी। दूसरे दिन भास्कर भी पिता जी के साथ शहर गया।

बस से उतरकर जब वे शहर में घुसे तो शाम हो रही थी। खम्भों पर बिजली के बल्ब जल रहे थे। दुकानों में जल रही ट्यूबलाइटों का दूधिया प्रकाश बाहर तक फैल रहा था। हजारों लोग आ रहे थे। जा रहे थे। रिक्शे थे। मोटर गाड़ियाँ थीं। एक जगह सड़क पर तीन-चार गायें निश्चिन्त भाव से खड़ी थीं। मोटरें तेज हार्न देती हुईं उन्हें दरेरकर निकल जातीं। किताबों में छपे ट्रैफिक पुलिसवाले को सामने सड़क के चौराहे पर देखकर भास्कर को अजीब-सा कौतूहल हुआ। उसने पिता जी से पूछा-'ये गायें किसकी हैं? और ये मोटर गाड़ियों को देखकर क्यों नहीं चिहुँककर भाग रही हैं?' पिता जी ने बताया -"शहर के आदमियों की तरह यहाँ की गाय-भैंसें भी समझदार होती हैं?" पिता जी की उँगली पकड़े भास्कर सब-कुछ अचरज से देखता हुआ सोच रहा था कि इन साफ, चमकती सड़कों पर चलनेवाले लोग कितने खुश हैं। पिता जी ने एक दुकान से माँ के लिए केले और सन्तरे खरीदे। उसमें से दो सन्तरे खाने के बाद भास्कर ने उसके छिलके अपनी पैण्ट की जेब में रख लिये थे। सड़क के किनारे एक सफेद और खूब चिकनी जगह पर पिता जी ने पेशाब करने के लिए खड़ा कर दिया था। वहाँ अगल-बगल कई लोग थे। शर्म के मारे या कि क्या था भास्कर को पेशाब ही नहीं हुई। इस तरह घूमते-टहलते वे सरकारी अस्पताल तक पहुँचे।

वहाँ कम्पाउण्ड में चारों तरफ धुआँ उठ रहा था। मरीजों के साथ गाँव से आये हुए लोग उपलों या स्टोव पर चावल और आलू उबाल रहे थे। माँ की आँखों में मोतियाबिन्द का ऑपरेशन हुआ था। अस्पताल के बरामदे में और पिछवाड़े ढेर-सारे आदमी और औरतें आँखों पर कोल्हू के बैल की तरह गोल और सख्त पट्टियाँ बाँधे गठरी की तरह चुपचाप पड़े हुए थे। भास्कर ने निर्जीव गठरी की तरह कोने में पड़ी माँ और उनकी आँखों पर बँधी नीली पट्टी को देखा। कई दिनों बाद इस हॉल में माँ से मिलने की आह! अचानक तेज हिचकियों के बीच बालक मन की करुणा फूट पड़ी। माँ ने बेटे को सीने से चिपका लिया और हाथों के अन्दाज से गालों को सहलाते हुए आँसू पोंछने लगी थी।

आरामकुर्सी से उठते हुए भास्कर राव ने आँखें खोलीं। सामने नीम के पेड़ पर एक पतँग उलझी हुई थी। एक लड़का उसकी डोर को ढीला करके आहिस्ते-आहिस्ते खींच रहा था। गेट के बाहर बैठा हुआ दरबान बीड़ी सुलगा रहा था। भास्कर राव सोच रहे थे कि बिना एक शब्द बोले, एक मामूली बीमारी के कारण उस औरत ने अपने अन्धेपन को भी उसी तरह स्वीकार लिया जैसे पति और बच्चे को। रोता-गिड़गिड़ाता उसका पति देर तक उनकी आँखों के सामने तड़पता रहा। इस बीच नौकर दो बार कॉफी के लिए पूछ चुका था। वहाँ से उठकर वे लॉन में टहलने लगे। साँझ नयी दुल्हन की तरह कॉलोनी की सड़कों और पेड़ों पर अपने महावर के निशान

छोड़कर आकाश के पश्चिमी छोर की ओर लौट रही थी। एक लड़का एक लड़की को आइसक्रीम खिला रहा था। लड़की नखरे कर रही थी। इस बीच आइसक्रीम पिघलकर उसके उरोजों पर टपक गयी। लड़का उसे पोंछ देने के लिए लड़की से अनुनय करता हुआ अगल-बगल ताक रहा था। लड़की उसे डाँट रही थी कि क्यों वह सड़क पर इस तरह उसके पीछे पड़ा हुआ है, कि कोई भी देख लेगा।

लेकिन भास्कर राव का दिमाग उस अन्धी औरत के पीछे एक ऐसी दुनिया में चला गया जहाँ फूल नहीं उगते। सुबह नहीं होती। वहाँ गालियों से भाषा सीखते बच्चों की साँझ होती है। वहाँ रात की भयावहता को आँखों से भरकर अन्धी औरत की बदबू करती साँस होती है। सड़क पर ट्यूबलाइट्स जगमगाने लगी थीं। लेकिन मनुष्यता के तर्क ने उन्हें निर्जन गुफा के अँधेरे में असहाय-सा छोड़ दिया। एक उदासी बर्फ की तरह उनके भीतर जमने लगी थी। घर पर मन नहीं लगा तो क्लब की ओर चल पड़े।

क्लब के लॉन में बैठे हुए सिटी एस.पी. माथुर जैसे भास्कर राव का ही इन्तजार कर रहे थे। भास्कर राव ने उन्हें बताया–"एक औरत दो महीने पहले हमारे यहाँ आयी थी। अगर उसी समय एक छोटा-सा ऑपरेशन करा लेती तो सब ठीक हो जाता। लेकिन आज जब दोनों आँखें पूरी तरह खराब हो गयीं तब दुबारा आयी। अब तो उसे अन्धा होने से कोई नहीं बचा सकता।"

माथुर ने कहा–"डॉक्टर साहब, आपने जिस काम के लिए कहा था, उस सिलसिले में मैंने अपने एक मित्र से बात की थी। शहर के बीचोबीच उनका मकान है। आपकी क्लीनिक के लिहाज से बहुत अच्छा रहेगा। आप चाहें तो पन्द्रह लाख के आसपास मिल सकता है।"

भास्कर राव चुप लगा गये।

अपनी दिनचर्या से ऊबे हुए अधिकांश लोग क्लब में आकर चहक रहे थे। हॉल के बड़े-से दरवाजे पर 'एयर इण्डिया' का महाराजा बा-अदब 'फ्रीज' था। यहाँ आनेवालों में ज्यादातर शहर के अफसर थे। नया आया हुआ डी.एम. कम उम्र का स्मार्ट नौजवान था। सारे अफसर उसके सामने झुके हुए-से खड़े थे। वह उन्हें कोई अनुभव सुना रहा था। और वे सब आँखें फाड़-फाड़कर बीच-बीच में ठहाके लगा रहे थे। डी.एम. की नजर बीच-बीच में बार-बार अफसर-पत्नियों के बीच घूमकर एक इंजीनियर की कंचन काया बीवी के चेहरे पर चिपक जाती और जैसा कि औरतों का स्वभाव होता है अपनी ओर आकृष्ट पाकर वे उसके प्रति लापरवाह होने का नखरा करती हैं। वह भी दूसरी औरतों से बातें करती हुई बार-बार कन्धे को उचकाती और सिर को झटका देकर बालों को पीछे की ओर उछाल देती। फिरोजी रंग की बनारसी साड़ी के सफेद बार्डर की जरी चमक रही थी। वह सामनेवाली औरतों की बातें ध्यान

से सुनने का अभिनय कर रही थी। बीच-बीच में मुस्कराती और गालों पर हल्के गड्ढे उभर जाते। डी.एम. किसी-न-किसी बहाने उधर जरूर देख लेता। एक औरत ताड़ गयी। वह दूसरे कोने से चलकर उसके करीब पहुँची और बोली—"हाय मिसेज सिंहल, आज तो ताश में सिर्फ दो ही पत्ते हैं, एक बेगम और दूसरा गुलाम। बाकी तो सब जोकर हैं।" जोर से ठहाका गूँजा और सुन्दरता ऐंठकर लरज गयी। भास्कर राव उनकी खिलखिलाहटों में उभरते गाढ़े लिपिस्टिक को देख रहे थे और सोच रहे थे कि महज तीन सौ रुपये के लिए अन्धी हो गयी औरत इनमें कहाँ हो सकती है? वह कहीं नहीं थी। अभी तो क्लब की शाम शुरू हो रही थी, लेकिन वे ऊबकर वहाँ से निकल गये।

इतनी जल्दी घर लौटने की इच्छा नहीं थी। रास्ते में उनके एक प्रोफेसर मित्र का घर था। वे वहीं चले गये। प्रोफेसर साहब इस समय अपने बच्चों के साथ टी.वी. पर कोई सीरियल देख रहे थे। भास्कर राव को देखकर बहुत खुश हुए। न्यूयार्क जाने की बात सुनकर उन्होंने भास्कर राव को बधाई दी। दोनों लोग देर तक बातें करते रहे। चलते समय भास्कर राव को छोड़ने वे गेट के बाहर तक आये। सड़क पर सन्नाटा था। भास्कर राव ने उन्हें भी उस औरत की बात बतायी और कहा—"उस औरत के बारे में सोचते हुए मुझे पता नहीं कैसा लग रहा है। जानते हैं, वह इलाज करा लेती लेकिन उसके पास तीन सौ रुपये नहीं थे। सोचिये! आदमी के लिए आँख से बड़ी चीज क्या होगी। वे पति-पत्नी दोनों काम करते हैं। क्या हालत है! वे दो महीने बाद भी तीन सौ रुपये उधार लेकर आये थे। उसका पति रो-गिड़गिड़ा रहा था। लेकिन अब तो उसे भगवान् भी नहीं बचा सकता।"

प्रोफेसर ने कहा—"भास्कर, हमारे यहाँ गरीबी सबसे बड़ी बीमारी है। तुम डॉक्टर हो लेकिन तुम्हारे पास इसकी कोई दवा नहीं है।" कुछ और भी उन्होंने बताया और अन्त में पूछा कि—"मेरी पोती के दाँत टॉफी खाने से खराब हो रहे हैं। कुछ उपाय हो तो बताओ।"

भास्कर राव का मन अजीब तिक्तता से भर गया। टालने की गरज से उन्होंने कुछ बता दिया और उदास होकर घर लौट आये।

रात सोने के पहले टहलते हुए जब वे बालकनी की ओर गये तो वहीं खड़े होकर देर तक सड़क पर उस ओर देखते रहे जिधर से वह औरत अपने पति के साथ लौट गयी थी। पेड़ों की पत्तियाँ ठण्ड से अकड़ रही थीं। ओवरकोट पहने एक बूढ़ा आदमी सड़क पर जा रहा था। दरबान ने गेट में ताला बन्द कर दिया था। वे देर तक वहीं चुपचाप खड़े रहे। अन्त में उन्होंने अपने सिर को झटका दिया और लाइब्रेरी में चले गये।

इस बीच भास्कर राव रोज रात लाइब्रेरी में बैठकर कुछ लिखा करते। क्लीनिक में दवा कराने आये मरीजों से अक्सर पूछा करते—तुम कहाँ के रहनेवाले हो? क्या

करते हो, और दिन-भर में कितना कमा लेते हो? आदि-आदि। आसपास के दुकानदारों तक ने महसूस किया कि आजकल भास्कर राव अनायास ही कभी 'ब्रेड' का तो कभी 'बोरोलीन' का दाम पूछा करते हैं और कुछ खरीदते नहीं।

जब वे न्यूयार्क के लिए रवाना हुए तो स्थानीय अखबारों ने काफी महत्त्व देकर इस समाचार को प्रकाशित किया। वहाँ कई देशों की जानी-मानी हस्तियाँ आयी हुई थीं। सबने अपना-अपना पेपर पढ़ा। जब भास्कर राव की बारी आयी तो पेपर पढ़ने के पहले क्षमा याचना के साथ उन्होंने एक लम्बी-चौड़ी कारुणिक भूमिका बयान की—"ऊँची पहाड़ियों और विशाल मैदानी इलाकों के बीच फैला हुआ हमारा देश कुरूप गाँवों का अजायबघर-सा होता जा रहा है। मेहनत से थके बीमार इन गरीब गाँवों में लोग आज भी पीने के लिए तालाब के गन्दे पानी का इस्तेमाल करते हैं। अधिकांश लोग पेचिस के मरीज होते हैं। एक आदमी को औसत तरीके से स्वस्थ रहने के लिए कम-से-कम पच्चीस रुपये की खुराक चाहिए। लेकिन हमारे यहाँ यह मुश्किल से पाँच रुपये भी नहीं है। ठीक है कि यह सेमिनार चिकित्सा विज्ञान की नयी खोजों में सहायक होगा, किताबें लिखी जायेंगी। लेकिन अगर किताबें जीवन तक नहीं पहुँचेंगी तो ये सारी खोजें बाजार में मिलनेवाले घटिया मलहम से ज्यादा महत्त्व नहीं रखेंगी। क्या ऐसे देश में आप किसी स्वस्थ आदमी की कल्पना कर सकते हैं, जहाँ डेढ़-दो रुपया में बननेवाली विदेशी कम्पनियों की दवाइयाँ बीस-बाईस रुपये में बेची जाती हैं। आम आदमी के स्वास्थ्य से इन बातों का गहरा सम्बन्ध है। भूगोल की यह स्थानिक विशेषता हमारी त्रासदी को बयान करती है कि जब भारत जैसे देशों में सूरज डूबता है तब लन्दन या न्यूयार्क की सड़कों पर सुबह होती है।"

इन बातों का तुक क्या है? बे-तरह बोर होकर ऊबते हुए लोग अपने-अपने सिगार सुलगाकर न्यूयार्क के मौसम के बारे में बातें करने लगे। एक बुजुर्ग अपने बगल में बैठी महिला को बता रहा था कि, "भारत में लोगों के पास वक्त बहुत ज्यादा होता है। इसीलिए वे लोग सीधी और सरल बातों को भी घुमा-फिराकर या कभी-कभी तो एकदम उल्टे ढंग से बयान करने और सोचने के आदी होते हैं। वहाँ प्रेम को बुरा माना जाता है जबकि रात में सड़क से गुजरती किसी महिला के साथ दस-दस लोग आसानी से "रेप कर देते हैं। एकदम पशुओं की तरह।" उस महिला ने बताया—"मेरे पति 'विजनेस' के सिलसिले में अक्सर भारत जाया करते हैं। आजकल वहाँ के शहरों में हर सुबह सड़कों पर लाशें पड़ी हुई मिल जाती हैं। उनका कोई वारिस नहीं होता। देर दोपहर तक कान्स्टेबिल उन लाशों को उठाकर नालियों में या गटर में डाल देता है। वे वहाँ महीनों सड़ती रहती हैं।"

भास्कर राव की बातों का असर यह हुआ कि बाद में जब उन्होंने पेपर पढ़ा तो उस पर किसी ने कोई ध्यान नहीं दिया।

दूसरा सत्र 'मेडिसिन' से सम्बन्धित था। जॉन रिचर्ड ने 'एड्स' पर अपना चौंकानेवाला शोध पढ़ा। सारे लोग उनकी गम्भीरता स्वीकारते हुए उसका महत्त्व बता रहे थे। जब सेमिनार बोर्ड इस बात पर विचार कर रहा था कि इस पेपर को किसी बड़े पुरस्कार के लिए संस्तुत किया जाये तभी भास्कर राव खड़े हुए बोले—''शताब्दी के इन अन्धकारपूर्ण वर्षों में एड्स मुख्य समस्या है ही नहीं। तीसरी दुनिया और खासकर भारत जैसे देशों के लिए तो यह बे-मतलब की बात है। वहाँ तो लोग आज भी पेचिस और भुखमरी से ही जूझ रहे हैं...।''

अभी भास्कर राव अपनी बात कह ही रहे थे कि इंग्लैंड के एक बुजुर्ग प्रोफेसर ने अफसोस जाहिर किया—''हमें बहुत दुःख है कि अब भारत के लोग ऐसी जगहों पर भी राजनीति और नेतागिरी की बेवकूफीपूर्ण बातें करने लगे हैं। क्या बोर्ड के लोग ऐसे महापुरुषों को बुलाकर सेमिनार को फालतू लोगों का अड्डा बनाना चाहते हैं? फिर ये लोग क्यों नहीं समझते कि हम लोग यहाँ किसी देश के अर्थशास्त्र पर कविता सुनने नहीं आये हैं।''

सारे लोग भास्कर राव की ओर इस तरह देख रहे थे जैसे वे किसी अजायबघर से चले आये हैं। उन्होंने अपने को बहुत अपमानित महसूस किया और चुपचाप बैठ गये। हॉल में सन्नाटा छा गया था। कुछ लोग उनकी ओर देखकर मुस्करा रहे थे।

रात के समय जब सारे लोग डिनर के लिए गये हुए थे, तब भास्कर राव टहलते हुए बहुत दूर निकल गये। आज दिन की घटी सारी घटनाओं को लेकर वे आत्मविश्लेषण कर रहे थे। उन्हें कहीं अपनी गलती नहीं दिख रही थी। अजीब-सी परेशानियों में पड़े हुए वे बहुत दूर तक चले गये। एक जगह तीन-चार लड़के और लड़कियाँ समलैंगिकता की स्वतन्त्रता के लिए पोस्टर चिपका रहे थे। पोस्टर पर दो अधेड़ आदमी बहुत घृणास्पद ढंग से एक-दूसरे को चूमते हुए बनाये गये थे। भास्कर राव ने पूरे जेहन में भर आयी घृणा को जोर से थूका और लौट आये।

दस दिन की न्यूयार्क-यात्रा से लौटकर भास्कर राव जब भारत आये, यहाँ के अखबारों में छपे उनके समाचारों को लोगों ने चुटकुले की तरह पढ़ा। एक स्थानीय अखबार के सम्पादक ने, जो सीमेण्ट ब्लैक किया करता था, बगैर भास्कर राव से मिले ही लिख दिया कि, ''भास्कर राव चुनाव लड़ने को कह रहे हैं।'' आगे उसने टिप्पणी देते हुए यह भी लिखा कि...''न्यूयार्क में आयोजित अपनी पहली चुनाव सभा में ही भास्कर राव ने देश का नाम काफी रोशन कर दिया है।''

सूचना पाकर भास्कर राव की पत्नी और उनका लड़का जो दूसरे शहर में आई. ए. एस. अधिकारी था, उनसे मिलने आये। मित्रों ने समझा कि भास्कर राव की तबीयत खराब हो गयी है। इसलिए वे लोग भी आये। शाम का समय था। सब लोग उनके कक्ष के मातमी वातावरण में बैठकर अखबारवालों की भर्त्सना कर रहे थे। तभी

भास्कर राव ने सबको बताया कि, ''अब मैं रोज शाम दो घण्टे गरीबों की बस्ती जाऊँगा और मुफ्त में उनका इलाज करूँगा।'' यह सुनकर उनकी पत्नी भीतर से डर गयीं। उन्हें लगा कि कहीं अखबारवालों की ही बात सच न हो जाय। पास बैठे एक आदमी से बोली—''भाई साहब, आप इन्हें बताइये न! अब क्या इनकी उमर देश-सेवा करने की रह गयी है। और वैसे भी लोग चारों ओर हँस रहे हैं।''

भास्कर राव इधर कई दिनों से कुछ ऐसे लोगों पर झल्लाये हुए थे जो मिल नहीं रहे थे। पत्नी पर ही उबल पड़े—''नहीं, यह तो बस खाने और दिन भर तुम्हारे साथ सोने की उमर रह गयी है।''

बेटा बड़ा हो चुका था। इतने लोगों के बीच माँ के लिए ऐसी बातें सुनकर सन्न रह गया, बोला—आप तो सामान्य आदमी का भी विवेक खो चुके हैं। जाइये, लड़िये न चुनाव! कौन रोक रहा है?

भास्कर राव को अखबार के उस सम्पादक की तरह अपना बेटा भी नीच और कमीना लगा। वे जलती आँखों से उसे घूरते रहे, फिर चुप लगा गये। बाकी लोग यह सोचकर कि भास्कर राव जी परेशान हैं इन्हें आराम की जरूरत है; उठकर चले गये।

इस बीच हुआ यह कि शहर के बाहर जहाँ दूर-दूर तक गन्दगी और मक्खियों के बीच गरीबों की झुग्गियाँ फैली हुई थीं, वहीं एक थोड़े साफ-सुथरे स्थान पर लकड़ी की मेज-कुर्सी लगाकर भास्कर राव हर शाम नियमित बैठने लगे। गरीब मरीजों की दवा करते हुए उन्हें भीतर से एक अजीब किस्म की राहत महसूस हो रही थी। देर रात जब वे घर लौटते तो अनायास ही गुनगुनाया करते। उन्हें हर समय लगा करता कि सब-कुछ इसी तरह पहले से चलते रहना चाहिए था, जो कि नहीं चल सका था। बहरहाल...! पत्नी और बेटा यह सोचकर कि चलो जैसा भी चल रहा है चलने दो, वापस लौट गये।

तभी एक दिन शाम को मरीजों की काफी भीड़ जमा हो गयी थी। कहीं से घूमता हुआ एक पुलिस कान्स्टेबिल उधर पहुँच गया। वह अक्सर उस बस्ती में जाया करता था। बेतरतीब भीड़ को देखकर वह सिर हिलाता हुआ हल्के-हल्के मुस्कराया। उसे लगा कि इस तरह तो शहर में ही दंगा हो जायेगा। डण्डे से भीड़ को चीरता हुआ वह सीधा भास्कर राव के सामने गया और पूछा-''यह सब तुम क्या फैलाये हो?''

भास्कर राव आई.ए.एस. बेटे के पिता थे। शहर का कमिश्नर तक उनकी जान-पहचान का था। उन्होंने डाँटा—''तमीज से बात करो! और, क्या तुम देख नहीं रहे हो।''

कान्स्टेबिल एक बार तो सकपकाया। लेकिन फिर उसे लगा कि एकाध सिरिंज और दो-चार शीशी दवाइयाँ रखनेवाला यह नाचीज हमें तमीज सिखा रहा है।

डण्डा फटकारा। भीड़ दूर खड़ी हो गयी। कुछ ही देर में मेज, कुर्सी और दवा की शीशियाँ जमीन पर औंधी नजर आयीं। भास्कर राव डण्डा खाते-खाते बचे। कान्स्टेबिल ने बताया—"अगर तुम्हें इस तरह बगैर साइनबोर्ड के यहाँ डॉक्टरी करनी है तो कम-से-कम बीस रुपये माहवार देने ही होंगे। वरना, आज से इधर दिखायी दिये तो समझ लो! आज तो छोड़ दे रहा हूँ।"

बहुत अपमानित महसूस करते हुए जब भास्कर राव वहाँ से चले तो अँधेरा घिर रहा था। रास्ते-भर उन्हें लगता रहा कि सारे शहर के लोग उनकी बेवकूफी पर हँस रहे हैं, या बेचारगी पर तरस खा रहे हैं। अपने मन को ढाँढ़स देते हुए वे सीधे सिटी एस.पी. माथुर के बँगले पर गये। माथुर ने बड़े बेमन से सारी बातें सुनीं और बोले—"भास्कर राव जी आप तो इतने समझदार आदमी थे। कोई कमी भी नहीं थी। पता नहीं आपको यह नेतागिरी का चक्कर कैसे लग गया? जानते हैं, आपके खिलाफ कितनी शिकायतें आ चुकी हैं, हर बात की हद होती है। अमेरिका जाकर आपको इस तरह देश के बारे में प्रपंच नहीं करना चाहिए था और अभी तो चुनाव भी तीन साल बाद होगा। आपने अभी से यह ऊलजलूल काम करना शुरू कर दिया।"

आगे भास्कर राव को कुछ भी सफाई देने की गुंजाइश नहीं रह गयी। उन्हें माथुर के व्यवहार से बहुत आश्चर्य हुआ। उन्होंने कहा—"ठीक है माथुर साहब, अगर आपका दिमाग अफवाहों और अपराधों के इतने मजबूत पाये पर खड़ा है तो मुझे आपसे कोई उम्मीद नहीं। लेकिन आदमी अपने फर्ज के लिए दूसरों से उम्मीद ही क्यों करे? अगर आप अपने कान्स्टेबिल को न भी मना करेंगे तो भी मैं अपना काम करता ही रहूँगा।" इतना कहकर वे लौट आये।

दूसरे दिन जब भास्कर राव गरीबों की उस बस्ती में गये तो उनके बैठने की जगह पर एक बकरी बाँध दी थी। उन्होंने एक लड़के को बुलाकर कहा-"बेटे, इसे ले जाकर दूसरी जगह बाँध दो।"

तभी एक बूढ़ा आदमी अपनी औरत के साथ उनके पास आया और कहने लगा—"साहब, आप लोग तो बड़े आदमी हो! मुझ गरीब की यह जमीन कब्जा करके क्या पा जाओगे?"

भास्कर राव अवाक् होकर उस आदमी को देखने लगे। यही आदमी बस्ती में आने पर पहले दिन सम्मान के साथ उन्हें यहाँ ले आया था और कहा था कि—"पुण्य के इस काम के लिए मेरे घर के सामने ही आप अपनी दुकान लगायें।" उन्होंने आश्चर्य से पूछा—"दादा! आपसे जमीन कब्जा करने की बात किसने कही?"

उसी समय एक स्थानीय विधायक मुहल्ले में घूम रहा था। वह तीस-चालीस लोगों के साथ आकर भास्कर राव के बगल में खड़ा हो गया और जोर-जोर से चिल्लाने

लगा—"भाइयों, मैं इस आदमी को बहुत दिनों से और खूब अच्छी तरह जानता हूँ। यह कल सिटी एस.पी. के बँगले पर गया था। उन्होंने इसे कान पकड़वाकर पच्चीस बार उठाया-बैठाया। इसलिए कि इसे सी.आई.ए. से पैसा मिलता है। इसके पेशाब घर में श्रीरामचन्द्र जी की फोटो है। यह भगवान् के ऊपर पेशाब करता है। पक्का नास्तिक! इस जगह पर कब्जा करके यह अगले चुनाव में यहाँ कार्यालय बनवाना चाहता है।"

भीड़ तो भीड़ होती है। इसके बाद किसी ने बैग छीनकर सारी दवाइयाँ जमीन पर बिखेर दीं। किसी ने धक्का देकर गिरा दिया। एक अच्छा-भला आदमी मांस-पिण्ड की तरह भीड़ से घिरा अपने को बचाने की कोशिश में बार-बार गिरता रहा। भीड़ बढ़ती गयी। शोर ऊँचा होता गया।

शोर सुनकर कान्स्टेबिल फिर आ गया। उसने स्थिति का जायजा लिया और भीड़ को किनारे हटाकर जोर से चीखा—"साले, मैंने कल ही तुम्हें मना किया था। फिर कैसे इधर चले आये?" सँभलकर उठते हुए भास्कर राव ने कुछ कहना चाहा तब तक कान्स्टेबिल ने अपना डण्डा उसके पेट में घुसेड़ दिया।

चाय की दुकान पर बैठे लोगों से कोई बता रहा था कि 'लकड़सुँघवा' है। दूसरे ने बताया कि इसकी दी हुई दवा खाकर लड़कियाँ रात-रात भर मर्दों की तलाश में घूमा करती थीं। आदि-आदि।

दरबान और माली दोनों का कहना है कि उस दिन भास्कर राव ने कुछ भी नहीं खाया। देर रात तक छत पर टहलते रहे। चारों ओर सन्नाटा था। शहर से बाहर जेल के घण्टे की टन-टन करती कर्कश आवाज से किसी कैदी ने क्रमशः एक और दो बजने की सूचना दे दी थी। दरबान कहता है—"साहब, वैसी रात में सड़क लावारिसों के लिए होती है, किसी शरीफ आदमी के लिए नहीं। लेकिन भास्कर राव जी उसी समय सड़क पर गये। जब लौटे तो सबेरा हो रहा था। हमने उन्हें ऐसे कभी नहीं देखा था। पता नहीं क्या बुदबुदा रहे थे। आँखें भयानक तरीके से तनी हुई थीं। मुझे तो तभी डर लग गया था।"

दूसरे दिन सब-कुछ सामान्य ही दिख रहा था। शहर में किसी को इस बात का पता नहीं चल सका कि रातभर जगकर भास्कर राव अपनी किताबों से क्या बतियाते और पूछते रहे। उन्होंने सारी किताबों के ऊपर 'फ्राड' लिखकर उन्हें तहस-नहस कर दिया। रोज की तरह उस दिन भी वे नहा-धोकर अपनी क्लीनिक में बैठे। दूर-दराज से आये गरीब मरीजों से वे पूछते—"तुम्हारे गाँव में पीने के लिए टंकी का पानी जाता है, या तुम पोखरे का पानी पीते हो?"

लोग बताते—"साहब, गाँव में भी कहीं टंकी होती है?"

सुनकर भास्कर राव बहुत ही कुटिल तरीके से मुस्कराते। उस दिन सारे मरीजों के पर्चे पर उन्होंने बीमारी का एक ही कारण लिखा—"गरीबी।" दवाई की जगह लिखा—"कुछ नहीं! लाइलाज! वगैरह-वगैरह।"

'शर्मा मेडिकल स्टोर' के मालिक ने उदास होकर पास बैठे अपने एक दोस्त को बताया—"जाने क्यों भास्कर राव सारे मरीजों के पर्चे पर आज ऊलजलूल बातें लिख रहे हैं—गरीबी! लाइलाज! वगैरह-वगैरह।"

दोस्त ने बताया—"भास्कर राव पागल हो रहे हैं। सुना है, चुनाव लड़नेवाले हैं। पता नहीं अमेरिका जाकर इन्होंने क्या अनाप-शनाप भाषण दिया था।" उसने अफसोस जाहिर किया कि, "यह 'नेतागिरी' का चक्कर भी अच्छे-अच्छों को ले डूबता है।"

किसी तरह पूरा दिन बीत गया। अपने-अपने काम से थके लोग घर लौट रहे थे। रिक्शेवाले सवारियों को बैठाये तेजी से बाजार की ओर भागे जा रहे थे। ट्यूबलाइटों की जगमग और शोर-शराबे के बीच सारा शहर सौदा खरीद-बेच रहा था। कॉलोनी की सड़कों पर टहलती पत्नियाँ अपने पतियों को प्यार कर रही थीं। गरज कि शहर में शाम हो रही थी और लोग घरों के बाहर निकलकर ताजा हो रहे थे। तभी भास्कर राव ने गेट के बाहर निकलकर दरबान को सलामी ठोंकी और ठठाकर जोर से हँसे।

दरबान पूछनेवालों को अब भी बार-बार बताता है—"साहब, जैसे सजी-सँवरी औरत अपने आदमी को मरा सुनकर काँप जाये, वैसे ही यह इतनी बड़ी कोठी काँप गयी। मेरा तो खून सूख गया। वे डॉक्टरोंवाला सफेद कोट और नीचे केवल जाँघिया पहने सीधे सड़क की ओर दौड़े। एक रिक्शे पर लदी कॉलेज लौट रही चार लड़कियों ने अचरज से भास्कर राव को देखा और शरम से मुँह फेर लिया। सभ्य लोग अपनी-अपनी बालकनी पर डरकर खड़े थे और भास्कर राव जोर-जोर से सड़क पर उछलते-गाते रहे।"

●

टुकड़े-टुकड़े शालिग्राम

नवम्बर, 1990 की कोई एक तारीख थी। हादसे के गुजर जाने के बावजूद शहर में अब भी दहशत थी। आम दिनों के हिसाब से शहर में तो सन्नाटा था लेकिन चाय-पान की दुकानों पर लोग बैठे हुए थे। वे लोग कर्फ्यू के बारे में ही बात कर रहे थे। जैसे श्मशानों से लौटते हुए लोग रास्ता काटने के लिए कोई बात करते रहते हैं।

शालिग्राम तिवारी जब चौराहे से गुजर रहे थे तो उन्हें लगा कि अभी ऑफिस जाने की कोई जल्दी नहीं है। उन्होंने साइकिल एक ओर सड़क के किनारे खड़ी कर दी और चाय की दुकान में घुस गये। वहाँ बैठे हुए सारे लोग बाबी के बारे में बात कर रहे थे।

हुआ यह था कि बाबी की सड़ी हुई लाश नयी सड़क के एक कुएँ से तीन दिन बाद बरामद हुई थी। बाबी हिन्दू थी और दंगा हिन्दू-मुसलमानों के बीच हुआ था। इसलिए सबका अनुमान था कि उस रात मुसलमानों की जो भीड़ अल्लाहो-अकबर का नारा लगाते हुए लूट-पाट और आगजनी कर रही थी, उसी भीड़ ने बाबी की हत्या करके लाश कुएँ में फेंक दी थी।

इसी घटना के बाद शहर में तनाव ज्यादा बढ़ गया था। एक जुलूस, जिसकी अगवानी भूतपूर्व जनसंघी विधायक कर रहा था, उसने हत्यारों को पकड़ने के लिए दशाश्वमेध थाने का घेराव किया। लौटते हुए उसी भीड़ ने गोदौलिया पर एक मुसलमान लड़के को मार डाला था। वह लड़का घर से ताजा और बढ़िया पनीर खरीदने आया था। उसका कसूर यह था कि वह भीड़ का नजारा लेने के लिए निश्चिन्त भाव से सड़क पर खड़ा हो गया। जबकि पनीरवाले दुकानदार तक ने उसी समय अपनी दुकान बन्द कर दी थी।

जब भीड़ में से एक आदमी ने उसकी टोपी और तहमत की ओर इशारा करके कहा कि, "यह साला कटुआ है" तब वह लड़का जोर से हँस पड़ा और उस आदमी को चिढ़ाने के मूड में कहा, "चुप बे साले।"

फिर शहर में दंगा हो गया।

दंगे से पहले पुलिस ने इस सम्बन्ध में कुछ और जानकारी इकट्ठी कर ली थी। वह यह कि बाबी की उम्र पन्द्रह साल थी। इसके पहले जब वह ग्यारह साल की थी तभी हैजे के कारण उसके माँ-बाप दोनों मर गये थे। एक भाई था जो साइकिल की दुकान पर नौकर था। वह अक्सर रात को देर से आया करता था। मुहल्लेवालों ने यह भी बताया कि दिन-भर घर में भूखे-प्यासे और अकेले होने के कारण बाबी कम उम्र में ही दूसरे धन्धे भी करने लगी थी। उसके यहाँ तरह-तरह के छोकरे आया करते थे। गली के नुक्कड़ पर जिन कान्स्टेबिलों की ड्यूटी लगा करती थी, वे सब भी देर तक उसके कमरे में पड़े रहते थे। भाई तो बैसे भी देर रात को आता था, तिस पर भी जब वह नहीं मिलती तो तह उसे बुरी तरह मारता रहता था। राम अवध सिंह मेयर का लड़का भी बाबी के घर आया करता था। जब उनको यह बात मालूम हुई तो एक दिन उन्होंने सरे-आम कहा कि इस गन्दगी को मुहल्ले से हटाना है।

अब सच्चाई चाहे जो हो, हत्या के मामले में पुलिस हरेक तरफ देखती है, पुलिस किसी निष्कर्ष तक पहुँचती उसके पहले ही दंगा हो गया। सच्चाई तीन दिन तक नयी सड़क के कुएँ में पड़ी रहने के बाद जब बरामद हुई तभी से सारे शहर में सड़ रही थी।

शालिग्राम तिवारी जब चाय की दुकान में पहुँचे तब वहाँ बैठे हुए सारे लोग उसी लाश का पोस्टमार्टम कर रहे थे। शालिग्राम तिवारी भी उस बातचीत में शामिल हो गये। उन्होंने बताया, "जिस तरह बाबी के दोनों स्तन काट लिये गये थे उससे जाहिर है कि हत्या मुसलमानों ने की है। करने को तो हिन्दू भी हत्या कर सकता है। गला दबाकर या गोली मारकर। लेकिन बोटी-बोटी काटकर तो सिर्फ मुसलमान ही हत्या कर सकता है। उनमें दया नहीं होती। बचपन से ही मुर्गा-मुर्गी काटते हैं। खून रो खेलना आदत है। इसलिए निश्चित ही मुसलमानों ने हत्या की है।"

दुकानदार बीच-बीच में चाय बनाना रोककर इन सबकी बातों में शामिल हो जाया करता था। उसने बताया, "साहब, एक बात और है—बाबी के साथ बलात्कार नहीं हुआ था। अगर हिन्दुओं ने हत्या की होती तो बलात्कार जरूर करते।"

सब लोग हँस पड़े "तुम्हें परम ज्ञान कहाँ से प्राप्त हुआ?"

शालिग्राम तिवारी ने दुकानदार को डाँटा तो वह प्रमाण जुटाने लगा, "देवली, पारसबीघा, बेलछी! कहीं भी देख लीजिये। हिन्दुओं ने हत्या के पहले बलात्कार जरूर किया है। लेकिन मुसलमानों ने ऐसा कहीं किया हो तो बताइये। इस्लाम में काफिरों के लिए हत्या है और हिन्दुओं में औरत के लिए बलात्कार।"

दुकानदार के इस मौलिक सत्य को सुनकर वहाँ बैठा हुआ एक पत्रकार काफी आनन्द ले रहा था। उसने पास ही बैठे भोलाबाबू से पूछा, "भोलाबाबू, आपकी क्या राय है?"

भोलाबाबू का नाम सुनते ही शालिग्राम ने घृणा से मुँह बिदकाया और अखबार पढ़ने लगे। भोलाबाबू ने कहा, "सबका अपना-अपना सच होता है। जैसे शालिग्राम तिवारी का वैसे इसका भी..."

वह अपनी बात पूरी भी नहीं कर पाये थे कि शालिग्राम जी बीच में ही बोल पड़े, "दुनिया में सबका बजूद है, लेकिन कम्युनिस्टों का कोई वजूद नहीं। भोलाबाबू हिन्दुओं और मुसलमानों पर क्या बोलेंगे? पहले रूस और चीन को देखें। चाऊशेस्कू को देखें जहाँ कम्युनिस्ट थे वहाँ तो खत्म हो रहे हैं। ये भारत में साम्यवाद लायेंगे। और ये भोलाबाबू क्या कहेंगे? उनका लड़का तो खुद कारसेवक बना घूम रहा है।"

मुस्कराते हुए भोलाबाबू ने समझाने की कोशिश की, "शालिग्राम जी, आहिस्ते बोलो! बात मुसलमानों और दंगों के बारे में हो रही थी। तुम्हारे घर के बारे में नहीं, जो मेरे लड़के की बात उठा लाये और हमारा लड़का कारसेवक हो जायेगा तो क्या हम अपनी बात बोलना छोड़ देंगे।"

दुकान में बैठे हुए सारे लोग मजा लेने लगे थे। पत्रकार ने चढ़ाया, "शालिग्राम जी, आप बिल्कुल सही कह रहे हैं।"

दुकानदार ने अन्तिम रूप से भट्ठी बुझा दी, और आकर शालिग्राम जी के बगल में बैठ गया, यह बात सबको मालूम थी कि शालिग्राम जी जल्दी ही आपा खो देंगे।

दूसरी ओर थे भोलाबाबू, कभी कम्युनिस्ट। फिर मार्क्सवादी कम्युनिस्ट फिर नक्सलाइट और अब कुछ नहीं। सुबह जगने के साथ ही झोला लटका लेते और रात को शहर के सो जाने तक घूमते रहते। बारहों महीने सुबह-शाम इसी दुकान में बैठकर बहस करते हुए मिल जाते हैं। इसी दुकान में शालिग्राम जी से अक्सर उनकी मुलाकात होती रहती है। दोनों एक-दूसरे से बखूबी परिचित हैं। आपस में उधार का लेन-देन भी हो जाया करता है लेकिन शहर में पन्द्रह दिन तक लगातार दंगे हुए थे। शालिग्राम जी ने किसी मुसलमान की खोपड़ी नहीं तोड़ी थी। मुसलमानों ने तीन-तीन मन्दिरों में बम फेंके। और शालिग्राम जी किसी मस्जिद की एक ईंट भी नहीं सरका सके थे। उनका पौरुष पन्द्रह दिनों से घर में बीवी और बाहर पुलिस द्वारा उत्पीड़ित हो रहा था। मौका पाकर इस दुकान में वे सारे तटबन्ध तोड़ डालना चाहते थे। वे बेकाबू हो गये, "अरे भोलाबाबू, तुम रामचन्द्र जी को इसलिए गाली दे लेते हो क्योंकि ये हिन्दुओं के देवता हैं। धर्म को नहीं मानते हो तो किसी मस्जिद के बारे में कुछ कहकर दिखा दो। सलमान रुश्दी ने इंग्लैण्ड में किताब लिखी। और ये मुसलमान साले यहाँ दंगा करते हैं। भारत में हो तो कुछ भी बोल लेते हो। अगर पाकिस्तान में मार्क्सवाद बोलो तो सारी धर्म-निरपेक्षता गाँड़ में घुस जायेगी।"

"क्यों नहीं मुसलमानों से कहते कि नसबन्दी करा लें।"

शालिग्राम जी के मुँह से झाग निकल रहा था, "अल्पसंख्यकों और तुष्टीकरण के चक्कर में एक पाकिस्तान फिर बनकर रहेगा और भोला! तुम लोग इसके जिम्मेदार होगे। आजादी की लड़ाई में तुम लोगों ने गद्दारी की थी। तुम लोगों ने पाकिस्तान बनवाया। कम्युनिस्टों का इतिहास गद्दारी से भरा है। खुद का लड़का तो कारसेवक बना घूमता है और ये कम्युनिस्ट बने हैं। पहले अपने घर को सुधारो तब देश को कम्युनिस्ट बनाना।"

शालिग्राम जी के घायल शब्द नुकीले पत्थरों की तरह अनवरत सनसना रहे थे। कुछ भी न सुनने के लिए तैयार, वे सिर्फ बोले जा रहे थे। भोलाबाबू को लगा कि माहौल मार-पीट का बनता जा रहा है। सुर्ती ठोंकते हुए उन्होंने मुस्कराकर कहा, "तो शालिग्राम जी कौन हमारी बीवी हमारे अफसर के साथ सो रही है जो घर को सुधारूँ।"

शालिग्राम जी की बीवी के बारे में कुछ ऐसी ही अफवाह थी। वहाँ बैठे हुए सारे लोग जोर से हँस पड़े। पत्रकार ने चुटकी लेते हुए कहा, "भोलाबाबू किसी के घर की बात यहाँ न करें।"

अंगरक्षकों की भारी भीड़ से घिरे शालिग्राम जी अचानक अकेले और निरीह से हो गये। जैसे किसी ने उनकी जाँघिया सरका दी हो।

अब बहस दुकान के दायरे से बाहर सड़क पर ही सम्भव थी। और वहाँ सड़क पर उनकी साइकिल कब से अकेले पड़ी-पड़ी झुँझला रही थी। वे ऑफिस के लिए चल पड़े। उन्हें लग रहा था कि आसपास खड़े सारे लोग उनकी बीवी के बारे में ही बात कर रहे हैं। वे जोर-जोर से पैडिल मार रहे थे और सोच रहे थे। वे बहुत कुछ सोच रहे थे। सोचते-सोचते वे वहाँ जा पहुँचे जहाँ वे शहर के, देश के और दुनिया के सबसे बड़े आदमी हैं। सबसे शक्तिशाली। वे चौराहेवाली उसी दुकान में भोलाबाबू को लातों-जूतों पीट रहे थे। तभी अचानक उनकी साइकिल एक बकरी से टकरा गयी। वे गिर पड़े। चरवाहे ने भद्दी-सी गाली दी।

इस तरह शालिग्राम जी एक घण्टे लेट ऑफिस में पहुँचे। उनके बगलवाली कुर्सी पर बैठनेवाले क्लर्क रामभरोसे ने बताया कि आज साहब सुबह से तुम्हें तीन बार पूछ चुके हैं।

थोड़ी देर बाद जब रामभरोसे फाइल लेकर साहब के यहाँ गया तो वहाँ अफसर शालिग्राम को बुरी तरह डाँट रहा था। शायद कोई टी.ए. बिल का फर्जी मामला था। शालिग्राम ने कुछ जरूरी कागजों के बीच रखकर टी.ए. बिल पर दस्तखत करा लिये थे। साहब की भवें तनी थीं, "जनम की भिखमंगी जात! साले चोर कहीं के! ऑफिस में भी 'बभनई' करने से बाज नहीं आयेंगे।"

गुस्से से लाल-पीला होता हुआ वह पेपरवेट को बार-बार मेज पर पटक रहा था। दुबके हुए-से शालिग्राम जी थर-थर काँप रहे थे। रामभरोसे ने देखा और साहब के सामने हँसी रोकने के लिए मुँह को हाथों से दबाता बाहर भाग आया।

शालिग्राम जी जब बाहर आये तो उन्हें लगा कि देह का सारा खून किसी ने निचोड़ लिया है। ऑफिसवाले उनकी ओर देखकर खिसखिस हँस रहे थे। वे धम्म से कुर्सी पर गिर पड़े। रामभरोसे ने अपनी कुर्सी उनके करीब खिसका ली और कहने लगा, "शालिग्राम जी आप ब्राह्मण हैं, आपको इस तरह जलील किया?"

शालिग्राम जी चुप थे। वे दुःखी थे और डरे हुए थे।

दोपहर को लञ्च-टाइम में शालिग्राम जी नीचे कैण्टीन में गये। इस समय वे एकदम अकेले थे और उनसे चला नहीं जा रहा था। शर्मा जी उन्हीं की यूनिट में क्लर्क हैं। शालिग्राम जी को देखकर वे उनके करीब चले आये। कैण्टीन के नौकर से चाय के लिए बोलकर उन्होंने पूछा, "शालिग्राम जी बात क्या थी। इसी ऑफिस में सारे फर्जी बिल पास होते हैं। हम पूछते हैं, अगर यह अफसर इतना ईमानदार है तो इसने तीन-तीन प्लाट कहाँ से खरीदे? एक टी.ए. बिल में साले की ऐसी-तैसी हो गयी?"

शालिग्राम जी जानते थे कि अगर अफसर के खिलाफ उन्होंने शर्मा से कुछ भी कहा तो यह जाकर चुगली कर देगा। मामला आर्थिक घोटाले का है। सो, सस्पेण्ड होने में देर नहीं लगेगी। वे खामोश ही रहना चाहते थे, लेकिन मन का दर्द उबल पड़ा, "चमार...! शर्मा जी, यह साला नियुक्ति के समय हमारा जूनियर था। चमार होने की वजह से आज साहब बन गया है। हम ब्राह्मण हैं इसलिए क्लर्क पर नियुक्ति लेकर क्लर्क पर रिटायर होंगे। ये साले आरक्षण की औलाद! सारे नेता वोट के चक्कर में आरक्षण बढ़ाते जा रहे हैं। और इनका मन बढ़ता जा रहा है। जब नीच लोग आगे जाते हैं तो देश की दुर्दशा होती है। हमारे लड़के फर्स्ट क्लास पास होकर बेकार होते जा रहे हैं। लेकिन इन सालों को नौकरी मिलती है। अगर हमारा बाप भी चमार होता तो हम भी आज तीन-तीन प्लाट खरीदते।"

शर्मा जी ने दिलासा दिया, "चलिये यूनियनवालों के कानों में यह बात डाल दें, वरना क्या भरोसा? यह अफसर आपसे ऐसे ही चिढ़ा रहता है। पता नहीं क्या करे!"

यूनियन का नाम सुनते ही शालिग्राम जी भड़क उठे, "देखिये साहब, यूनियन का नाम तो मुझसे लीजिये मत। यूनियन है राजपूत गुण्डों का जमावड़ा। अगर किसी राजपूत का मामला होता तो बावेला मचाते। लेकिन मेरे लिये कहेंगे कि फँसने दो। शालिग्राम तिवारी तो ब्राह्मण हैं।"

"और शर्मा जी ब्राह्मण...आप भी तो ब्राह्मण ही हैं। लेकिन आप इस अफसर से मेरी चुगली करेंगे। मैं जानता हूँ आप यही करेंगे। आप यूनियन के उन राजपूतों से मेरी चुगली करेंगे। आप ऐसा इसलिए करेंगे क्योंकि आप ब्राह्मण हैं। यही ब्राह्मणों की दुर्गति का कारण है। अगर एक राजपूत आगे जाता है तो दस राजपूतों को आगे बढ़ाता है। यही हाल कायस्थों और भूमिहारों का है। और ये चमार तो सरकारी दामाद हैं। लेकिन एक ब्राह्मण दूसरे ब्राह्मण को नीचे ढकेलता है। इसलिए कि वह अकेले श्रेष्ठ बना रहना चाहता है। नतीजा देखिये! सारी ब्राह्मण जाति रसातल में जा रही है। शालिग्राम तिवारी! यानी मैं! मुझे अपनी चिन्ता नहीं है कि एक चमार ने मुझे जलील किया है। एक दिन सारे देश पर चमार राज करेंगे। यह देश सोने की चिड़िया था। दूध की नदियाँ बहती थीं, लेकिन किसके बल पर? चाणक्य जैसों के कारण और अब..., यह देश चमटोल बनेगा।"

शालिग्राम जी की आवाज जैसे कुएँ के बीच डूबती जा रही थी, "पहली बार! पहली बार मैंने टी.ए. बिल पास कराया था। अब वह चमार साला चाहे सस्पेण्ड कर दे। यहीं निर्मल सिंह दिन-भर कुर्ता झाड़कर यूनियन की राजनीति करता है। पान चुभलाता है। इसी ऑफिस में क्या-क्या नहीं करता है। क्या मजाल कोई अफसर उससे चूँ कर दे।"

इसी बीच निर्मल सिंह आठ-दस लोगों के साथ कैण्टीन में घुसा। शालिग्राम जी पर जब उसकी नजर पड़ी तो मजाक उड़ाने के लापरवाह अन्दाज में पूछा, "क्यों तिवारी, चुप्पे-चुप्पे टी.ए. बिल पास करते हो। कम-से-कम हम लोगों को तो बता दिया करो। तब तो यूनियन की माँ-बहन करते हो। अब अफसर सस्पेण्ड करने जा रहा है।"

सस्पेण्ड होने की बात सुनकर शालिग्राम जी भीतर तक काँप गये। यानी बात यहाँ तक बढ़ चुकी है। वे अचानक गिड़गिड़ाने लगे, "निर्मल बाबू, आपसे किसने कहा है? आप लोग कुछ करिये न! मेरी बीवी है। बच्चे हैं। भाई साहब, यह सिर्फ टी.ए. बिल का मामला नहीं है। यह चमार आज हमें मारेगा। कल राजपूतों को मारेगा। जब क्लर्क था तभी से राजपूतों ब्राह्मणों से चिढ़ता है। ऑफिस में क्या पहली बार कोई टी.ए. बिल पास कराया गया है?"

शालिग्राम जी का यह पक्ष एकदम सही था। ऐसे मामले ऑफिसों के लिए कोई मायने नहीं रखते। हुआ यह कि शाम तक उन्हें आइन्दा ऐसा न करने के लिए का नोटिस थमा दिया गया। शालिग्राम जी ने माथे का पसीना पोंछा। अपनी टूटी साइकिल से अकेले ही घर की ओर चल पड़े। रास्ते में एक जगह साइकिल की दुकान में नौकर से लड़ाई हो गयी। नौकर दोनों पहियों में हवा भरने की चवन्नी माँग रहा था। शालिग्राम जी पन्द्रह नये पैसे से ज्यादा नहीं दे रहे थे। आगे लंका की फलोंवाली

दुकान पर उनके दो परिचित मौसम्मी का रस पी रहे थे। उन्होंने साइकिल खड़ी की और हालचाल पूछने उनके पास चले गये। तब तक गिलास खाली हो चुके थे। वे बगलवाली दुकान से पान खाकर लौट आये।

अस्सी चौराहे पर भोलाबाबू सुनील तिवारी से बे-तरह उलझकर बहस कर रहे थे। शालिग्राम जी ने भोलाबाबू को देखा तो चुपचाप निकल जाने की सोचा, लेकिन सुनील तिवारी से उन्हें कुछ बात करनी थी। असल बात यह थी कि वे इतनी जल्दी अभी घर नहीं जाना चाहते थे। उन्होंने साइकिल को खम्भे से टिकाया और आकर चुपचाप बगल में खड़े हो गये। सुनील तिवारी कह रहे थे, "देखिये, मैं भी मार्क्स को मानता हूँ, बल्कि मार्क्स की यह बात बिलकुल सही है कि धर्म अफीम है लेकिन यह कैसे कि हिन्दू धर्म तो अफीम है और इस्लाम नहीं। भोलाबाबू आप अन्तर करें! राम का सम्बन्ध धर्म से ज्यादा राष्ट्र और संस्कृति से है। आप देखें, चीन और रूस में इस्लाम आज कम्युनिज्म के लिए खतरा बन चुका है। इसलिए कि इस्लाम की जड़ता ने मुसलमानों को निरंकुश और मिथ्याभिमानी बना दिया है।"

भोलाबाबू का कहना था कि यह राम, धर्म अथवा संस्कृति का मामला ही नहीं है। यह सवर्ण हिन्दू उग्रवाद और लुम्पन तत्त्वों के सामाजिक हस्तक्षेप का मामला है। मण्डल आयोग का घाव अयोध्या में चीत्कार कर रहा है। तमाम बलात्कारी, गँजेड़ी, शराबी कारसेवक बने घूम रहे हैं।

भोलाबाबू ने अफसोस जाहिर किया, "आपकी कलम में ताकत थी आप प्रबुद्ध पत्रकार थे। लेकिन अब सारे हिन्दी पत्रकार साम्प्रदायिक हिन्दुओं के पक्ष में खड़े हो गये हैं। आपका मार्क्सवाद..."

सुनील तिवारी बीच में ही बोल पड़ा, "हमें छोड़िये, आप खुद कितने मार्क्सवादी हैं? सी.पी.आई. को गाली देते हैं। सी.पी.एम. को गाली देते हैं। नक्सलाइट बने फिरते थे। उसमें भी तेरह फाँक हो गया। आप खुद में पार्टी बने घूमते हैं। आप लोग अपने को देखिये। गोर्बाचेव आपसे ज्यादा मार्क्सवादी हैं। स्तालिन को गाली दे रहे हैं। मार्क्स को खुरच-खुरचकर मिटा रहे हैं। अमरीकन क्लबों में शराब पीकर गा रहे हैं—"गोर्बाचेव की कितनी साइज! नोबुल प्राइज! नोबुल प्राइज!!" जो मार्क्सवाद पूँजीवाद को मिटाने चला था उसे मार्क्सवादियों ने ही मिटा दिया।"

भोलाबाबू कुछ कहने से पहले सुर्ती थूकने नाली की ओर चले गये। तब शालिग्राम ने कहा, "आप भी तिवारी जी किस बेकार के आदमी से उलझ गये। खुद का लड़का तो कारसेवक बना घूम रहा है। और ये दुनिया को मार्क्सवाद पढ़ा रहे हैं।"

सुनील तिवारी ने कहा, "वह तो ठीक है। लेकिन भोलाबाबू अपने उसूल के पक्के हैं। अपने से अलग हर आदमी की कोई एक आस्था जरूर होनी चाहिए।

भोलाबाबू चाहते हैं कि हिन्दू मुसलमान आपस में न लड़ें। लेकिन जब लड़ाई हो रही है तो आपकी चाहत को कौन पूछता है? तब आपको सिर्फ अपना पक्ष चुनना पड़ता है।''

शालिग्राम ने बताया, ''हमारे दफ्तर में एक चमार साला अफसर हो गया है। एक साल के भीतर उसने तीन-तीन प्लाट खरीद लिये हैं। अगर आप अपने अखबार में छापें तो मैं सबूत दूँगा। लेकिन देखियेगा, मेरा नाम लीक न होने पाये।''

भोलाबाबू लौट आये थे। उन्होंने कहा, ''शालिग्राम जी, माफ करियेगा। सुबह बस ऐसे ही मजाक भर किया था। अब देखिये, तिवारी जी से मेरी कितनी बहस होती है। बहस की बातों को भूल जाना चाहिए।''

सुनील तिवारी ने पूछा, ''क्यों, कोई बात हो गयी है?''

शालिग्राम ने घृणा से कहा, ''भोला मैं कुत्ते से बात कर सकता हूँ, तुमसे नहीं। झोला लादे सड़क पर घूमा करते हो। तुम्हारा वजूद क्या है?'' और फुफकारते हुए अपनी साइकिल की ओर बढ़ गये।

रास्ते भर शालिग्राम जी यही सोचते रहे कि आज मैं किसका मुँह देखकर उठा था। सुबह दुकान में चाय भी अपने पैसे से पीनी पड़ी थी। न दुकान में जाता न भोला मिलता। ऑफिस में अलग बवाल हुआ। पान तक अपने पैसे से खाना पड़ा। वे बयालीस सालों की जिन्दगी में से दुःख, खर्च और तनाव से भरे इस एक दिन को काटकर निकाल देना चाहते थे। लेकिन क्या यह सम्भव है? और इस तरह एक-एक दिन अलग करने लगे तो बयालीस साल सिमटकर सिर्फ बयालीस दिन रह जायेगा। वे भी बचपन के बयालीस दिन। जब कथा कहने जाते समय बाप के साथ वे भी हो लिया करते थे। गुरु जी के लड़के को भरपेट मिठाई मिलती थी। अब तो जमाना ही बदल गया। शालिग्राम जी दुःखी हैं कि जमाना बदल रहा है। जब वे बरामदे में साइकिल खड़ी कर रहे थे तभी उन्होंने देखा कि 'हीरोहोण्डा' पर बैठे हुए दो लड़के उनकी छत की ओर देखकर मुस्कराये जा रहे हैं। शालिग्राम जी ने तेजी से आँगन को पार किया और सीधे छत पर, पहुँच गये, वहाँ उनकी बेटी घुटने तक लटक रहे बालों को अपनी उँगलियों से सहला रही थी। शालिग्राम जी उसके पीछे खड़े थे और वह थी कि बे-परवाह सड़क की ओर ताके जा रही थी—''सनम के जुल्फों की छाँव देखो, घटा सड़क पर दम तोड़ती है।'' शालिग्राम जी ने किचकिचाकर तीन-चार तमाचे बेटी को दे मारे। (हे ईश्वर, आदिकवि के प्रथम छन्द का यह हृदय-विदारक दृश्य कब तक दुहराया जाता रहेगा!) लड़की की आँखों के सामने अचानक अँधेरा छा गया। जब वह होश में आयी तो फुफकारकर रह गयी।

आवाज सुनकर पत्नी नीचे से दौड़ी हुई आयी। लड़की की ओर देखकर शालिग्राम जी से बोल पड़ी, ''नीचे मेहमान आये हुए हैं। ऑफिस से आते ही क्या फालतू काम शुरू कर देते हो।''

मेहमानों का नाम सुनकर शालिग्राम जी चौंक पड़े, "मेहमान? कहाँ से?"

पत्नी ने बताया कि भैया भाभी को लेकर आये हैं। बी.एच.यू. अस्पताल में देखने के बाद डॉक्टरों ने भाभी को भर्ती कर लिया है। पथरी का ऑपरेशन होना है।

तब तक साले साहब ने आकर जीजा जी के पाँव छुये। शालिग्राम जी ने बुरा-सा मुँह बनाया। बिना कोई जवाब दिये वे नीचे अपने कमरे में चले गये। कमरे में अँधेरा था। शालिग्राम जी भुनभुना रहे थे, "साला...मालवीय जी ने अस्पताल क्या बनवा दिया, एक दिन भी चैन नहीं। किसी को जुकाम हो या पीलिया, भिखमंगों की तरह सब यहीं चले आते हैं। इन ससुरालवालों ने तो नाक में ही दम कर दिया है। महीने-महीने यहीं पड़े रहते हैं।" वे जोर से चीख पड़े, "हे भाई, सुनो। सुनो...असल तो बनारस में रहने की सोचना मत। और अगर रहना ही है तो बलिया में ससुराल मत करना। बलियावाले बेटी नहीं देते हैं, दामाद को गिरवी रख लेते हैं।"

अपने भाई के पास खड़ी उनकी पत्नी यह सब सुनकर अजीब असमंजस और दुविधा की स्थिति में सन्न-सी हो गयी थी। मायके वालों का अस्पताल या गंगा-स्नान के बहाने इस तरह यहाँ रोज-रोज पड़े रहना उन्हें भी अच्छा नहीं लगता था। लेकिन इस आदमी ने तो हद ही कर दी। वे स्थिति को सँभालने की गरज से पति के पास गयीं। उन्हें देखते ही शालिग्राम जी भड़क उठे, "एक दिन मेरा गला दबा दो। और भाइयों के साथ यहीं सुख-चैन से रहो। सस्पेण्ड हो जाऊँ तो सब भीख माँगोगे।"

पत्नी समझ गयी कि यह आदमी अब अपनी नौटंकी बन्द नहीं करेगा। वे किचेन में चली गयीं।

शालिग्राम जी शुरू थे। उन्होंने साले को बुलाकर पूछा, "क्यों, क्या हुआ है?"

साले के यह बताने पर कि पत्नी का ऑपरेशन होना है, शालिग्राम जी दहाड़ पड़े, "तुम लोगों को कोई तरीका मालूम है या नहीं? यह घर है या धर्मशाला? बीमार है तुम्हारी बीवी और तकलीफ मैं क्यों सहूँ? मेरे जवान बेटे-बेटियाँ हैं। दो कमरे हैं। मैं क्या सड़क पर सोऊँ? कान्यकुब्ज जिस पत्तल में खाता है, उसी को छेदता है। गलती हमारे बाप की थी तो जो सारे संसार में उसे कान्यकुब्ज ही मिले। तो भइया, तुम क्या हो, इससे मुझे कुछ लेना-देना नहीं। तुम कल जाकर कोई धर्मशाला ले लो। मैंने देश भर का ठेका नहीं ले रखा है।"

स्थिति को बे-तरह बिगड़ते देख पत्नी ने भी मोर्चा सँभाला। छोटेवाले लड़के को जोर-जोर से पीटते हुए उन्होंने गंगा में डूब मरने की सार्वजनिक घोषणा करनी शुरू कर दी। इस तरह बहुत हो-हल्ले के बाद घर में शान्ति आयी।

रात को भोजन कर लेने के बाद दाँत खोदते हुए शालिग्राम जी बच्चों के सोने का इन्तजार करते रहे। फिर आहिस्ते से उठकर वे भीतरवाले कमरे में गये। उन्होंने पत्नी से एक गिलास पानी माँगा। पत्नी सो गयी थी। शालिग्राम जी भी बगल में लेट गये।

पत्नी सोयी है, या सोने का बहाना कर रही है?

(नहीं! न सोयी है, न सोने का बहाना कर रही है एक योद्धा अपने दुश्मन को अपने मैदान में ले जाकर सावधानी से घेर रहा है।)

शालिग्राम जी ने अपनी बाँहों की समूची कोमलता के साथ पत्नी के कन्धे को सहलाया। पत्नी ने कन्धे को लचकाकर समेट लिया और खिसककर किनारे की ओर चली गयी। शालिग्राम जी ने करवट बदलते हुए अपने पैरों को उनके पैरों पर डाल दिया। अपनी उँगलियों को उनके ब्लाउज तक ले ही गये थे कि एक नागिन फुफकार उठी, "हट जा पापी! कोढ़ी कहीं के! अपनी माँ के साथ सोये कि मेरी देह को हाथ लगाया।"

अरे, बाप रे! ऐसी भयानक कसम! शालिग्राम जी सन्न होकर कातर आँखों से उन्हें देख रहे थे। पत्नी दाँत पीसते हुए सारी मर्यादाओं को उनके मुँह पर थूक रही थी, "अरे, सरयूपारीण ब्राह्मण! अपनी शक्ल तो देख! बदबू से भरे तुम्हारे थोबड़े के लिए मैंने अपनी जवानी बिगाड़ ली। और तू मुझे कान्यकुब्ज बताता है। मैंने फाँसी लगाकर तुम्हें जेल में न डलवाया, तब कहना!"

काँपते हुए-से शालिग्राम वहाँ से उठकर देर तक आँगन में टहलते रहे। बच्चे अपने कमरे में सो गये थे। पत्नी ने भी दरवाजा उढ़काकर लाइट बुझा दी। उन्हें लगा कि मेरे अलावा इस घर में सब सुखी और निश्चिन्त हैं। इसी घर के लिए मैंने टी. ए. बिल पास कराया था। ब्रह्मज्ञानियों का एक शाश्वत सवाल उनके सामने तनकर खड़ा हो गया-अगर आज मैं सस्पेण्ड हो जाता तो?

उनके मन के सीलन-भरे अँधेरे कोने में एक मरियल किस्म का पौराणिक ब्राह्मण वर्षों से दबा-कुचला बैठा था। अचानक प्रकट हो गया और बोला, तो यही बीवी तुम्हें घर से निकाल देती। तुम दीन-हीन-से पड़े होते। चेहरे पर मक्खियाँ भिनकतीं। तुम्हारी बीवी तुम्हें दुरदुराकर मायके चली जाती। आदमी की सृष्टि कर लेने के थोड़ी देर बाद ब्रह्मा को लगा कि उन्होंने एक सर्वजेता शक्ति की रचना कर दी है। उस शक्ति के प्रभाव को नष्ट करने के लिए ब्रह्मा ने तुरन्त स्त्री की रचना की। तब से मनुष्य कुत्ते की माफिक उस स्त्री के पीछे भटक रहा है।"

शालिग्राम ने अपने भीतर के उस पौराणिक ब्राह्मण को प्रणाम किया, और बोले, "हाँ महाराज अगर मैं शादी न करता तो दुनिया का सबसे सुखी आदमी होता। लेकिन वासना के विकार से भरी उस अशुभ घड़ी का दण्ड यह है कि सारा शहर मुझे मक्खीचूस और चीकट कहता है। भोला जैसा नीच आदमी चौराहे पर सरेआम मुझे जलील कर देता है। जवानी के समस्त सुखों को समेटकर वह जो एक स्त्री सो रही है, उसी की वजह से मैंने फर्जी टी.ए. बिल पास कराया था।"

जर्जर चेहरे पर जमी गर्द और राख को उँगलियों के नाखूनों से खुरचते हुए उस पौराणिक ब्राह्मण ने भयानक रूप से अट्टहास किया। "शालिग्राम, तुम्हारी स्त्री

वेश्या है। वेश्या तो साथ सोने या न सोने के लिए आजाद होती है। वह अपनी देह का पैसा भी लेती है। लेकिन तुम्हारी पत्नी भोजन बनाती है। कपड़े फचीटती है। तुम्हारे बदबू करते मुँह को सहकर भी तुम्हारे साथ सोने से मना नहीं कर पाती। वेश्या से भी गयी-बीती है। इस अवस्था में रहकर भी क्या समझते हो, वह तुम्हारे हित की बात सोचेगी? कितने मूर्ख हो शालिग्राम! जानवर भी नुकसान पहुँचानेवाले को प्यार नहीं कर पाता है। वह तो स्त्री है। इसलिए अवसर-बे-अवसर तुम्हें जलील करती है। अपनी वासनाओं के एकान्त अँधेरे में ले जाकर तुम्हारे सबसे कोमल तन्तुओं को रेतती है। तुम चीख भी नहीं सकते। हे गृहस्वामी! अपनी शक्ल देखो! सार्वजनिक रूप से अपनी पराजय, अपनी गुलामी को स्वीकार करने के साथ ही स्त्री ने पुरुष जाति के सर्वनाश की कसम खा ली है।''

शालिग्राम जी बदहवास-से थर-थर काँप रहे थे, ''ऐसा न कहें महाराज! मैंने उसे सुरक्षा दी है।''

वह बूढ़ा अपाहिज ब्राह्मण जोर से ठठाकर हँसा, ''झूठे, मक्कार! तूने उसे अपने लिये सुरक्षित कर रखा है।''

शालिग्राम जी ने घृणा से जमीन पर थूक दिया, ''और हम जो दिन भर कोल्हू के बैल की तरह खटते रहते हैं, उसका क्या मूल्य है?''

''अपनी सत्ता और अपने अहंकार का सुख!'' वह ब्राह्मण धीरे से बुदबुदाया।

''तब मैं अपने अहंकार को प्रणाम करता हूँ!'' और शालिग्राम जी अपनी छत पर चले गये! टिमटिमाती बत्तियों के अँजोर में सोया हुआ सारा शहर उनके पैरों के नीचे था। रामनगर से लेकर राजघाट तक बहती जा रही गंगा उनके पैरों के नीचे रेंग रही थी। ऊपर फैले हुए आकाश में चाँद था। चाँदनी थी। आकाशगंगा थी। उन्होंने सबको अपने पैरों के पास झुकते हुए महसूस किया। उनके होंठों पर वैदिक गरिमा से भरी हुई मुस्कान चमक रही थी। उन्होंने अपने पैरों को चाँदनी और फिर चाँद की ओर बढ़ा दिया। ऐसे नहीं। थोड़ा ठहरकर उन्होंने सिर को जमीन से टिकाया और पैरों को आकाश की ओर उठा दिया। अब सब-कुछ साफ दिख रहा है। सारा ब्रह्माण्ड उनके पैरों के नीचे था।

●

देवांगना

गोपाल मन्दिर के पिछवाड़े एक लम्बी सुरंग की तरह अँधेरी गली है। यह गली एक पुराने खँडहरनुमा मकान के बड़े से फाटक तक जाकर बन्द हो जाती है। बन्द गली के इस आखिरी मकान का बड़ा-सा आँगन और आँगन से लगे तेरह कमरों में अलग-अलग तरह के परिवार पुश्त-दर-पुश्त से एक साथ रहते चले आ रहे हैं। ऊब, तिरस्कार और सीलन से भरी एक अँधेरी कोठरी में यहीं चन्नर और भिक्खू के साथ एक तेरह साल की लड़की चम्पी भी रहती है। अलग-अलग परिवारों के इस भरे-पूरे कुनबे में ब-मुश्किल ही कोई यह बता पाता है कि चम्पी वास्तव में भिक्खू की नहीं चन्नर की बेटी है।

बच्चे पूरे दिन आँगन में उछल-कूद और मार-पीट करते रहते हैं। औरतें गेहूँ पछोरते हुए पड़ोसिनों की जासूसी करती रहती हैं। दिन-भर के काम से फुर्सत पाकर शाम के समय, जब नल से पानी टपकने लगता और बाल्टियाँ खड़खड़ाने लगतीं, परकीया नायिकाओं में वीररस का संचार होने लगता। गुप्त सूचनाएँ सार्वजनिक की जातीं। देर तक कुहराम मचा रहता। पति पत्नियों को बेरहमी से पीटते। पत्नियाँ सौतों को निर्ममतापूर्वक सरापतीं। शान्त होने पर सब भरपेट भोजन करते और अपनी-अपनी माँदों में सो जाते। चेचक और हैजा और सिफलिस की शीत निद्रा जब यहाँ से भंग होती तो समूचा शहर श्मशानों की ओर भागता। तब भी यह आँगन चीखों और चिल्लाहटों के बीच अपनी जनसंख्या के प्रति सावधान बना रहता। चम्पी भी इस आँगन में साझे की हकदार है। लेकिन कभी-कभार चड्ढी सुखाने या नल पर पानी भरने के अलावा वह आँगन का कोई उपयोग नहीं करती।

समूचा जीवन अभावों और उपेक्षाओं में बिता लेने के बाद हिन्दुओं की बाल विधवाएँ पचास-पचपन की उम्र तक जाकर प्रचण्ड रूप से कामुक हो उठती हैं। उनके भीतर का क्षमा भाव खत्म हो जाता है। जबान दुधारी तलवार हो जाती है। सामने के ईंट-पत्थर भी रास्ता छोड़ देते। ऐसी ही एक औरत महीने की हर पहली तारीख को किराया वसूलने के लिए उस आँगन में प्रकट होती है। उसी समय सारे

किरायेदार इकट्ठा होकर अपनी-अपनी शिकायतें अरज करते कि—लैट्रिन का पत्थर टूट गया है और पानी डालने पर सारी गंदगी बहकर आँगन में चली जाती है। कोई दीवार के दरकने की तो कोई छत के टपकने की बातें बताता है।

बुढ़िया आँखों पर जोर देकर पैसे गिनते हुए अन्यमनस्क भाव से सब-कुछ सुना करती। छोटे और नीच लोगों के मुँह लगना वह जरूरी नहीं समझती। अगर कोई हद ही कर देता तो चीख उठती—"हरामजादो, हमने तुम्हारे पुश्त-दर-पुश्त का ठेका नहीं ले रखा है। बारह रुपये तो किराया देते हो और तुम्हें राजमहल चाहिए। कुत्ते की औलादो, निकलो, भागो यहाँ से।" फिर सारे किरायेदार अपने-अपने कमरों में दुबक जाते। इस तरह मैदान फतह कर लेने के बाद वह घृणापूर्वक लैट्रिन की ओर देखती और नाक बन्द करके निकल जाती।

बुढ़िया के चले जाने के बाद एक-एक कर बारी-बारी से सब बाहर आँगन में इकट्ठे होते और उसकी शिकायतें बतियाते। इस शिकायतनामें में चन्नर या भिक्खू या चम्पी कभी भी शामिल नहीं होती। बुढ़िया से लेकर ईश्वर तक फैली इस दुनिया में उन्हें किसी से कोई शिकायत नहीं है। सिर्फ अपने काम से मतलब।

रोज काम पर जाने से पहले चन्नर देशी शराब के ठेके पर जाता है। उबली हुई मटर, हरी मिर्च और नमक के साथ वह सुबह-सुबह चार-पाँच कुल्हड़ चढ़ा लेता है। उसके डेली शराब की वजह से न चम्पी को कोई शिकायत है, न भिक्खू को। उसके मुँह का तेज भभका बगल से गुजरते समय अगर कभी किसी शरीफ को छू जाता तो वह नाक बन्द करके घृणापूर्वक उसे देखता और सोचता कि, "ये साले इतने नीच होते हैं कि भरपेट भोजन भले नसीब न हो, शराब जरूर पियेंगे। यही इनकी दरिद्रता और बीमारी का मूल कारण है।" चन्नर मुस्कराता है—"अरे, ओ भले मानुसो, तुमने शहर को इतना गन्दा कर रखा है कि उनकी सड़ायँध से बचने के लिए हमें पीनी पड़ती है। अगर हम नहीं होते तो तुम और तुम्हारे शहर की सफेदी एक सड़ी हुई सूअर की तरह घिन्नाती रहती।" लेकिन विचारों और शब्दों के बिना भी जीवन का अपना तर्क होता है। भरसक चन्नर लोगों की घृणा से बचना चाहता है फिर भी बच नहीं पाता और खिः-खिः करके हँसता रहता।

ठेकेवाली दुकान से हिलते-डुलते चन्नर सीधे चीरघर पहुँचता है। उसे अपनी बड़ाई हाँकने की कोई आदत नहीं है, लेकिन इतना जरूर बताता कि—"बगैर मेरे डॉक्टर कुछ नहीं करता है। डॉक्टर तो नाक और मुँह पर हरे कपड़े की पट्टी बाँधे दूर खड़ा होकर बस इशारे भर करता है—चन्नर उस जगह पर चाकू लगाओ। उधर छाती के नीचे। बायीं तरफ और लाशें ऐसी कि कभी-कभी बटन खोलने में चाम उघड़ने लगता है।" घिन्न और बदबू से भरे उस कमरे में खड़ा-खड़ा चन्नर दिन-भर में तीन-चार लाशें जरूर चीर लेता है। कभी-कभी लाशों के साथ आये हुए लोग उससे

सिफारिश करते—"देखो भैया, जरा कायदे से टाँके लगा देना। ये दस रुपये रख लो। बढ़िया से सी देना।" जब काम निबटाकर वह खुली हवा में बाहर आता तो जी भरकर उल्टियाँ करता है। उल्टी में निकली दारू की तीखी गन्ध उसके फेफड़ों को तरोताजा करती है। शाम को घर आने के बाद वह दुबारा चढ़ा लेता है। जब वह पीने की अति कर देता और चल-फिर नहीं पाता तो भिक्खू को थोड़ी तकलीफ होती है। उसकी आमदनी मारी जाती है।

भिक्खू की आमदनी का आधा हिस्सा शाम को ही वसूल होता है। वह दिन के चार बजे से ही अपनी लड़की की गाड़ी पर टीन का कटोरा और फटा कम्बल बिछाकर चन्नर का इन्तजार करता रहता है। आने के बाद चन्नर भिक्खू को उसकी गाड़ी पर बैठाकर चौक, गोदौलिया, बेनियाबाग, लहुराबीर और मैदागिन होते हुए बुलानाला तक पीछे से ढकेलता। राहगीरों और बनियों की दया उसके कटोरे में खनकती रहती है। थोड़ी-थोड़ी देर बाद वह सिक्कों को बटोरकर कम्बल के नीचे दबा देता। खाली कटोरे में लोगों की दया फिर से टपकने लगती। इतनी दूरी का चक्कर लगाने के बाद अँधेरा घिरने लगता है।

बुलानाला के अग्रवाल धर्मशाले के सामने शहर भर के अपाहिजों और भिखारियों की मण्डली लंगर की प्रतीक्षा करते हुए गाँजे के धुएँ में उड़ रहे संसार के सुख और उसकी सार्थकता को महसूस कर रही है। अनावृत दुनिया और तारों से भरा आकाश उनकी पलकों पर झुककर झपकी ले रहा है। एक भिखारी, जिसके दोनों पैर घुटनों के नीचे से गायब थे, अपने हाथों के सहारे मेंढक की तरह उछलता हुआ भिक्खू के पास आकर जोर-शोर से चीखने लगा—"उस्ताद, भुल्लन को मना कर दो, वह रोज दोपहर को मेरे इलाके से पैसा बटोर ले जा रहा है।"

भिक्खू ने अफसोस करते हुए कहा—"साले भुल्लन का तो ईमान मर गया है। अब इतनी दफे मार खाकर भी अगर यह नहीं सुधर रहा है तो पंचायत में बात रखो। इसे शहर निकाला दे दिया जाय।"

भुल्लन दूर बैठा था। अपना नाम सुनते ही सजग हो गया। अपनी गाड़ी को सड़क पर हाथों का टेक देकर दौड़ाता हुआ वह भिक्खू के करीब आया और कहने लगा—"अगर तुम्हें सरदारी करनी हो तो सबकी बात सुना करो। हर दफे एकतरफा बात सुनते हो। और शहर से क्यों निकाला दोगे। सब लोग मिलकर भेलू की तरह मुझे भी गटर में ढकेल दो। शहर फैलकर तिगुना हो गया। अब दस साल पुराना बँटवारा नहीं चलेगा।"

"साले, कितनी बार तो कह चुका हूँ मेरे सामने न चिल्लाया कर।" भिक्खू का करारा चांटा भुल्लन की नाक पर पड़ा।

चितकबरी तिलमिला गयी। अगर यह भुल्लन मउगा न होता तो भिक्खू की क्या मजाल जो इस तरह हाथ चला देता। अगर दूसरे भिखारी दौड़कर उसे पकड़ते

नहीं तो जैसा कि वह चीख भी रही थी आज वाकई भिक्खू की सरदारी उसके उसमें भीतर तक घुसेड़ देती। तब भी रोकते-रोकते उसने अपना कटोरा भिक्खू के सिर पर चला ही दिया। वह तो चन्नर ने लपककर कटोरे को बीच में ही रोक लिया, वरना आज भिक्खू का सिर दो-फाड़ जरूर हो जाता। चितकबरी छटपटाकर अपने को छुड़ा रही थी। चन्नर ने ललकारा—"तू सब बीच में से हट जा। मैं इसकी जवानी अभी ठण्डी करता हूँ।"

"तू मेरी जवानी निहारेगा! ले देख-देख!" चितकबरी दोनों हाथों से साड़ी उठाकर उछलने लगी-"मैं तेरा खून पी जाऊँगी।"

"मैं भी रोज आदमी लोगों को ही चीरता हूँ! चन्नर ने चेताया।

भुल्लन और चितकबरी का रिश्ता जग जाहिर है। भिखारियों के समाज में वह बहुत बदनाम, झगड़ालू और तरह-तरह के व्याधियों का घर मानी जाती है। किसी की क्या हिम्मत जो उसके मुँह लगे। सब उसे विधायक जी के नाम से पुकारते हैं। लेकिन चन्नर भी तो कम नहीं। खड़ा आदमी चीर डालता है। चितकबरी को आज भरपूर मरद से पाला पड़ा है। वह भीतर से डर रही थी और चीख रही थी—"भिक्खू ने भुल्लन को मारा है। और उल्टे यह चन्नर गुण्डई कर रहा है। सरकारी नौकरी करता है। इसे हमारे बीच में बोलने से क्या मतलब?"

कई भिखारियों ने भुल्लन का पक्ष लिया—"शहर फैलकर तिगुना हो गया है। और अब वह दस साल पुराना बँटवारा नहीं चलेगा। हम फिर से शहर को बाँटेंगे।" चारों ओर हाँव-हाँव, काँव-काँव मच गया।

धर्मशाले के भीतर से एक नौकर हाथों में बड़ा-सा लट्ठ लिये बाहर निकला और एक आवाज के पेट में कोंचकर जोर से चीखा—"चोप्प सालों क्या शोर मचा रखा है।" सब चुप होकर पाँत में बैठने लगे।

परात में भरी पूड़ियों-सब्जियों को लिये नौकरों के साथ भद्रजन बाहर निकलते हैं।

भद्रजन!

संसार में ऐसे बहुत-सारे लोग हैं जिनके पास अथाह सम्पत्ति है, और वे लोग दुःखी भी हैं। वे दुःखी हैं इसलिए कि घर से निकलने पर बिल्लियों ने तीन बार उनके रास्ते काट दिये हैं। सातवीं पुत्री के बाद भी पुत्र नहीं हो रहा है। वे इसलिए भी दुःखी हैं कि इस साल उनका 'मारकेस' चल रहा है। वे पन्ना उतारकर पुखराज पहनते हैं। सनीचर का प्रकोप बढ़ता है और वे पुखराज की जगह दूसरे रत्न नीलम की तलाश करते हैं। दान और दया को सर्वोच्च मानवीय गुण माननेवाले भद्रजन दुकानों के घाटे और रोज-रोज की हड़ताल से दुःखी हैं। ज्योतिष के शुभ फल न देने से दुःखी भद्रजन संसार को दुःख का कारण मानते हैं और मोक्ष की कामना पर

किताबें लिखते हैं। वे रोज-रोज के आतंकवाद के कारण मृत्यु के भय से दुःखी हैं। दुःख सबको माँजता है और वे अपनी स्थूल काया, बुद्धि की खोटी माया से दुःखी हैं। अपने सुख की कामना के लिए, जिसे उनके दर्शन में निरा भ्रम बताया गया है, और कभी-कभी सुख के एवज में दुर्गादत्त चुन्नीलाल सागरमल खण्डेलवाल जाने कैसे-कैसे रूप नामवाले भद्रजन ही इन धर्मशालों में चन्नर और भिक्खू और ऐसे ही सैकड़ों लोगों का जीवन चला रहे हैं। उनके सत्कर्मों से जो सभ्यता जन्मती है उसी का नाम चम्पी है। लिपिस्टिक और गाढ़े लाल रंग की बनारसी साड़ी का विज्ञापन कर रही मोटी सेठानी को ललचायी नजरों से देखते हुए भुल्लन धीरे से बुदबुदाया—"अगर एक बार इसके गूदेदार चूतड़ों पर सोने को मिल जाय तो इस जनम की सारी साध बुझ जाती।" उसने भिक्खू से कहा—"उस्ताद, इस ससुरी की रान तो देखो! चल नहीं पा रही है।"

चन्नर और भिक्खू अपने-अपने हिस्से की पूड़ियों और सब्जियों में से थोड़ा-थोड़ा बचा लेते हैं। गली से गुजरते हुए नींद और रात के सन्नाटे के बीच उनकी गाड़ी की खड़खड़ाहट सुनकर चम्पी सजग होकर उठ जाती है। बची पूड़ियों से पेट भरने के बाद वह उंगलियों को चाट-चाट कर साफ करती। हाथ मुँह गन्दे कपड़े से पोंछकर कोठरी के दूसरे कोने में अपने लिये कम्बल बिछा लेती है। उसके आसपास चन्नर और भिक्खू की खर्राटों के सिवा कुछ भी नहीं होता। कभी-कभी कोई कीड़ा उसके बदन पर रेंगने लगता तो वह निश्चिन्ततापूर्वक उसे मसलकर दूसरी तरफ फेंक देती। इस खुले आकाश और भीड़-भरी दुनिया में बन्द अँधेरे और उमस से भरी यही उन तीनों की छोटी-सी जिन्दगी है।

और यह जिन्दगी भी क्या है? गली से लेकर मुहल्ले तक कोई भी लड़का चम्पी के साथ खेलना तो दूर, बातें करना और छूना भी घिन्न की चीज समझता है। दो-तीन दिन तक वह सिटी स्टेशन के पास जाकर पटरियों के आसपास कूड़ों के ढेर में से छोटी-छोटी इच्छाएँ बीनकर बोरे में जमा करती रही। पहले से इस काम में लगे लड़कों ने चम्पी को मारा-पीटा। लेकिन फिर सब अभ्यस्त हो गये। एक लड़के से उसकी दोस्ती हो गयी। लड़का यहाँ आने से पहले सब्जी मण्डी जाता और वहाँ से कुछ सड़े हुए सन्तरे और केले जरूर ले आता था। कूड़ों के ढेर में वह लोहे की कोई चीज पाता तो चम्पी को थमा देता। और चम्पी प्लास्टिक की कोई चीज पाती तो उसकी ओर फेंक देती थी। फिर दोनों रेल की पटरियों पर आमने-सामने बैठकर सन्तरे और केले खाते। चम्पी का मन लग गया। कैसे तो ताकता रहता है—चम्पी को हँसी आ जाती और वह दूसरी ओर मुँह फेर लेती।

गर्मियों की दोपहर थी एक दिन। दूसरे लड़के जा चुके थे। सड़क पर इक्के-दुक्के लोग आ-जा रहे थे। उधर दूसरी तरफ जहाँ नालों का गन्दा पानी इकट्ठा

हो गया था, वहीं थोड़ी नमी पाकर उग आये बेहया के छोटे-छोटे पेड़ों की आड़ में वह लड़का चम्पी को लेकर गया। दस-बारह सूअरें वहीं आराम से लेटी थीं। चारों ओर गू और गन्दे-गन्दे लत्ते बिखरे थे। यहाँ क्यों ले आया है? चम्पी को डर लग रहा था। डर तो वह लड़का भी रहा था। लेकिन उसका डर दूसरी तरह का था। वह बेहद चौकन्ना था। एक बार उसने आसपास देखा और चम्पी के दोनों कन्धों को पकड़कर उसके सामने खड़ा हो गया। सारी देह इस तरह काँप क्यों रही है? "धत"! चम्पी ने कहा और दूसरी ओर जाने लगी। लड़के ने उसके कुर्ते को पकड़कर अपनी ओर खींचा। "क्या है?" चम्पी ने उसकी आँखों की ओर देखते हुए धीरे से कहा।

"तू जरा अपनी चड्ढी खोल दे, मैं देखूँगा।" लड़के ने कहा।

"भाग! हरामी कहीं का।" चम्पी ने झटककर अपना कुर्ता छुड़ाया और वहाँ से भाग गयी। उसकी साँस तेज-तेज चल रही थी। हाथ, पैर और सारा शरीर काँप रहा था। वह खुले में आकर रेलवे पटरी पर बैठ गयी। वहीं एक मरा हुआ कुत्ता बदबू कर रहा था। दो गिद्ध और तीन-चार कौवे उसे नोच रहे थे। लड़का देर तक उधर ही घूमता रहा।

थोड़ी देर बाद वह वहाँ से उठकर आया और चम्पी से अपने केले और सन्तरे माँगने लगा। "मैंने क्या तुमसे माँगा था? तुमने तो अपने मन से दिया था।" चम्पी को उसकी नीचता पर गुस्सा आया। लड़के ने उसके बोरे का सारा सामान बिखेर दिया। बोरा भी फाड़ डाला और उसके पेट में तीन-चार लात मारी। चम्पी रोने लगी। लड़का उसे गालियाँ देता हुआ दूसरी ओर चला गया। तब से चम्पी ने वहाँ जाना बन्द कर दिया।

अब वह पूरे दिन अपनी अँधेरी कोठरी में पड़ी रहती। कभी-कभी बाजार से लाये हुए तेल और सिन्दूर को मिलाकर सड़े मांस के लोथड़े की तरह गाढ़ा लेप बनाती। भिक्खू के घावों पर उस लेप को आहिस्ते-आहिस्ते इस तरह लगाती कि उसके बीसों उँगलियों के कोढ़, उनकी सड़न, ज्यादा-से-ज्यादा घृणा और दया पैदा कर सके। मवाद की जलन को न सह पाने के कारण भिक्खू कभी-कभी तो चीखता लेकिन सामान्यतः वह अपने घावों को इस तरह सेता और देखता है जैसे बाप अपने 'कमासुत' को। भिक्खू सोचता "कितने अच्छे से चम्पी इन घावों को उभार देती है।" वह मुग्ध भाव से देखता जैसे साबुन के विज्ञापन में झागों से भरी लड़की की पिण्डलियाँ हों, जाँघें हों, जाँघों के ऊपर! थोड़ा-सा ऊपर। अब दिखा। तब दिखा!! और फिर दिख जाता है साबुन। सारा मजा किरकिरा। साबुन नहीं, लड़की की देह टकसाल होती है। भिक्खू के घाव भी टकसाल हैं। बहुत पहले भिक्खू की जिन्दगी में ये घाव हुए थे और अब इन घावों के कारण भिक्खू की जिन्दगी है। घावों पर बैठी मक्खियों को वह अचूक निशाने से मारकर धीरे-धीरे उनके पंखों को छीजता रहता

है।

लेकिन मार-पीट का यह काम मन्दिर के सामनेवाली गली में बैठे होने पर वह कभी नहीं करता। वहाँ वह हर आने-जानेवाले को सिर्फ दस-पाँच पैसे या कभी-कभी चवन्नी-अठन्नी के रूप में देखा करता। चम्पी दोपहर को एक बार भिक्खू के पास जाकर उसके कटोरे में से किसी श्रद्धालु का जूठन उठा लाती है।

अमीर हो या गरीब, उम्र की निश्चित परिधि के पास जाकर हर लड़की अपनी सामर्थ्य और आकांक्षाओं भर जवान होती है। चम्पी को चौदहवाँ साल लग रहा था। अपनी देह के भीतर से उग रही नयी देह को देखकर उसे अचरज भी होता और भय भी बना रहता। छातियों के हल्के गुनगुने दर्द और शरीर में टूटन के कारण वह आशंकाओं में पड़ी-पड़ी हर समय अलसायी रहती। एक दिन कोठरी में ही कपड़े बदल रही थी। दूसरे कोने में बैठा भिक्खू घावों के आसपास सूखे चमड़ों को निकोट रहा था। बहुत दिनों बाद उसने चम्पी को इतना करीब से देखा। "यह कैसी हो रही है?" उसे चिन्ता हुई।

उस दिन चन्नर देर रात को लौटा तो नशे में धुत्त था। उसके समूचे कपड़ों पर उल्टी के गीले-गीले दाग और छींटे थे। उसके सारे शरीर से तीखी बदबू आ रही थी। कोठरी में घुसते समय उसके दोनों पैर उलझ गये और वह दीवार से टकरा गया। भिक्खू उसे थामकर नाली के पास ले गया और अपनी गन्दी बाल्टी का दो लोटा पानी उसके सिर पर डाला। थोड़ा स्थिर होने के बाद वह फर्श पर बिछे कम्बल पर जाकर लेट गया। आँतें तो बिल्कुल खाली पड़ी हैं। नींद नहीं आ रही थी। वह उठकर बैठ गया और भिक्खू से पूछा—"कुछ खाने को मिल जायेगा?"

भिक्खू ने चम्पी से कहा—"जा, मुनीम जी और सरदारिन के यहाँ पूछ आ! कुछ बचा हो तो लेती आना।"

सरदारिन बर्तन धोने जा रही थी। चम्पी को देखते ही समझ गयी। थोड़ा चावल और दाल बची थी। उसने चम्पी के कटोरे में डाल दिये।

जब चन्नर पेट भर रहा था तो उसी समय भिक्खू ने बात चलायी। 'चन्नर! तुमने कभी चम्पी पर ध्यान दिया कि नहीं?"

चावल और दाल के बीच फँसा हुआ पत्थर का एक टुकड़ा दाँतों में फँसकर तड़तड़ा उठा। चन्नर ने दीवार की ओर थूका और पूछा—"क्या बात है?"

भिक्खू ने कहा—"हम लोगों की जिन्दगी तो जैसे-तैसे कट गयी। चम्पी की उमर बढ़ रही है। शादी-विवाह करोगे?"

चन्नर ने बाहर नाली के पास जाकर हाथ-मुँह धोया। भीतर आया तो भिक्खू के करीब बैठ गया। उसने बीड़ी सुलगायी और कहने लगा—"भिक्खू, असली बात

तो कोई नहीं जानता है। तुम भी नहीं। सब मुझे मेहतर ही जानते हैं। लेकिन मैं 'सोनाडीह' गाँव का बाम्हन हूँ। अब तो मुझे अपने गाँव की शक्ल भी याद नहीं। इसकी महतारी रम्मन मेहतर की बेटी थी। ससुरी हैजे में मर गयी। कितना समय बीत गया। मैंने औरत की देह नहीं देखी। यह जवान हो गयी। मेरे पास एक धेला भी नहीं है। लड़की का बाप पैसा न जोड़े तो घर में रण्डीखाना खोले।''

''अब बाम्हन और मेहतर में का धरा है?''भिक्खू ने कहा—''तू केवल लड़का खोज ले। भगवान् की दया से पैसे का जुगाड़ मैं कर लूँगा।''

दूसरे कोने में कम्बल पर लेटी चम्पी अँधेरे में छत पर आँखें गड़ाये हुए सुन रही थी और सोच रही थी। वह उस लड़के के बारे में सोच रही थी जो कूड़ा बीनते समय सन्तरे और केले खिलाया करता था। झाड़ियों की आड़ में ले जाकर कितनी जोर से पकड़ रखा था। बातें तो कैसी-कैसी करता था। हर समय हँसता रहता। उस दिन कितना जोर से लात मारा था पेट में। सोचते-सोचते चम्पी का पोर-पोर दुःख उठा और वह मुस्कराकर रह गयी।

सवेरे सोकर उठने पर चन्नर नाली के पास बैठकर देर तक खाँसता और उल्टियाँ करता रहा। चम्पी ने लोटे के पानी से उसे कुल्ला कराया। फिर वह अपने काम पर चला गया।

उसके कई दिन बाद। दोपहर को मन्दिर में दर्शनार्थी कम हो जाते। भिक्खू घर चला आता। उस दिन वह अपनी कोठरी में बैठा था। चम्पी बाहर नल पर नहा रहे एक लड़के को देख रही थी। वह लड़का देह मल रहा था और ऊपर छत पर बैठी एक लड़की को देख रहा था। भिक्खू को लड़के का अन्दाजा नहीं था। वह एकटक चम्पी को देख रहा था। उसकी छातियाँ! सुग्गे के दो बच्चे दुनिया का सुख देखने के लिए घोंसलों के बाहर सिर उठाये हुए थे। भिक्खू की आँखें देर तक चम्पी की देह पर छिपकली की तरह रेंगती रहीं। उसने चम्पी को बुलाया, ''बेटी, जरा इधर तो आना।''

लड़का नहाकर जा चुका था। चम्पी उठकर भिक्खू के पास चली आयी। "बेटी" भिक्खू ने कहा—''जरा घावों पर लेप तो लगा दे।''

चम्पी ने ताखे पर से सिन्दूर के लेपवाला कटोरा उठाया और एक-एक कर भिक्खू के घावों पर लेपने लगी। भिक्खू सरककर उसकी देह से सट रहा था। चम्पी को अटपटा-सा लगा। वह जल्दी-जल्दी काम निबटाकर आँगन में भाग गयी। भिक्खू ने पुकारा—''कहाँ जा रही है?''

''गली में'' चम्पी ने कहा और गली की ओर मुड़ गयी।

''पैसे लेती जा, कुछ खरीद लेना'' भिक्खू ही इस संयुक्त परिवार में पैसे का अकेला ठोस स्रोत था। गाहे-ब-गाहे चम्पी भिक्खू से ही पैसे के लिए रिरियाती थी।

आज वह खुद पैसा देने के लिए बुला रहा है। वह तुरन्त लौट आयी। भिक्खू ने उसे दो रुपये के फुटकर निकालकर दिये। जब वह जाने लगी तो बोला "बस बेटी, जरा बैठकर पैरों में पट्टी बाँध दे।"

चम्पी ने पैसे बुशर्ट के जेब में डाले और बैठ गयी। लेकिन यह भिक्खू आज इतना सट क्यों रहा है?-चम्पी समझी नहीं। वह उसके घावों को दबाकर मवाद निकालने लगी। फिर जल्दी-जल्दी पट्टी बाँधकर गली में भाग गयी।

भिक्खू रोज दोपहर को कोठरी में आता। चम्पी उसे रोज उसी तरह लेप लगाती। पट्टी बाँधती। बदले में अब वह किसी दुकान के सामने जाकर खड़ी होती तो अब दुकानदार उसे झिड़ककर भगाते नहीं थे।

बगलवाली सरदारिन अक्सर भिक्खू से उधार पैसे लिया करती थी। पैसा लौटाते समय सूद के दाम जोड़ने में अक्सर सरदारिन भिक्खू से झगड़ा भी करती थी! चम्पी और भिक्खू और चन्नर की इस एकान्त अँधेरी दुनिया में सरदारिन का ही थोड़ा-बहुत दखल था। एक दिन जब वह भिक्खू की कोठरी के सामने गयी तो दरवाजा भीतर से बन्द था। उसे अचरज हुआ– "अरे, ई भिखुवा कब से दरवाजा बन्द करने लगा।" उसने दरवाजे को ठेला। भीतर से कुण्डी चढ़ी थी, बेटी की बात महतारी से, घर की बात पड़ोसियों से। पड़ोसियों को मुहल्ले से जोड़ने में महारत हासिल है सरदारिन को। वह सुराख से अन्दर झाँकने लगी। जाड़े की धूप मुश्किल से आँगन में उतरती। चारपाई पर बैठकर बूढ़े मुनीम जी महाभारत पढ़ रहे थे–"पारासर मुनि ने उस मल्लाह कन्या से कहा, अगर तुम मेरे साथ संसर्ग करो तो तुम्हारी काया स्वर्णाभ हो उठेगी। योजन दूरी तक सुगन्ध बिखेरोगी। योजनगन्धा!! अपने अभंग कौमार्य का रोना रोते हुए वह मत्स्यगन्धा बार-बार अपने को छोड़ देने का आग्रह कर रही थी। शान्त नदी पर दोपहर का एकान्त आकाश झुक आया था। मध्य धारा में नाव के ऊपर एक तेरह साल की धीवर कन्या थी और एक बूढ़े ऋषि। लड़की ने दूर होते जा रहे किनारे पर अपनी फूस की छोटी झोंपड़ी को असहाय नजरों से देखा। "तुम मुझे अभंग कौमार्य दो। मैं तुम्हें अक्षत यौवनवाली स्वर्णाभ काया दूँगा।"

एक तरफ थी गरीब धीवर कन्या। अपनी देह-दुर्गन्ध से कुण्ठित। दूसरी तरफ समर्थ पुरुष। ब्रह्मज्ञानी ऋषि। कब तक तर्क करती। एक छोटी-सी मछली हवा का बुलबुला पीने के लिए ऊपर आयी ही थी कि आकाश में उड़ रही एक चील ने तेज झपट्टा मारा। डर के मारे धीवर कन्या जोर से चीख पड़ी।

सरदारिन पैर पटकते हुए आँगन में आयी और मुनीम जी के सामने से गुजर गयी। वह बड़बड़ा रही थी-भिखमंगा कोढ़ी कहीं का। "ई साली 'रडार' है कि औरत! मुनीम जी ने महाभारत बन्द किया और चश्मा उतारते हुए बुदबुदाये–"नंगी नारि छिनार मुँह, जो लागे सो नीच!"

कोठरी से निकलने के बाद भिक्खू पंचगंगा घाट गया। वहाँ घण्टों देह रगड़-रगड़कर नहाता रहा। लौटते समय एक दुकान से उसने काजल की एक छोटी-सी डिब्बी खरीदी। आँगन में बैठकर वह देर तक अपने घावों पर करीने से काजल लगाता रहा। जिससे वे छिप जायँ और दिखायी न दें। फिर उसने सरदारिन को बुलाया और सूद की बिना किसी शर्त पर पैसे उधार दिये। अपनी अँधेरी कोठरी में घुटनों पर ठुड्डी टिकाकर गुमसुम बैठी हुई, चम्पी भिक्खू को नफरत से देख रही थी। अपनी ही देह की बदबू से उसका मन घिन्ना रहा था। पैरों के पास उपेक्षा से पड़े हुए कुछ सिक्के उसकी ओर टुकुर-टुकुर ताक रहे थे। भिक्खू ने बड़ा-सा कुर्ता बदन पर डाला और बाहर निकल गया।

थोड़ी देर पैदल चलने के बाद भिक्खू के पैर अकड़ने लगे। एक दुकान से उसने चम्पी के कानों और नाक के लिए चाँदी की कीलें खरीदीं। आगे चलकर दर्जन भर केले खरीदे। हनुमान मन्दिर के लिए रखे दान-पात्र में दो-दो रुपये के तीन सिक्के डाले। रास्ते में एक भिखारी ने उससे राम-राम की। रात को अग्रवाल धर्मशाले के सामने ही खाना खाया और एक भिखारी से बात की—"अरे रुप्पन, आजकल मेरी तबीयत खराब चल रही है। तू दिन में मन्दिर के सामने बैठ लिया कर आधा पैसा लूँगा।" जब वह कोठरी में आया तो अँधेरे सन्नाटे में नालियों की बदबू घुल रही थी। चन्नर पीकर औंधे मुँह कोठरी में लुढ़का पड़ा था। भिक्खू ने उसे घृणा से देखा। आँगन के मोढ़े पर चम्पी चुपचाप बैठी थी। भिक्खू ने कहा—"भीतर आकर सो क्यों नहीं जाती।" चम्पी ने कोई ध्यान नहीं दिया तो वह उठकर आया और उसकी बाँह पकड़कर उठाने लगा। चम्पी ने झटककर अपनी बाँह छुड़ायी और कोठरी में चली गयी। भिक्खू ने पोटली से केले निकाले और चम्पी को थमाने लगा—"ये ले, खाले।" चम्पी ने झनककर इतना जोर से अपना हाथ घुमाया कि सारे केले इधर-उधर छिटक गये। दो केले चन्नर की देह पर गिरे। वह कुनमुनाकर उठा और बैठकर केले खाने लगा। थोड़ी देर बाद चन्नर और भिक्खू सो गये।

उस रात देर तक चम्पी को नींद नहीं आयी। हल्की-सी आँख लगने पर उसने सपना देखा कि उसके पेट में छोटा-सा राक्षस रेंग रहा है। उसकी देह जगह-जगह सफेद होकर मवाद से भर गयी है। वह चिहुँककर जग गयी। डर के मारे उसकी साँस धौंकनी की तरह चल रही थी। दुश्चिन्ताओं में डरी हुई वह सोचने लगी—"अगर कुछ हो गया तो?"

कई महीने बाद। दिन के दस बज चुके थे। चन्नर काम पर जा चुका था। चम्पी अभी भी सोयी है। भैंस जैसी देह फूलती जा रही है। मन्दिर के सामने बैठने जाना है। अभी तक लेप तैयार नहीं है। भिक्खू कुढ़ रहा है। पहले तो सवेरे ही उठ जाती थी। बाप-बेटी दोनों के चक्कर में आमदनी मारी जा रही है। वह जोर-जोर से

बड़बड़ाते हुए चिल्लाने लगा। चम्पी उठी—"यह हरामखोर सोने भी नहीं देता।" उसने गुस्से से भिक्खू की ओर देखा और नाली पर मुँह-हाथ धोने चली गयी। जब भीतर आयी तो जल्दी-जल्दी कटोरे में तेल और सिन्दूर मिलाकर अँगुलियों से फेंटते हुए लेप तैयार करने लगी। "ये चप्पल तूने कहाँ से खरीदा है?" भिक्खू ने पूछा।

चम्पी कुछ नहीं बोली और उसी तरह लेप को फेंटती रही। "सरदारिन कह रही थी। तू कल किस लड़के को लेकर कोठरी में आयी थी?" भिक्खू ने पूछा।

चम्पी कटोरे का लेप लेकर उसके पास बैठ गयी। "पैर इधर करो।"

"मुझे लेप नहीं लगवाना। यहीं रहूँगा कोठरी में दिन-भर। मुझे कहीं नहीं जाना है" भिक्खू आजकल बात-बात में चिड़चिड़ाता रहता है।

चम्पी एक क्षण को उसकी ओर देखती रही। वह बोला "देख, मैं सारी बातें चन्नर से कह दूँगा।"

चम्पी ने कटोरा फेंक दिया-"मरो! यहीं।" और निकल गयी।

"कहाँ जा रही हो?" भिक्खू चिल्लाया।

"तुमसे मतलब!" चम्पी ने कहा और गली में मुड़ गयी।

भिक्खू रोने-रोने को हो गया—"हे भगवान्, इस लड़की को तो किसी का डर और लाज नहीं रह गया है।"

"काहे का डर, काहे की लाज" सरदारिन अपने दूध के धन्धे से लौट रही थी। भिक्खू से बोली—"लड़की बस एक दिन डरती है और एक बार लजाती है। तुझे नरक मिलेगा भिक्खू।"

●

क्षमा करो हे वत्स!

"सर सुन्दरलाल अस्पताल के कैन्सर वार्ड में दर्द से तड़पती-छटपटाती आपकी आखिरी उम्मीद मुझसे कभी पूरी न हो सकेगी। माँ, मेरे सारे अपराधों को क्षमा कर दो। मैं खुद को आपकी इच्छाओं, भावनाओं और संवेदनाओं के अनुरूप नहीं ढाल सका। अगर यह अपराध है तो मुझे अपराध की काली सँकरी और अन्तहीन गुफा में दूर तक अकेले जाने की अनुमति दीजिये। क्यों अब भी आपकी थकी आँखों का अँधेरा मेरा पीछा कर रहा है। अपने आभालोक में खींच लाने के लिए। अब मुझे डर लगने लगा है। रिश्तों की समूची अन्तरंग और आत्मीय दुनिया से। मैं अपने समूचे अतीत और तमाम सामाजिक सम्बन्धों को प्रणाम करता हूँ। जो मेरी संवेदनाओं से परे हो चुके अब उनमें मेरी कोई दिलचस्पी नहीं। कहाँ रह गया है सम्बन्धवाचक संज्ञाओं का निहितार्थ। पिछले कई सालों से मैंने सिर्फ गीता को ही पढ़ा और जिया है। एक निर्मम सत्य–"मा फलेषु कदाचन।" कब्रगाह की ओर खुलनेवाली सम्बन्धों की सारी खिड़कियों में मेरे लिये इशारा और आश्वासन देती हुई रोशनी का कोई टुकड़ा नहीं रह गया है। ईश्वर और उसके नियमों में मेरी कोई आस्था नहीं रह गयी है। दीवाली और होली-रोशनी और रंगों में शराबोर शहर मेरे भीतर अपना सारा अँधेरा और रंगहीनी उँड़ेल देता। बचपन से ही ये त्योहार मुझे उदास कर जाते। असंग जीवन की निर्मम तटस्थता मेरे प्राण-प्राण में समा गयी है। सामाजिक सम्बन्धों की कोई चाह नहीं। स्मृतियों और सपनों के असंख्य दंश से क्षत-विक्षत कैसा होता जा रहा है मेरा जीवन। जैसा सोचा था वैसा जी नहीं पाया और जो जी रहा हूँ उसका कोई मुकम्मल तर्क नहीं।"

23 अप्रैल, 1995। लखीमपुर खीरी का वाई.डी. कॉलेज। मैं शाम को परीक्षा-कक्ष में बैठा हुआ था। करीब साढ़े पाँच बजे मेरे लिये बनारस से टेलीफोन पर सूचना आयी कि, "21 तारीख को रात आठ बजे अंशुल का अपहरण कर लिया गया है।"

अंशुल मेरा इकलौता बेटा। माँ के साथ गाँव पर रहता है। 16 मई को वह ग्यारह वर्ष का हो जायेगा। सूचना पाकर मेरा समूचा शरीर काँपने लगा। यह सोचकर

कि गाँव पर कोई भयंकर अनहोनी हुई है। अंशुल अपहरण की यह गलत सूचना शायद मुझे मात्र घर पर बुलाने के लिए दी गयी है। अंशुल का अपहरण कोई क्यों करेगा?

फिरौती के लिए अपहरण की घटनाएँ इटावा, मैनपुरी और भिण्ड के आस-पास घटती रहती हैं। बिहार में भी इस तरह की घटनाएँ हो रही हैं। लेकिन गाजीपुर, बलिया, बनारस में फिरौती के लिए अपहरण की कोई घटना कभी नहीं सुनी गयी। आठ साल हो गये डिग्री कालेज की इस नौकरी को। वेतन और व्यय का समानुपात यही रहा कि कभी एक महीने की पूरी तनख्वाह जोड़ नहीं सका। यह बात यहाँ लखीमपुर में सब जानते हैं और गाँव में भी सबको पता है। अभी-अभी पंचायती चुनाव सम्पन्न हुए हैं। समूचा प्रदेश अपने सीमित मताधिकार के जरिये जनतन्त्र का स्वप्न देखकर खून में शराबोर हो चुका है। सरकार ने थानों को सख्त हिदायत दे रखी है कि चुनावी झगड़ों को कतई दर्ज न किया जाये। अगर किसी झगड़े का दर्ज होना बेहद जरूरी ही हो जाये तो उसका स्वरूप बदल दिया जाये। 'प्रापटी विवाद' अथवा 'प्रेम-प्रसंग'। कोई भी नाम दिया जा सकता है।

अभी पिछले महीने होली की छुट्टियों में गाँव गया था। अंशुल के लिए कुछ कपड़े यहीं से खरीदे थे। पत्नी ने कहा कि, "वैसे भी इसके पास कपड़े अब ज्यादा हो गये हैं।"

"ठीक है। बर्थ डे पर सिलवा दीजियेगा" मैंने कहा। मेरे पहुँचने की सूचना पाकर वह दौड़ा हुआ आता और सबसे पहले अटैची खोलकर अपना सामान देखता। "पापा, आप कितने दिनों से मेरे लिये कैरमबोर्ड खरीद रहे हैं?" उसने पूछा। मैंने कहा, "चलिये कल मऊ से खरीद लायेंगे।"

पत्नी ने कहा कि, "इम्तहान करीब है। इनको दिन-भर घूमने और टी.वी. देखने से फुर्सत नहीं। 'कैरमबोर्ड' आ गया तो ये पास हो चुके।"

मैंने मऊ जाकर 'कैरमबोर्ड' खरीदा और इस हिदायत के साथ कि जब मैं 'बर्थ डे' पर आऊँगा तो पहली बार आप मेरे साथ खेलियेगा। इम्तहान होने तक मम्मी की बात माननी पड़ेगी।

"अच्छा चलिये थोड़ा आपके साथ खेल लेते हैं।" उसके कहने पर मैंने थोड़ी देर 'कैरमबोर्ड' खेला। दो दिन बाद जब मैं लखीमपुर के लिए चला तो मुझे छोड़ने वह साइकिल पर मरदह तक मेरे साथ आया था। रास्ते में मैंने कहा "इस बार जब आप पाँच पास कर लीजिये तो आपका नया नाम 'उपमन्यु' लिखवा दूँगा। मम्मी से बता दीजियेगा कि स्कूल से 'सर्टिफिकेट' लेते समय नाम बदलकर 'उपमन्यु' लिखा दें।"

उसके पूछने पर मैंने रास्ते भर उपमन्यु की पौराणिक कथा सुनायी। मरदह आकर मैंने उसकी साइकिल ठीक करायी। कुछ फल वगैरह खरीदकर देने के बाद

घर जाने के लिए कह दिया। उसने कहा ''पापा, आप मुझे कभी लखीमपुर नहीं ले चलेंगे क्या?''

-''वहाँ आप किसके साथ रहेंगे। मैं तो दिन-भर घूमता रहता हूँ। और फिर यहाँ मम्मी किसके साथ रहेंगी।'' मैंने बहाना बनाया। जिन्दगी को लेकर एक टीस दूर तक गड़ती चली गयी। ''पापा, आपकी बस आ जाये तब मैं जाऊँगा।'' -उसने कहा। साँझ हो रही थी। ''अकेले आपको डर नहीं लगेगा?'' मेरे पूछने पर वह हँसा—''दिन भर तो मरदह आता-जाता हूँ। इसमें डरने की क्या बात है?''

दुकान पर मैं चाय पी रहा था। मैंने दस का एक नोट थमाकर उससे कहा-''दुकान से एक पैकेट सिगरेट और माचिस लेते आइये।''

''आप सिगरेट बहुत पीते हैं।'' डिब्बी थमाते हुए उसने कहा। मैंने कहा— ''अब तो आप पिता की तरह बात करने लगे हैं।''

''अच्छा बेटा एक बात बताइये। आप किसके पास सोते हैं?''

''मम्मी के पास।'' उसने मेरी ओर हँसते हुए देखा।

''नहीं आप यह बताइये कि आप किसकी पत्नी के पास सोते हैं?''

मैंने विनोदमयी संवाद क्रीड़ा शुरू कर दी है। उसकी आँखों में सतर्कता चमकी और वह मुस्कराने लगा ''आपकी पत्नी के पास सोता हूँ।''

''ठीक! तब मैं भी आपकी पत्नी के पास सोऊँगा। कोई आपत्ति?''

दुकान पर बैठे लोग हँसने लगे। वह शरमा गया-''मैं शादी ही नहीं करूँगा।''

''पापा! अगले महीने में इम्तहान्न है। मेरे लिये बारह रंगोंवाली पेन्सिल खरीद दीजिये'' उसने फरमाइश की।

''सारा पैसा आपकी मम्मी ने ले लिया है। बस किराये के पैसे बचे हैं। आपकी साइकिल में पच्चीस रुपये लग गये। आपने मिठाई भी खायी। फल भी खरीदा। अब मम्मी से पैसा माँगकर कल खरीद लीजियेगा।''-वह चुप हो गया। मैंने पूछा ''कितने की मिलती है?''

''दस-बारह रुपये में मिल जायेगी।'' उसने अन्यमनस्क होकर कहा। मैंने बीस का एक नोट उसे दे दिया।

पेन्सिल खरीदकर लौटते समय उसके साथ एक लड़का था। ''पापा! मैं राजू के साथ घर चला जाऊँ।''

''हाँ चले जाइये।''

थोड़ी देर चुप खड़ा रहने के बाद बोला-''पापा! राजू को भी मिठाई खिला दीजिये।''

मैंने कहा—''राजू बेटे, तुम्हें जो मिठाइयाँ खानी है, दुकान से ले लो।''

राजू शरमा रहा था। अंशुल ने दुबारा वे मिठाइयाँ दुकानदार से माँगीं जिन्हें पहले खुद खा चुका था। राजू हमारे पड़ोस का अंशुल का हमउम्र और एकमात्र घनिष्ठ

दोस्त था। अक्सर राजू अंशुल के साथ या तो मेरे घर होता या अंशुल राजू के घर। जब राजू मिठाई खा रहा था तो अंशुल ने मुझसे धीरे से कहा—"यह बताइये कि मेरी पत्नी क्या आपकी माँ लगेगी?"

सुनकर मुझे हँसी आ गयी।

साँझ ढलने लगी थी। अंशुल और राजू एक ही साइकिल पर काँपते हैण्डिल को सँभालते हुए तेजी से गाँव की ओर चले गये। पत्नी ने कहा था—"इन्हें समझा दीजिये, बहुत तेज साइकिल चलाते हैं। किसी दिन कुछ हो जायेगा।" पश्चिमी छोर पर डूबते सूरज की उदास आभा गाँव से आखिरी विदाई ले रही थी। मैं लखीमपुर चला आया।

9 अप्रैल को अंशुल का एक पत्र आया। लिखा था—"पापा, अबकी 'बर्थ-डे' पर जरूर आइयेगा। कुछ सामान नहीं लाना है आपको। (यह बात उसने मेरे द्वारा दी गयी सूचना कि, मार्च में मिलनेवाला वेतन पूरी तरह 'इनकम टैक्स' में चला गया है, के आधार पर लिखी थी) मैंने मम्मी के साथ मऊ जाकर कपड़े सिलने के लिए दे दिये हैं। दो सौ रुपये सिलाई लगेगी। बस उतना ही पैसा भेज दीजियेगा।" पत्र में कुछ और भी बातें थीं। मैंने चिट्ठी कई बार पढ़ी और अपराधबोध में डूबा देर तक अंशुल के बारे में ही सोचता रहा। अब वह धीरे-धीरे बड़ा होने लगा है।

मैं अपने को सौभाग्यशाली समझता हूँ कि कथाकार काशीनाथ सिंह का प्रिय शिष्य होने का अवसर मुझे मिला है। इन दिनों वे मुझसे कुछ-कुछ विरक्त और नाराज रहने लगे थे। कारण कि मेरा नियमित रूप से कुछ पढ़ना या लिखना करीब-करीब स्थगित हो गया था। दशहरे की छुट्टियों में बनारस गया था। काशीनाथ जी की प्रतिनिधि कहानियों का संग्रह 'किताब-घर' से छपकर आया तो उसकी एक प्रति मुझे देते हुए उन्होंने लिखा-

"पहली प्रति
घोर गैर जिम्मेदार और नाकारा इन्सान
कथाकार देवेन्दर के लिए
अनिच्छा से।"

यह घोर गैर जिम्मेदार और नाकारा इन्सान जिसका कुछ भी निश्चित नहीं। शाम को अस्सी पर मिलने के लिए कहता और वहाँ जाने पर पता चलता कि गोदौलिया पर घूम रहे हैं। अटैची सियाराम के यहाँ पड़ी है और ठहरे हैं बिरला हॉस्टल में। सुबह घर पर आने के लिए कहता और दस बजे तक इन्तजार करने के बाद पता चलता कि लखीमपुर जा चुके हैं। भीतर से माँ जी निकलतीं—"एकदम खब्तुल हवास हैं। हाय, नीना की साइकिल लेकर गये थे।" दो दिन बाद कोई लड़का बिरला

हॉस्टल से साइकिल लाकर लौटा जाता। डॉक्टर साहब गोदौलिया जा रहे हैं मेरे साथ। सोफे की कुर्सियों का कवर खरीदना है। माँ जी कहतीं–"जैसा गुरु वैसा चेला। आपको और कोई नहीं मिला साथ जाने के लिए।" मैं पैसा शर्ट की जेब में रखता। वे कहतीं–निश्चित ही पैसा कहीं गिर जायेगा। डॉ. साहब से जुड़े लोगों में वे मेरे ऊपर सबसे ज्यादा विश्वास और सबसे कम भरोसा करतीं। दिनेश कुशवाह ने काशीनाथ सिंह जी को सूचना दी कि देवेन्द्र जी बीस तारीख को आनेवाले हैं। वे कहते–"आप अभी तक देवेन्द्र जी की बातों और वादों पर भरोसा करते हैं।"

इस नाकारा इन्सान को इस बात का रंचमात्र आभास नहीं कि इसका बेटा बड़ा हो रहा है। और यह अब तक उसकी पढ़ाई लिखाई की कोई व्यवस्था नहीं कर सका। पत्नी गाँव में पड़ी हैं और खुद कभी लखीमपुर, कभी बनारस, कभी दिल्ली, ग्वालियर या भोपाल। कहीं किसी लिखने-पढ़नेवाले से कोई सरोकार नहीं। ले-देकर एक महेश कटारे और एक हरि भटनागर। न कोई चिट्ठी न कोई पत्री। ये दोनों भी एक साल से नाराज चल रहे हैं। साहित्यकारों की गोष्ठियों से लौटने के बाद मैं अपने को कुण्ठित महसूस करने लगता। अजीबोगरीब-सा कुरुचिपूर्ण माहौल।

गर्मी की छुट्टियों में ही मेरा कुछ समय बेटे के साथ बीतता था। मैं उसे लेकर बनारस चला आता। दस-पन्द्रह दिन तक साथ रहता। मैं अस्सी पर बैठा हूँ। लइया और चने के साथ साहित्य की चर्चा और लोगों के निन्दा प्रकरण में शरीक। एक दुकान से दूसरी दुकान और फिर तीसरी दुकान पर। अंशुल बेञ्च पर बैठे-बैठे ऊबने लगता–"पापा, आप चलिये न।"

"अभी रुकिये भाई। यही तो मेरी नौकरी है" मैं कहता। घर जाकर उसने अपनी मम्मी से कहा-"जानती हैं पापा की नौकरी क्या है। इस दुकान से उस दुकान पर बैठकर चाय पीना।" यही उसकी खुशियों के दिन होते। चाकलेट, टॉफी, मिठाई, फल, खिलौने, कपड़े। गाँव की सीमित दुनिया में उसकी छोटी-छोटी मामूली इच्छाएँ होती थीं। उसके मुताबिक बहुत पैसा खर्च हो गया पापा का। दुकान पर बैठे हुए वह ललचायी नजरों से 'थम्स-अप' की बोतल को देख रहा था–"यही एक ऐसी चीज है कि जिन्दगी में कभी नहीं पिया हूँ।" उस समय वह मात्र आठ साल का था। वहाँ बैठे सारे लोग हँस पड़े। दिनेश कुशवाह ने कहा–"वाह देवेन्द्र जी, आपका लड़का तो आपसे भी आगे है।" तब किसे पता था कि इसकी जिन्दगी में आठ साल बहुत ज्यादा हैं। मैंने कहा–"अभी पी लीजिये।"

बहुत कोशिश के बाद भी वह 'थम्स-अप' पी नहीं सका। "पापा, आप पी डालिये।" उसने कहा।

गाँव जाकर उसने राजू को बताया–"जानते हैं। बोतल में जो वह काला-सा होता है। उससे गला जलता है।"

अस्सी से देर रात हॉस्टल की ओर लौटते हुए मैंने कहा—"आपके लिए दूध ले लूँ।"

मैंने दो पैकेट दूध खरीदा। वह अचरज से पॉलीथिन में पैक द्रव दूध को देखता रहा। जब मैंने खरीद लिया तो बोला—"दीजिये जरा छूकर देखूँ तो। यह कैसा दूध है।" वह शहरी जीवन की छोटी-छोटी चीजों को कुतूहल और जिज्ञासा से देखा करता।

सुबह-सुबह डॉक्टर साहब के घर जाते हुए मैंने पूछा-"हम कहाँ जा रहे हैं।" उसने कहा-"अपने गुरुजी के यहाँ।"

वह डॉक्टर साहब और उनकी पत्नी के पैर छूता। नीना या इति किसी के पास बेझिझक बैठ जाता। इति कहती—"भैया, आपका बेटा कितना सुन्दर है। इसे गाँव में क्यों रखे हैं। बड़ा होकर ऐसे ही रह जायेगा।"

मैं कहता—"गाँव में दूध-दही है। इसकी माँ हैं। फिर ग्रामीण संस्कार भी जरूरी हैं।" मैं अपने तर्कों की तह समझता हूँ और अपराधबोध से बचने के लिए अंशुल से जुड़े सवालों को टाल जाता। तब तक वह मुन्ना और मण्टू से अन्त्याक्षरी खेलता। पचासों कविताएँ याद कर रखी थीं। जब मैं घर आता तो कहता—"पापा, ऐसी कविता लिख दीजिये कि 'ण' पर गिरे। 'त्र' और 'क्ष' पर गिरे। वह अन्त्याक्षरी में हमउम्रों को टिकने न देता।

मैंने मंगल सिंह से पूछा—"अपना बेटा सभी को अच्छा लगता है। पता नहीं इस वजह से या क्या है। अंशुल मुझे कुछ विलक्षण लगता है।"

उन्होंने कहा—"इसमें कुछ ऐसी चीज जरूर है जो इसे सामान्य से भिन्न बनाये रखती है।"

हिन्दी विभाग की ओर जाते हुए मधुबन के पास वह आश्चर्य से चीख पड़ा-"पापा! पापा!! वो देखिये, औरत स्कूटर चला रही है।" एक लड़की मोपेड से जा रही थी। मैं हँसने लगा तो वह शरमा गया।

दस-पन्द्रह दिन बीत गये थे। धीरेन्द्र के साथ वह गाँव जानेवाला था। जून का महीना। चिलचिलाती हुई तेज धूप के बीच लू के बवण्डर। दोपहर के दो बज रहे थे। कोलतार की सड़कें पिघलकर चट्ट-चट्ट करते हुए पैरों से चिपक जातीं। मैं लंका तक उसके साथ आया। एक दुकान पर मौसम्मी का जूस पिलाने के बाद रास्ते के लिए आधा किलो अंगूर खरीद कर दिया और कहा—"अब आप भैया के साथ घर चले जाइये।"

उसने कहा—"जरा पानी चला दीजिये।" मैंने सोचा शायद इसे प्यास लगी है। नल पर उसने अपना छोटा-सा तौलिया भिगोकर निचोड़ा। मैंने पूछा—"यह आप क्या कर रहे हैं?"

"बहुत घाम (धूप) है।" उसने तौलिया सिर पर डाल ली। फिर वह धीरेन्द्र के साथ पैदल ही टैम्पो तक जाता रहा। सूरज अपने प्रचण्ड आवेश के साथ आग बरसा रहा था। नन्हें पैरों के छोटे-छोटे डग भरता अंशुल चला जा रहा था। धूप से जलकर उसके गाल एकदम लाल पड़ गये थे। मैं खड़ा एकटक उसे देखता रहा। आँखें डबडबा गयीं। दिल में घबराहट-सी होने लगी। अपराध-बोध और पश्चाताप से बेचैन होता हुआ—"धन्ये, मैं पिता निरर्थक था।"

यह कोई अकेला तो है नहीं। संसार में ढेर-सारे लड़के इसी धूप में चले जा रहे हैं। बेटे के प्रति यह अतिरिक्त मोह है। मैंने सिर को झटका दिया। कल मुझे दूसरे शहर के लिए जाना था। **कुछ गैर-जरूरी लोगों के लिए/वक्त बर्बाद कर लेने के बाद/हम तरसते रह जाते हैं वक्त के बहुत मामूली हिस्से के लिए/तब कुछ भी नहीं रह जाता है हमारे पास/न दूसरों के लिए/न अपने लिए।**

16 मई, 1984। गोरखपुर में 'सांस्कृतिक आन्दोलन की दिशा' विषय पर तीन दिन का सेमिनार आयोजित किया गया था। सुबह के आठ बज रहे थे। मैंने देवव्रत सेन से कहा—"कहीं आज ही मेरी पत्नी को बच्चा न हो जाये।"

देवव्रत ने कहा-"तुम तो 24 तारीख बता रहे थे।"

-"मैं कोई डॉक्टर तो हूँ नहीं, मैंने कहा—अगर बेटी हुई तो उसका नाम 'दिशा' रखूँगा। मुझे बेटी की ही इच्छा थी। मैं सिर्फ एक सन्तान चाहता था। वह भी बेटी। बेकारी के मुश्किलों से भरे दिन थे। 'मयूर तख्त' का उत्तराधिकारी हो ही ऐसी चाहत नहीं थी। वैसे भी यह बेटा 'अबॉर्शन' की दहलीज से बचकर लौटा था। एक अनिच्छित गर्भ। डॉक्टरनी को तो पहले यकीन ही नहीं हुआ कि मैं और मेरी पत्नी किसी जायज सम्बन्ध की बिना पर स्थिर गर्भ को नष्ट करने आये हैं। और जब उसे यकीन दिलाया गया तो बिगड़ पड़ी "पहला गर्भ गिरा देने से बच्चे की सम्भावना हमेशा के लिए नष्ट हो जाती है।"

पत्नी ने 'अबॉर्शन' को इन्कार कर दिया। घर पर उन्होंने स्वेच्छया यह प्रस्ताव रखा था। बेकारी के दिन थे। भरपेट भोजन के अलावा जीवन की मामूली इच्छाएँ पूरी होते ही कई महीने तक चलनेवाले कर्ज में बदल जाती थीं। खरीदी हुई दवाएँ, सिरीज, बनारस से घर तक जाने-आने का खर्च। कुल दो सौ रुपये का चपेट था। लंका की सड़क पर मैं चुपचाप चला जा रहा था। पत्नी ने भीतर के तनाव को भाँप लिया। उन्होंने कुछ कहने की कोशिश की। शायद यही कि चलिये दूसरी जगह करा लेते हैं, लेकिन मैं जोर से चीख पड़ा। वहीं सारी दवाएँ सड़क पर फेंक दीं। पहली और अन्तिम बार पत्नी के सामने चीखा था।

गोरखपुर से लौटते हुए जब घर गया तो मरदह में ही पुत्र-जन्म की सूचना मिल चुकी थी। सौर-कक्ष में दीवारों तक से तेल और अजवाइन की कच्ची गन्ध आ

रही थी। रात का समय था। दीपक की मद्धिम लौ में मैंने पत्नी के चेहरे पर अपूर्व चमक देखी। उन्होंने मुझे बच्चे को दिखाया। पता नहीं वह जग रहा था या सोया था। मुझे कोई रुचि न हुई। बनारस पहुँचने पर मैंने बच्चे का नामकरण किया—कोलम्बस।

कोलम्बस—घर परिवार से सालों दूर। अपनी महत्त्वाकांक्षा में पगलाया। समुद्री तूफानों में घिरा एक-एक साँस के लिए तरसता। जब साथ के नाविक उसकी सनक से आजिज आकर उसे मार ही डालना चाहते थे कि तभी विश्व मानचित्र पर एक नये द्वीप ने जन्म लिया। सिकन्दर से लेकर नेपोलियन और गाँधी या बुद्ध दुनिया के किसी व्यक्ति की बनिस्बत कोलम्बस का व्यक्तित्व मुझे ज्यादा आकृष्ट करता। वह भारत की खोज में निकला था। एक तरह से उसे अपने लक्ष्य में सफलता नहीं मिली। दुनिया में सबसे ज्यादा भटकनेवाला और असफल व्यक्ति कोलम्बस है। उसकी भटकन उसकी असफलता ने जो कुछ दिया वह तब तक की पूरी दुनिया की अर्जित उपलब्धि से ज्यादा है। सोचिये, करोड़ों वर्ष से एक द्वीप, एक सभ्यता और संस्कृति हमारे पहलू में गुमनाम पड़ी रही। सफल लोगों के शब्दकोश में एक आवारे घुमक्कड़ ने उसे खोज निकाला। उन दिनों हम अपनी असफलता और अपने भटकावों को लेकर कोलम्बस के बारे में सोचते और आश्वस्त होते। नामवर सिंह पर केन्द्रित 'पूर्वग्रह' के एक अंक में उनकी एक कविता छपी थी—

"क्षमा करो हे वत्स आ गया युग ही ऐसा
आँख खोलती कलियाँ भी कहती हैं पैसा।"

बेटा गाँव पर आँखें खोल रहा था और बनारस की सड़कों पर टहलता हुआ मैं जब भी उसके बारे में सोचता उस समय अपने-आप कण्ठ से ये पंक्तियाँ फूट पड़तीं।

घर गये छह महीने बीत गये थे। एक दिन रात के अँधेरे में मरदह बस अड्डे से उतरकर मैं घर गया। दालान में सबसे पहले माँ मिलीं। मेरे प्रणाम के जवाब में उन्होंने पूछा—"कहीं नौकरी का कुछ हुआ?"

यह सवाल छह महीने पहले भी उन्होंने पूछा था। मैंने कहा—"नहीं।"

"खूब घूम लो बेटा। तुमसे भले तो मुख्तार और शेष ही निकले।" कहते हुए माँ ऊपर छत पर चली गयीं। मुख्तार और शेषनाथ हमारे गाँव के निठल्ले लड़के माने जाते थे।

उस रात मैं पत्नी के पास सोया रहा। निस्पृह, निर्वीर्य और ठण्डा। बेटा मेरी बगल में था। पत्नी ने कहा—"इसके दाँत निकल रहे हैं। अब यह पापा! पापा! बोलने लगा है। मैंने उधर नहीं देखा। कमरे में अँधेरा था। मुझे नींद नहीं आयी। पत्नी सो चुकी थीं। शब्दों के खूबसूरत आवरणों को नष्ट-भ्रष्ट करते हुए अर्थ अपनी

समूची कुरूपताओं के साथ बाहर निकल रहे थे। माँ-बेटा! भाई-बहन! ममता, वात्सल्य, स्नेह, सौहार्द, रिश्ते-नाते, घर-परिवार! लैट्रिप-गू! पूरी रात भयावह घिन्न के माहौल में भयभीत और जगा हुआ मैं सुबह सबके जगने से पहले बनारस चला गया। अपनी आवारा और अराजक दुनिया में सुकून मिलता था। वहाँ मैं था और ओमप्रकाश द्विवेदी। द्विवेदी जी ने पूछा—"कोलम्बस कैसा है?"

मैंने कहा—"वह मुझे खोज रहा है और मैं नौकरी। पत्नी ने बताया कि वह हँसता बहुत सुन्दर से है, लेकिन मैंने उसकी हँसी नहीं देखी।" फिर हम दोनों लोग हँस पड़े। उनके हीटर पर दाल पकने के करीब थी। मैं रोटियाँ सेंकने चला गया।

बाद के दिनों में एक निश्चित आय की व्यवस्था होते ही बीच के कुछ समय पत्नी और बेटे के साथ मैं बनारस रहा। शायद अलग-अलग संस्कारों की ही बात थी। हर दिन हम लोगों के बीच तनाव बढ़ता गया। स्त्री और पुरुष के बीच आकर्षण और फिर प्रेम एक स्वाभाविक गुण है। शारीरिक सम्बन्धों का उच्चतम रूप प्राप्त करने के बाद यह प्रेम समाजोन्मुख होने लगता है। हमारी विवाह संस्थाओं में इस स्वाभाविक प्रक्रिया का ही विरोध है। वहाँ शारीरिक सम्बन्ध पहली रात बन जाते हैं। बाद के दिनों में तरह-तरह के समझौते करते हुए हम प्रेम पैदा करने की कोशिश करते हैं। वे सुखी और सफल लोग हैं, जो प्रेम पैदा कर लेते हैं। हम लोग ऐसा नहीं कर सके। पत्नी गाँव चली गयीं और 10 मार्च, 87 को लखीमपुर में मैंने नौकरी ज्वाइन कर ली।

पति-पत्नी तनाव का सबसे ज्यादा शिकार बच्चा होता है। पत्नी से हमारे रिश्ते हर स्तर पर ठण्डे हो चुके थे। हम जितने भी क्षण साथ रहते एक-दूसरे की जरूरतें हर सम्भव पूरी करते। सामाजिक और कानूनी मानदण्डों से यह तय कर पाना एकदम असम्भव है कि पत्नी और मेरे बीच कभी कोई तनाव रहा। विशेषकर तब से जब हम लोग अलग-अलग रहने लगे।

गाँव में लोग पत्नियों को बैल की तरह पीटते हैं और रात के अँधेरे में चुपके से दस मिनट के लिए उनके पास जाते हैं और कुत्ते की तरह सम्भोग करके फिर दरवाजे की अपनी चारपाई पर आकर सो जाते। वहाँ बूढ़ी औरतें अपने चरित्र का बखान करते हुये गर्व से कहा करती हैं—"सात-सात बच्चे हो गये और मेरे आदमी ने मुँह नहीं देखा।"

घूस, भ्रष्टाचार, मक्कारी, दूसरे की जमीन हड़प कर जाना आदि आदि हमारे समाज का स्वीकृत यथार्थ है। ये सब हमारे चरित्र को प्रभावित नहीं करते। सिर्फ कमर के नीचे का गोपनीय हिस्सा अस्पृश्य रहकर हमारे चरित्र को तेजस्वी बनाता है। एक मांस पिण्ड निर्धारित करता है हमारे चरित्र को। उस मानसिक संरचना का कोई महत्त्व नहीं जिसके जरिये हम समाज के ढेर-सारे लोगों से जुड़ते हैं। और

जिसके अभाव में योनिशुचिता या पत्नी के प्रति एकनिष्ठता के सारे तर्क "असक्कम परम साधूनाम्, कुरूपम् पतिव्रता" से पैदा होते हैं। नैतिकता के इन भारतीय और अमानवीय मानदण्डों पर मैंने समूचे बलगम को खँखारकर थूक दिया। गाँववालों की नजर में हम सन्देहास्पद थे। अफवाहों और आशंकाओं के लिए तथ्य और तर्क जरूरी नहीं।

और यहाँ। कस्बों में डिग्री कॉलेज के प्रवक्ता को 'प्रोफेसर' कहा जाता है। मैंने इसका अर्थ लगाया 'प्रो. फेस'। जो सामनेवाले का चेहरा देखकर बातें करे। यहाँ पारिवारिक दायित्व का अर्थ है—कापियाँ जाँचने के लिए रजिस्ट्रार ऑफिस के क्लर्कों के सामने रिरियाना, नम्बर बढ़ाना, पीठ पीछे निन्दा, चाय दूसरे से पीना, कोर्स से ज्यादा एल.आई.सी. पॉलिसी और शेयर बाजार की जानकारी, नैतिकता की बड़ी-बड़ी बातें और विक्षिप्तता की हद तक 'सेक्सुअली फ्रस्टेट'। लेकिन दुनिया के किसी भी विषय पर चालीस मिनट का लच्छेदार भाषण। पारिवारिक दायित्वों और सामाजिक सरोकार की बड़ी-बड़ी बातें घर की दहलीज पर पहुँचते ही एक अँधेरी सुरंग से छिपकली की तरह चिपक जातीं। इनके पारिवारिक दायित्वों में माँ-बाप की रंचमात्र उपस्थिति पति-पत्नी के बीच कलहपूर्ण सन्नाटा खड़ा कर देती। बौद्धिक क्रीतदासों की जबान पर वे शब्द कभी नहीं आते। जो उनके हृदय के भावों को बता सकें। बिना मेरी समूची पृष्ठभूमि जाने ये जब भी मेरे यहाँ आते पत्नी और बच्चे को लेकर लम्बा प्रवचन सुना डालते। और पारिवारिक दायित्व के नाम पर इनके भीतर का डरा हुआ अथवा शातिर इन्सान मुझे बहुत दयनीय लगता। सरल को जटिल और जटिल को सरल समझनेवाली इस जमात में मैं रहस्यपूर्ण होता गया। लोग तरह-तरह से अनुमान लगाते।

अंशुल धीरे-धीरे बड़ा होने लगा था। मेरा वात्सल्य संवाद क्रीडाओं से अभिव्यक्त होता। सन् '76 में इण्टरमीडिएट करने के बाद मैंने गाँव छोड़ दिया। बीच के 18-19 वर्षों में दो-तीन महीने बाद कभी-कभार गाँव जाता। कभी किसी से कोई रंजिश नहीं रही। इस बीच पैदा हुए लड़के जवान हो गये। ज्यादातर को मैं पहचानता तक नहीं। नयी पीढ़ी और नवेली बहुएँ मुझे अंशुल के पिता के ही रूप में जानती सुनती हैं। आखिर अंशुल अपहरण की यह झूठी खबर किस खबर के एवज में मुझे बुलाने के लिए मेरे पास भेजी गयी है। दिमाग में तरह-तरह की आशंकाएँ उभर रही थीं, लेकिन मन के किसी एकान्त कोने में भी मैं यह विश्वास नहीं कर पा रहा था कि वाकई अंशुल का अपहरण हो सकता है।

खबर मिलने के बाद मैं सबसे पहले बनारस गया। वहाँ पता चला कि अंशुल की माँ ने मऊ से बनारस फोन किया था और बनारस से फोन द्वारा यह सूचना लखीमपुर भेजी गयी थी। अंशुल ही अपनी माँ का एकमात्र सहारा है? क्या यह

सम्भव है कि उसके अपहरण के बाद वे मऊ जाकर फोन करने की स्थिति में रहें। और ऐसी भयानक स्थिति में वे मऊ तक गयीं कैसे? अगर घर का कोई पुरुष सदस्य उनके साथ था तो उसने क्यों नहीं फोन किया? इसका साफ मतलब है कि अंशुल और उसकी माँ सुरक्षित हैं। बुलाने का कारण दूसरा है। एक बार मेरे मन में आया कि वापस लखीमपुर लौट जाऊँ लेकिन लोगों ने कहा कि यहाँ तक आये हो तो घर जाकर पता कर लेना ठीक है। 25 तारीख को मैं इत्मीनान से घर के लिए चला। बस से मरदह उतरने के बाद मैंने देखा कि वहाँ गाँव के काफी लोग इकट्ठे हैं। सूचना सही है। किसी ज्योतिषी के यहाँ से लौटते हुए भाभी ने मऊ से बनारस फोन किया था। पत्नी की स्थिति बहुत खराब है। अपहरण का कारण कुछ किसी की समझ में नहीं आ रहा है। 19 अप्रैल को पंचायती चुनावों का परिणाम घोषित हुआ था। भैया बी.डी.सी. का चुनाव जीत गये थे। इसके अलावा किसी रंजिश का कोई चिह्न नहीं। और यह रंजिश भी इस स्तर पर नहीं थी कि किसी की हत्या की जा सके। फिर अंशुल का अपहरण किस उद्‌देश्य से? मैं हतबुद्धि था। मेरी घबराहट बढ़ रही थी।

मैंने मऊ जाकर तत्काल यह सूचना 'राष्ट्रीय सहारा' और 'आज' दैनिक के कार्यालय को भेज दी। घर लौटने पर रात हो चुकी थी। जिन्दगी में इतनी समस्याएँ झेली थीं लेकिन यह तो विपत्ति थी। दरवाजे पर औरतों की भीड़ लगी थी। पत्नी विक्षिप्त-सी हो गयी थीं। एक-एक क्षण बाद मूर्च्छा आ जाती। दौरे पड़ रहे थे। एक औरत ने उन्हें बताया—"अंशुल के पापा आये हैं।"

"वे तो लखीमपुर हैं।" पत्नी ने कहा और मुझे पहचानने की कोशिश करने लगीं। पहचान न सकीं। फिर मूर्च्छा। मैं आकर उनके पास बैठ गया।

मेरे और पत्नी के जो सम्बन्ध रहे हैं उसमें मेरी मृत्यु उनके लिए सह्य थी। लेकिन अंशुल तो उनका प्राणाधार था। मेडिकली आगे किसी बच्चे की सम्भावना हमेशा के लिए नष्ट हो चुकी थी। मेरी बुद्धि मेरा विवेक हतप्रभ हो गया था। अभी तक अंशुल की कोई खबर न थी। लोग थाने से लेकर ज्योतिषियों और सक्रिय, निष्क्रिय डकैतों से सम्पर्क साध रहे थे।

मैं सोच रहा था कि पता नहीं कैसे होगा? अपहर्त्ता उसके साथ कैसा व्यवहार कर रहे होंगे? खाने को कुछ दे भी रहे होंगे या नहीं? आदि आदि। जब-जब पत्नी की मूर्च्छा टूटती वे अंशुल! अंशुल करके चीख उठतीं। फिर दूसरे ही क्षण मूर्च्छा। वेदना की प्राणहन्ता समुद्री भँवरों के बीच ऊभ-चूभ होती चेतना में घायल वात्सल्य छिन्न-भिन्न होकर तड़फड़ा रहा था। उनके रोम-रोम से अँधेरे में डूबती असहाय ममता हिचकियाँ ले रही थीं। विलीन हो चुकी चेतना के चिह्न सिर्फ अस्फुट शब्दों में अंशुल! अंशुल करके बुदबुदा रहे थे। किसी स्त्री का इतना पवित्रतम, करुण और इतना असहाय रूप मैंने नहीं देखा था। **अपराधियों के इस गाँव में/कौन था**

सरगना? व्यर्थ हो चुके इस प्रश्न से दूर/चलकर कौन नहीं शामिल था इस हत्या में। मैं विचलित होने लगा।

मुझसे बातें करते हुए वह तर्क का सहारा लेता और अपनी माँ से जिद्द का। जब वह जिद्द करता तो कोई बात नहीं सुनता। सिर्फ रोता और दूसरे के दोष गिनाने लगता था। मैं उसे डाँटता नहीं, सिर्फ समझाता था। वैसे भी हम लोग पूरे साल में ब-मुश्किल बीस-पच्चीस दिन साथ रह पाते थे। मेरे घर जाने पर जब, पत्नी कोई शिकायत करतीं तो वह थोड़ी देर तक उनके चेहरे की ओर देखता और फिर रोना शुरू करता। हिचकियों के बीच उसके शब्द फूट पड़ते—"मैं भी सब बात कहूँगा।"

"बस यही इनकी आदत है" पत्नी कहतीं—"हर बात पर रोने लगते हैं।"

"जब मैंने उस दिन कहा था कि लैम्प जला दीजिये तो ट्यूबवेल पर बाबा का खाना लेकर चली गयी थीं।"

वह एक पर एक दूसरी शिकायतें करता-"उस दिन मैं पढ़ रहा था तो लैम्प ले जाकर दरवाजे पर रख आयीं।"

"कब?"-पत्नी पूछतीं।

-"जिस दिन सब लोग बैठे थे आप नहीं उठा ले गयी थीं लैम्प?"

-"एक दिन से इनकी पढ़ाई रुक गयी"-पत्नी कहतीं-"बस यही इनकी आदत है। हर बात पर रोते और जिद्द करते हैं। गाँव में कहीं वीडियो चल रहा हो पहुँच जायेंगे।"-मैं कुछ नहीं बोलूँगी।

मैं माँ और बेटे के मध्य बीच बचाव करता—"देखिये अंशुल आप रोइये मत वीडियो देखने जाइये लेकिन इनसे पूछकर।" और आप-मैं पत्नी से कहता-"रोज शाम को लैम्प जला दिया कीजिये।"

"और मेरी साइकिल की सीट कितने दिन से टूटी पड़ी है। मैंने पैसा माँगा तो इन्होंने नहीं दिया।" अंशुल की दूसरी शिकायत।

-"चलिये मैं साइकिल बनवा दूँगा।" मैं समझाता।

सिर्फ एक बार। गाँव के प्राइमरी स्कूल में उसने पढ़ने जाना शुरू किया था। तभी की बात है। दशहरे की छुट्टियों में मैं गाँव गया था। उसका स्कूल खुला था लेकिन वह पढ़ने नहीं गया। मैंने पत्नी से पूछा-"अंशुल स्कूल नहीं जाता है क्या?"

"महीने भर बीमार था। तभी से नहीं जाता है।" पत्नी ने बताया।

वह ट्यूबवेल की तरफ जा रहा था। मैंने पूछा—"क्यों अंशुल आप स्कूल नहीं जाते हैं क्या?"

"बीमार हूँ।" उसने बताया और ट्यूबवेल की ओर चला गया। मैं गाँव में घूमकर थोड़ी देर बाद लौटा तो वह खेल रहा था। "तुम पढ़ने क्यों नहीं जाते हो?" मेरे भीतर का पिता पहली बार जागृत हुआ।

"मैं बता रहा हूँ कि बीमार हूँ तो इन्हें पढ़ने की पड़ी है।"-मेरी बात पर कोई ध्यान दिये बग़ैर वह खेलता रहा।

पिता जी कहा करते थे कि लड़कों को तमाचे से सिर पर कभी नहीं मारना चाहिए। पैरों पर सिटकुन की मार सही रहती है। मैंने हाथ में एक सिटकुन ली। थोड़ी देर तक तो जिद्द से भरा वह जमीन पर लोटता रहा और चीखता रहा। लेकिन जब रोकने आनेवालों को मैंने डाँटकर भगा दिया तो भयभीत, काँपता रोता हुआ वह सीधे घर के भीतर गया। अपना बैग उठाया और स्कूल की तरफ भागा। जिस शारीरिक बनावट और लाड़ प्यार के आधार पर बच्चे सुकुमार माने जाते हैं उसमें वह सब-कुछ प्रचुर था। घर और स्कूल के बीच दुकान तक मेरी सिटकुन उसके पैरों पर बरसती रही।

"जब तक तू रोना बन्द नहीं करेगा तब तक मार पड़ेगी।" मैंने चेतावनी दी। रुलाई रोकने की कोशिश में उसका कण्ठ करुण हिचकियों से भर गया। मैं जब तक गाँव रहा उसने मुझसे बात नहीं की। वह मुझसे डरता रहा। पत्नी ने बताया कि उसके पैरों पर सिटकुन के काले-नीले निशान उभर आये हैं। जब वह नल पर नहा रहा था तो मुझे वे निशान दिखायी दिये। मैंने उसे बुलाया-"बेटे इधर आइये।"

वह आया तो मैंने पूछा "बेटे मैंने ज्यादा मार दिया था न। देखिये अभी तक निशान हैं।" वह फफक-फफककर रोने लगा।

अपहर्त्ताओं के चंगुल में मेरा मन उसके कण्ठ की उन्हीं करुण हिचकियों की आशंका में विचलित हो जाता।

घर पर सब लोग सो गये थे। मुझे नींद नहीं आयी। बाहर दरवाजे पर कुर्सी डालकर बैठा रहा। सुबह के तीन बजे दवा से थोड़ी नींद ले लेने के बाद पत्नी जगीं और उठकर बाहर जाने लगीं। उनके पैर लड़खड़ा रहे थे। मैंने उन्हें पास जाकर पकड़ लिया-"कहाँ जा रही हैं आप?" मैंने पूछा।

"पेशाब लगी है।"

मैं उन्हें पकड़े हुए साथ-साथ गया। लौटकर वे मेरी कुर्सी के पास पड़ी चारपाई पर बैठ गयीं। -"आप सोये नहीं थे क्या?" उन्होंने पूछा।

"नहीं नींद नहीं आ रही है।"-मैं दूसरी ओर देखता रहा।

"हम लोगों ने किसका क्या बिगाड़ा था?" पत्नी ने कहा और उनकी आँखें डबडबा गयीं। मैं उनके पैरों की उँगलियाँ चिटकाने लगा और कहा-"अभी रात है सो जाइये।" उन्होंने एक लम्बी साँस ली और कुछ सोचने लगीं।

दूसरे दिन 26 अप्रैल को अंशुल अपहरण की खबर मोटी हेडिंग्स के साथ 'आज' दैनिक अखबार में छपी। मैंने सोचा कि शायद पुलिस इस मामले को गम्भीरता से ले और तत्परता बरते। क्योंकि अब तक तो तफतीश के नाम पर एक दिन एक कान्स्टेबिल गाँव में आया था। अंशुल को 21 तारीख की रात गाँव के ही दो हमउम्र लड़के घर से बुलाकर ले गये थे। सामान्य दिनचर्या में आठ बजे रात को दो लड़कों का घर पर आना कोई ऐसी बात न थी कि कोई ध्यान दे। इससे बहुत देर रात तक अंशुल स्वतः गाँव के दूसरे घरों में आता-जाता था। कान्स्टेबिल ने जब दस-पन्द्रह लड़कों को बुलाकर इस बाबत पूछा तो उन घरों के लोग हमारे घर से दुश्मनी मान बैठे थे। उन लोगों ने थाने पर जाकर यह बयान दे दिया कि घरवालों ने खुद ही लड़के को छिपाया है और इस तरह पंचायती चुनाव की रंजिश का बदला ले रहे हैं। बाद में यही लोग दलील देते थे कि चुनावी रंजिश इस स्तर पर नहीं थी कि अंशुल का अपहरण या हत्या की जा सके। लेकिन तब क्या इस स्तर पर थी कि अंशुल को माध्यम बनाकर गाँववालों को झूठे मुकदमें में फँसाया जाये? उसके बाद से मरदह थाना भाँग और धतूरे के बीच खर्राटे लेता रहा। 26 तारीख को मैंने थाने पर जाकर अपहरण की घटना दर्ज करानी चाही तो थानेदार ने कहा कि "आपको मुकदमा दर्ज कराना जरूरी है कि बच्चे को पाना। मैं अपने ढंग से काम करूँगा।" मैंने कहा—"आप मात्र मेरे अप्लीकेशन को रिसीव कर लें।" लेकिन दीवान ने अप्लीकेशन नहीं ली। लापता अंशुल को छह दिन बीत रहे थे।

देर रात लौटने के बाद सुबह हल्की सी नींद लगी थी। पत्नी तख्त पर मेरे पास आकर बैठीं तो नींद खुल गयी। उन्होंने कहा—"आप सोये हैं। ये देख लीजिये" (उनके हाथ में सुल्तानपुर के किसी ज्योतिषी का पता लिखा कागज था) बोली "चले जाइये। ये बहुत सही-सही बताते हैं।" समूचा गाँव ही षड्यन्त्रकारियों के गिरोह में तब्दील हो चुका था। रोज नयी-नयी अफवाहें थाने को मुहैया करायी जा रही थीं। मैंने पत्नी से कहा—"आज शाम को चला जाऊँगा।" मेरे आने से उन्हें भरोसा था।

27 अप्रैल को मैंने बनारस जाकर मित्रों को सारी बातें बतायीं। 28 अप्रैल को साहित्यकारों, पत्रकारों का एक प्रतिनिधिमण्डल काशीनाथ जी के साथ डी.आई.जी. चमनलाल से मिला। उन्होंने ध्यानपूर्वक सारी बातें सुनीं। मेरे सामने ही गाजीपुर एस.पी. को सख्त हिदायत दी। स्पेशल टीम गठित करने के लिए कहा और कुछ व्यक्तियों के नाम पते बताकर कहा कि इनसे पूछताछ करो। उन्होंने यह भी कहा कि मरदह का थानेदार और हेड मुहर्रिर सन्देह के घेरे में हैं। एस.पी. को इतनी बातें बता लेने के बाद चमनलाल जी ने हमसे कहा कि, "आमतौर पर गुमशुदगी की कोई रपट दो दिन बाद अपहरण में तब्दील कर दी जानी चाहिए। दारोगा ने ऐसा किया नहीं। इससे साफ जाहिर है कि वह जान-बूझकर मामले को दबा रहा है। चमनलाल जी ने

एस.पी. से यह कहते हुए कि मरदह थानेदार को इस मामले से अलग रखा जाये, अन्तिम चेतावनी दी—"यह टेस्ट केस है। बच्चा किसी भी तरह मिलना चाहिए।"

शाम को पुलिस की तीन गाड़ियाँ आयीं। एडीशनल एस.पी., देवेन्द्र चौधरी के नेतृत्व में स्पेशल टीम गठित कर दी गयी थी लेकिन एस.पी. ने मरदह के थानेदार को, जो स्पष्टतः अधिकारियों और अपराधियों के बीच, बिचौलिये की भूमिका निभा रहा था, मामले से पृथक् नहीं किया।

दो तीन दिनों तक चलनेवाली पूछताछ में पुलिस तत्परतापूर्वक अपराधियों से निर्देश लेती रही। डी.आई.जी. के सख्त निर्देश पर भी उसे कुछ करते रहना जरूरी था, सो चौधरी ने पुलिस की टीम लखीमपुर भी भेजी। पुलिसवाले यहाँ आकर सबसे मिले। पुलिस के लिए प्रेम और विरोध एक आपराधिक वृत्ति है इसलिए उन्होंने शहर में मेरा प्रेम तलाश किया। मेरे विरोधी खोजे। एस.पी. गाजीपुर इस बात से बेहद रंज थे कि जिले में उन जैसा जिम्मेवार अफसर होते हुए भी मैं किस गरज से डी.आई.जी. से मिला। अपराधियों द्वारा वे आश्वस्त थे कि लखीमपुर का मेरा मकान घर में तब्दील हो चुका है। वहाँ एक औरत हमारे गाँव के राजेन्द्र सिंह की रिश्तेदार है। उसकी एक छह साल की लड़की भी है। उसी लड़की के हित में राजेन्द्र सिंह ने यह घटना की है।

लखीमपुर आकर पुलिसवालों ने एक खूब ऊँचे बाँस पर हँडिया चढ़ायी और नीचे भीगे कोयले को रखकर उसे पुआल की आँच से सुलगाते रहे। नाक से पानी बहने लगा। आँखें लाल हो गयीं। खिचड़ी नहीं पकी। उन्होंने लौटकर गाजीपुर एस.पी. को सूचना दी कि हुजूरे आला! हमने वहाँ सबसे भेंट की। कोऑपरेटिव बैंक के मैनेजर से मिले। कॉलेज के अध्यापकों से मिले। वहाँ पढ़ने आनेवाले लड़कों से मिले। चाय के दुकानदार और कूड़ा-करकट रद्दी बीनने-बेचनेवाले सबसे मिले। हमें शहर में कोई छह साल की लड़की नहीं मिली। सभी कहते हैं कि फक्कड़ आदमी हैं। किसी से कुछ लेना-देना नहीं। कहानियाँ किस्से लिखते हैं। लिखते कम घूमते और बतियाते ज्यादा हैं। देर रात तक घूमने की आदत है।

जबकि पुलिसवालों को मिल सकता था। उन्हें प्रेम भी मिल जाता और विरोध भी। निर्विवाद और निष्पक्ष होना मेरी नजर में अपराधों का मूक हिस्सेदार होना है। पुलिसवाले सिर्फ इतना करते कि किसी रिक्शे-ठेलेवाले को पकड़ते। उसमें नीचे के रास्ते पेट्रोल डालते। यह कतई जरूरी नहीं कि उस आदमी ने मेरी शक्ल देखी ही हो। पेट्रोल जब जाँघिये के नीचे जाता है तो सब-कुछ मालूम हो जाता है। "इंग्लैण्ड की महारानी का खरगोश पास के घने जंगल में कहीं भाग गया था" लखीमपुर बार एसोसियेशन के सचिव शशांक यादव एक किस्सा सुनाया करते हैं—"उसे ढूँढ़ने के लिए यू.पी. पुलिस की एक टीम बुलायी गयी। पुलिसवाले खरगोश को खोजते हुए

तीन दिन से लापता हो गये थे। बाद में महारानी अपने अंगरक्षकों समेत पुलिसदल को खोजती जंगल में गयीं। उन्होंने देखा कि एक पेड़ से बँधा लंगूर लहू-लुहान पड़ा है। उसकी नाक और आँखों से खून रिस रहा है। पीछे एक खूँटा ठोंक दिया गया है। पुलिस के तीन जवान उसे बुरी तरह पीट रहे हैं। लंगूर कुछ बोलना चाहता है लेकिन आखिरी साँस के साथ उसके गले से सिर्फ गुर्र-गुर्र की आवाज भर आ रही है। वह हाथ जोड़कर अपने प्राणों की भीख माँग रहा है।

महारानी ने देखा कि वहाँ चारों तरफ देसी शराब की दुर्गन्ध फैल रही है। पास में ही कुछ आदिवासी लड़कियाँ अपने खून सने कपड़ों के साथ अधनंगी मरी पड़ी हैं और कुछ कराह रही हैं। उनके गुप्तांग जख्मी हैं और शक्ल भारतमाता की शक्ल से काफी-कुछ मिलती-जुलती है। महारानी भय से काँपने लगीं। उन्होंने पूछा तो पुलिस के एक जवान ने माथे का पसीना पोंछकर बीड़ी सुलगायी और बोला—"ये लोग इसे लिये जा रही थीं। आप बस थोड़ी देर और ठहरें अब यह साला कबूलने ही वाला है कि मैं ही महारानी का खरगोश हूँ। फिर हम जल्दी-जल्दी मामले को निबटा देंगे। आप बस इतना ध्यान रखें कि कोई फोटोग्राफर, कोई प्रेसवाला इधर न आने पाये।"

समय बीतता जा रहा था। मेरे लिये सर्वाधिक आश्चर्यजनक यह रहा कि डी.आई.जी. के स्पष्ट और सख्त निर्देश के बावजूद नीचे के अधिकारियों ने उन नामों को छुआ तक नहीं जिन्हें चमनलाल ने बताया था। मरदह थानाध्यक्ष की भूमिका भी यथावत बनी रही।

पुलिस विभाग का उड़नदस्ता जो 28 अप्रैल को गाँव में अपनी ताम-झाम और आबा-काबा के साथ आया था वह फिर कभी नहीं आया। रोज दिन में मरदह थाने का कोई एक सिपाही आता और गाँव से किसी एक आदमी को बुलाकर थाने तक ले जाता। थोड़ी देर बाद वह आदमी लौट आता। सब-कुछ एक प्रहसन की तरह चल रहा था। ठण्डा और निर्जीव।

सन् '95 की रिकार्ड गर्मी। सुबह से देर रात तक पूरे-पूरे दिन भूखे-प्यासे रहकर 18-20 घण्टे स्कूटर चलाते हुए किसी ढाबे पर सूखी रोटी, आध घण्टे की मटमैली नींद के सिवा कुछ भी मयस्सर न था। कभी-कभी मैं सोचता कि संकट के दिनों में काम के लिये शरीर कहाँ बचाये रखता है अतिरिक्त ऊर्जा। धूल सने बाल, आँखों में कीचड़, बेतरतीब दाढ़ी, तीन दिम से ब्रश नहीं किया, दौड़ते चले जा रहे हैं बदहवास। बगल से कोई टैक्सी, कोई जीप गुजरती तो लगता सिर निकालकर अंशुल चीख पड़ेगा—पापा! बेवजह उस जीप का पीछा करते स्कूटर की गति बढ़ जाती। पीछे बैठा हुआ आदमी कहता धीरे चलाइये। किसी कस्बे या शहर की सड़क पर खड़े हैं। आँखें गलियों की ओर लगी रहतीं—शायद कहीं से भागता-दौड़ता मिल जाये।

आज, दैनिक जागरण, सहारा, पूर्वाञ्चल सन्देश जैसे छोटे-बड़े सारे अखबार रोज-ब-रोज गाजीपुर पुलिस प्रशासन की तफ्तीश ले रहे थे। ऐसी घटनाएँ तो रोज घट रही हैं, लेकिन अखबारवाले विभाग की ऐसी छीछालेदर नहीं करते। एस.पी. गाजीपुर ने मेरे से सम्बन्धित एक बेहूदा मौखिक बयान जारी किया। किसी विशेष अखबार ने उसकी नोटिस नहीं ली तो वे और भन्नाये। एक पत्रकार से उन्होंने शिकायत की—"आपको मेरा पक्ष भी तो छापना चाहिए।"

पत्रकार ने सवाल किया—"सारे अधिकार और सारी शक्ति आपके पास तो हैं। क्या लड़के को बरामद करने के अलावा भी आपका कोई पक्ष है।"

वह हें हें करता रहा—"नहीं, आप लोग सारा दोष पुलिस को दे रहे हैं।"

गाँववालों की स्थिति यह थी कि जब भी कोई आदमी दो घण्टे मेरे साथ कहीं जाता वह इतना जरूर समझाने की कोशिश करता कि अमुक व्यक्ति इसमें जरूर है। सब अपने-अपने पुराने हिसाब इस घटना में चुकता कर लेना चाहते थे। खबर मिलने के साथ ही लखीमपुर से वर्मा जी आ गये थे और मंगल सिंह भी। इनके अलावा स्वतन्त्र होकर मैं कहीं न तो बैठ पाता था न बातें कर पाता। एक दिन मैं और मंगल सिंह सुबह-सुबह मरदह की ओर जा रहे थे। हमारे ही गाँव के एक आदमी ने बगलवाले गाँव के आदमी से कुछ कर्ज ले रखे थे। हमारे ठीक आगे चल रहे उस आदमी को रोककर दूसरे आदमी ने अपना कर्ज माँगा तो वह बोल पड़ा—"भैया, इस समय विपत्ति पड़ी है। बारह दिन हो गये घर में खाना नहीं बना। औरतों की हालत देखी न जाती। कुछ समझ में नहीं आता। लड़के का बाप पंजाब की सीमा पर है, अभी तक आया नहीं।" मैं मात्र उससे बीस फीट पीछे था। वह मुझे पहचानता नहीं था। लखीमपुर को वह कहीं पंजाब के ही इर्द-गिर्द मान बैठा था। अपने कर्ज की वसूली से बचने के लिए उसने ऐसा बहाना बनाया। दूसरे आदमी को पैसा माँगने का बेहद अफसोस हुआ। सान्त्वना के स्वर में उसने पूछा—"अभी तक लड़के की खबर नहीं लगी। फिर उसने उसे कुछ ज्योतिषियों के नाम गिनाये। हम अपनी हँसी रोक न सके। हर स्तर पर लोग इस घटना को भुना रहे थे। गाँवों के सामाजिक ढाँचे के भीतर निरंकुशता और स्वार्थपरता रोम-रोम में रची-बसी होती है। हमारी भागदौड़ से बेखबर दुनिया अपनी गति से चली जा रही थी।

तीन मई की रात करीब साढ़े दस बजे मैं और मंगल सिंह मऊ से लौटे। उस दिन बाजार में एक खौफनाक सन्नाटा पसरा हुआ था। एक लड़का हमें देखकर दौड़ता हुआ आया और बोला—"जल्दी घर जाइये। दीवाल पर कोई कागज चिपका हुआ है।" हमारी धड़कनें बढ़ गयीं। मैंने सोचा शायद फिरौती की रकम माँगी गयी हो। हम बहुत तेज स्कूटर चलाते हुए घर गये। पत्नी फटी आँखों से सब-कुछ देख रही थीं। औरतों की भीड़ लगी थी। लड़कों में सिर्फ शैलेन्द्र दरवाजे पर था। उसने

पर्चे का मजमून बताया जिसमें प्रेम भैया को सम्बोधित करते हुए लिखा था कि "तुम्हारे अंशुल को सूर्यमुखी के खेत में मारकर फेंक दिया गया है।"

पुलिस की गाड़ी से तेज रोशनी खेत के ऊपर फेंकी जा रही थी। गाँव के बहुत सारे लोग टार्च लेकर खेत में चारों ओर खोज रहे थे। एक जगह ताजी खोपड़ी, जबड़े के दाँत और कुछ हड्डियाँ मिलीं। खोपड़ी में मांस का नामोनिशान तक नहीं था। उससे हल्की गन्ध आ रही थी। यह एक बच्चे की ही खोपड़ी है। मैंने खोपड़ी हाथ में उठायी। सुनहले बालों और बेहद खूबसूरत चेहरेवाला अंशुल ऐसा हो गया। वाचाल आँखों के पास विकृत गड्ढा भर था—"पापा, चलिये अब आपसे अन्त्याक्षरी खेलेंगे।" दो साल पहले उसने कहा था।

"चलिये आप शुरू करिये" मैंने कहा। हम लोग पैदल मरदह की ओर जा रहे थे।

उराने शुरू किया—अन्तिम अक्षर 'म' पर गिरा कर।

मैंने कविता पढ़ी—

"मंगल है भगवान् की कृपा रहे सर्वत्र,
इस अन्त्याक्षरी में मुझको मिले विजय का पत्र।"

नास्तिक बाप ने बेटे के खिलाफ भगवान् से विजय की कामना की।

अंशुल हँसा—

"त्रास हरो भगवान भक्त का हे स्वामी सर्वज्ञ,
तुम्हें सराहूँ किस तरह बुद्धिहीन अल्पज्ञ।"

शब्दों का उच्चारण वह सही नहीं कर पा रहा था। लेकिन बाप और बेटे ने एक ही पाठशाला में साथ-साथ पढ़ाई की थी। कविताओं के अन्त कभी 'त्र' पर होते, 'ज्ञ' पर होते या 'क्ष' पर। उसने 'ण' पर गिराया। कुछ देर तक सोचने के बाद मैंने कविता पढ़ी—

"ण अक्षर जब पाणिनी को भाया नहीं,
शब्द उन्होंने कोई बनाया नहीं।"

"पापा, जरा इस कविता को लिखा दीजियेगा।" उसके पास 'ण' पर कोई कविता न थी।

मेरी आँखें डबडबा गयीं। मैंने खोपड़ी हाथ में ली और सोचा एक बार चूम लूँ। लेकिन लोगों ने रोक लिया। मैं चुपचाप खेत के बाहर चला आया।

मैंने दारोगा से थका हारा प्रश्न किया—"आपने अपने ही डी.आई.जी. के बताये नामों को एक बार भी पकड़ा क्यों नहीं?"

"मुझे उनके बारे में कोई सूचना नहीं है।" उसने सफाई दी।

"लेकिन डी.आई.जी. ने मेरे सामने एस.पी. गाजीपुर को वे नाम फोन पर बताये थे।"

"एस.पी. साहब का अपना इण्टरेस्ट होगा।" दारोगा ने अनभिज्ञता जाहिर की।

"अच्छा आपने दीवाल पर चिपके कागज का फिंगर-प्रिण्ट लिया? गाँव के ही किसी आदमी ने चिपकाया होगा?" मैंने पूछा।

"अब इससे क्या होगा डॉक्टर साहब?" दरोगा मुझे समझा रहा था।

कागज एक लड़की के बताने पर सबसे पहले पत्नी ने पढ़ा था। उस मानसिक स्थिति में भी उन्होंने कागज को छुआ नहीं था। लेकिन मरदह के थानाध्यक्ष ने उसे नोचकर फिंगर-प्रिण्ट की सारी सम्भावना नष्ट कर दी थी।

चार मई को दिन के समय जब खेत के भीतर जाकर लोगों ने खोजा तो उसके पैण्ट, चड्ढी, बनियान, फटा शर्ट और कीचड़ लगा चप्पल तथा कुछ और हड्डियाँ, सिर के बाल आदि अलग-अलग जगहों से मिले। फन्दे में बनी एक रस्सी भी थी। शेष बहुत-सारी हड्डियाँ नहीं मिलीं। हत्या किसी घर में की गयी थी। उसे सिर्फ सूरजमुखी के खेत में फेंका गया था। क्योंकि गाँव और सड़क से एकदम सटे उस खेत में किसी ने दुर्गन्ध तक नहीं महसूस की थी। अंशुल को बहुत दूर पैदल ले भी नहीं जाया गया होगा, क्योंकि उसका अपहरण रात के आठ बजे किया गया था। गर्मियों और शादी-बारात के इस मौसम में इस वक्त तक सारा गाँव चहलकदमी करता रहता है। निश्चित ही एकदम पड़ोस का कोई घर इस्तेमाल किया गया। और ऐसा घर जहाँ सदस्य कम हों और पड़ोसियों का आना-जाना न हो। रवीन्द्र सिंह का घर इसके लिए उपयुक्त न हो सकता था। लेकिन गाजीपुर एस.पी. ने जो टीम बनायी थी उस टीम ने एक भी घर की तलाशी नहीं ली। पैसा खाने और खरचने के अलावा उस टीम के वरिष्ठ सदस्यों ने कुछ भी नहीं किया। अपराधियों ने सब-कुछ निश्चिन्ततापूर्वक किया और अपनी सुविधानुसार लाश भी अपराधियों ने ही बरामद करायी।

उसी दिन पुलिस ने गाँव के कुछ लोगों को गिरफ्तार किया। वे गिरफ्तारियाँ कितनी सही हैं कितनी गलत? मेरे लिये यह बता पाना कतई नामुमकिन है। अंशुल की इस हत्या से प्रत्यक्षतः किसी को कुछ हासिल न होगा। फिर भी अंशुल की हत्या हुई है। गाँव के ही किसी आदमी ने की है यह भी तय है। निकटतम पड़ोसियों की भूमिका असन्दिग्ध है। बिना किसी विशेष दुश्मनी के भी पड़ोसी के बैलों को जहर खिला देना, खेत में आग लगा देना, किसी लड़की की तय शादी को, अपना पैसा खर्च करके जाना और चुपके से बिगाड़कर चले आना जैसी आदि-आदि घटनाओं से प्रत्यक्षतः किसी को कोई लाभ नहीं होता। ठहरी हुई जिन्दगी की जो क्रूर मानसिकता गाँवों में होती है, उसी के परिणामस्वरूप ये घटनाएँ गाँवों की आम प्रवृत्ति है। इसीलिए यह कहना कि किसी को क्या लाभ मिलेगा पर्याप्त नहीं है। दो

व्यक्तियों के झगड़े का लाभ उठाकर तीसरा व्यक्ति भी ऐसा काम गाँवों में खूब करता रहता है जिससे दोनों पक्ष मरें, कटें। और कुछ ठलुवों के खाने-पीने की व्यवस्था बनी रहे। बच्चों की जघन्यतम हत्याएँ करनेवाले अमूमन कम उम्र के अपराधी होते हैं।

दुःख अपने गहनतम रूप में पहुँचकर आत्मा पर पत्थर की तरह जम जाता है। विरेचन के लिए आँसुओं की भूमिका समाप्त हो जाती है। लम्बी-लम्बी साँसें खींचती लगभग दौड़ती-गिरती-सी पत्नी मेरे साथ खेत तक गयीं। उन्होंने पैण्ट, चप्पल, बनियान, फटी चड्डी और खून तथा मिट्टी में सने शर्ट देखे। उन्होंने हड्डियाँ भी देखीं। उस दिन वे रोयीं नहीं। गाँववालों की भीड़ लगी थी। पत्नी ने चीखकर चूड़ियाँ निकालीं और सबके ऊपर फेंक दीं। उन्होंने मरदह के दारोगा को पूछा, जिसने अपहरण की सूचना दर्ज नहीं की थी। दारोगा वहीं था, मैंने कहा—"उसे गिरफ्तार कर लिया गया है।" वे बैठ गयीं।

उन्होंने मुझे कसकर पकड़ा और पूछा—"आप बदला लेंगे न?"

मैंने कहा—"नहीं।"

दिन के बारह बज रहे थे। जल रहे सूरज की छाया में अंशुल के क्लास के छोटे-छोटे लड़के इम्तहान देकर लौट रहे थे। एक लड़का खड़ा होकर वहीं हड्डियाँ देखने लगा। उसके हाथ में कलम और पटरी थी। वह स्कूल ड्रेस पहने था। पत्नी उसे देखती रहीं और अचानक उठकर उसकी ओर दौड़ीं। वह लड़का डरकर बहुत तेज भागा। पी.ए.सी. बुला ली गयी थी। गाँव का समूचा माहौल अजीबोगरीब ढंग से खूँखार और भयावना हो गया था। हर सामनेवाला आदमी सन्देहास्पद लगता। एक दिन एक चार साल का बच्चा गली की ओर जा रहा था तो उससे चार साल बड़ी उसकी बहन घर में से दौड़ती हुई निकली और उसे भीतर पकड़ ले गयी "कहाँ जा रहे हो?" वह चीख रही थी-"गाँववाले लड़के मारकर खा रहे हैं।" दिन में भी कोई लड़का घर के बाहर नहीं निकलता। पढ़ने जानेवाले लड़कों के साथ कोई-न-कोई बड़ा आदमी जरूर होता था।

23 अप्रैल से लगातार रात-दिन की भागदौड़। शरीर का हर हिस्सा दर्द से ऐंठ रहा था। पान, तलब, बीड़ी, सिगरेट के मारे अपने ही मुँह से घिनौनी बदबू आ रही थी। ब्रश, स्नान, दाढ़ी, बाल, दो हफ्ते हो गये आईना नहीं देखा था। गाजीपुर, मऊ, बनारस का लगातार चक्कर। घरवालों की दशा इससे भी बहुत बदतर थी। प्रचण्ड गर्मी, धरती आँवाँ की तरह जल रही थी। कोलतार की सड़कों से पसीना रिस रहा था। बनारस पहुँचा। प्यास लगी थी। सियाराम जी अपने स्वभाव के विपरीत बेहद गुस्से में थे। उन्होंने बताया—"हद है नीचता की। कल आपके मित्रगण अस्सी पर विगत रात आप द्वारा रचायी गयी शादी पर प्रवचन झाड़ रहे थे।" नपुंसक चरित्र

हन्ताओं का समूह अपनी प्रत्यक्ष और प्रच्छन्न भूमिका में सक्रिय और तत्पर था। मित्र बनकर ही किसी ने अंशुल की हत्या की थी। ये लोग भी मेरे मित्र थे। इस समय ये मेरे सामने छिन्न-भिन्न पड़ी बेटे की अस्थियाँ थीं और माथे पर लाश हो चुकी पत्नी को बचाने की जिम्मेवारी। लेकिन मेरे मित्रगण हत्या, प्रेम-प्रसंग, बलात्कार आदि की सनसनीखेज तस्वीरें बनाने में मशगूल थे। ये लोग वर्षों मेरे साथ रहे हैं। मेरे बारे में उनकी सोच यही थी। कहाँ-कहाँ सफाई दूँ? किस-किस से झगड़ा करूँ? प्रसाद जी का एक प्रिय शब्द है–'अकिञ्चन।' असहायता और अपमान के बोझ से तिल-तिल टूटता-बिखरता मैं माथा पकड़कर लंका की सड़क पर बैठ गया। बाद में पता चला कि अस्सीवाली घटना का सम्बन्ध हिन्दी विभाग में होनेवाली नियुक्तियों से था। मित्रों! लिये रहिये हिन्दी विभाग में अपना वर्चस्व। हमारे पास तो जो है वही टूट-टूटकर बिखर रहा है। सियाराम जी खामोश थे। उन्होंने कहा-"हद दर्जे की असंवेदनशीलता है।" मेरे मन ने कहा–**विपत्तियाँ मार नहीं डालेंगी हमें/मुट्ठी भर की दुनिया में/हम फिर मिलेंगे आप से**/फिलहाल तो–"रहिमन चुप है बैठिये देखि दिनन को फेर" मुकदमें के सिलसिले में मुझे तुरंत घर लौटना था।

थाने की बाउण्ड्री में एक तरफ उपेक्षित सी जगह थी। सूखी हड्डियों में तब्दील हो चुका अंशुल एक सफेद कपड़े में सील करके वहीं रख दिया गया था। मटमैले कागज के चिर-परिचित हर्फों में ठण्डे और बेजान हो चुके कुछ शब्द उसकी बिना पर न्याय माँगने गाजीपुर कचहरी में भेज दिये गये। सी.ओ. त्रिपाठी जी पुलिस महकमे में एकमात्र आदमी थे। बाँदा के पास कर्वी के रहनेवाले। घरेलू माहौल साहित्यिक रहा है। आफिस में मैं उनके सामने बैठा था। उन्होंने बताया–"मेरी एक टीम लखीमपुर गयी थी। आपको सब लोग एक साहित्यकार के रूप में जानते हैं। यहाँ शहर में भी बहुत-से लोग आपको नाम से जानते हैं।"

"कैसा साहित्यकार! कुल दो-तीन कहानियाँ लिखी हैं" मैंने अरुचि से कहा। फिर देर तक वे समाज के बारे में, पुलिस विभाग के बारे में, और अपने बारे में बातें करते रहे। मुझे लगा कि नीचे के मातहतों और ऊपर के अधिकारियों के बीच त्रिपाठी जी मुझसे ज्यादा लाचार हैं। "एक कान्स्टेबिल तक किसी मन्त्री का खूँटा पकड़कर बैठा है।" उन्होंने बताया।

इस देश की न्यायपालिका प्लेटो के 'आदर्श-राज्य' का व्यावहारिक यथार्थ है, जहाँ नैतिकता का निरंकुश सम्राट् तलवार के बल पर कवियों को लगातार बहिष्कृत और अपमानित करता रहता है। समय ने नैतिकता का कोट काला कर दिया है। और जज साहबान! आप मुझसे बार-बार अपराधी की सच्ची शिनाख्त माँगते हैं। हम कहाँ से वे गवाह लायेंगे जिन्होंने हत्या करते देखा हो। अगर यही होता तो हत्या क्यों हो पाती? उसकी खोपड़ी पर मांस तक नहीं है, लेकिन आप कहते हैं कि एकदम

सच्ची पहचान होनी चाहिए। अंशुल की हत्या हुई है। हत्या किसने की है? यह रहस्य आप नहीं खोल पाते जबकि सुरक्षा और न्याय देने का ठेका आपने ले रखा है। बहुत सीधा-सा तर्क है जिस काम के लिए हम सौंपे गये हैं अगर उसे नहीं कर पाते तो उससे अलग हट जाना चाहिए। अगर हम ऐसा नहीं करते तो निठल्ले और बेईमान बनने से बच नहीं सकेंगे। क्या आपको मालूम है कि मैं असली अपराधी आपको मानता हूँ। विक्षिप्तता की स्थिति में भी क्यों पत्नी ने पूछा था कि-"मरदह का दारोगा कहाँ है?" नैतिकता के आपके 'आदर्श राज्य' से बहिष्कृत होने के बावजूद अपना क्षत-विक्षत लहू-लुहान चेहरा लिये हम बार-बार लौटकर आयेंगे आप सबको तहस-नहस करने। सत्ता और शक्ति के ऊँचे सिंहासन पर बैठे हुए आपके भी हाथ में कलम है और मेरे भी पास कलम है। आप मरे हुए शब्दों के गुलाम रखवाले हैं। अपराधियों द्वारा बनाये कानून के व्याख्याता भी नहीं हैं आप। आप शब्दों के मामूली क्लर्क हैं। मेरे पास कवि की कल्पना है और लुहार की भट्ठी। शब्दों का साथी मैं उन्हें मन मुताबिक जब, जहाँ जैसे चाहूँगा ढाल लूँगा। मेरी पत्नी ने नहीं, एक घायल माँ ने मुझसे पूछा था-"आप बदला लेंगे न"। खैर...इस समय अपनी भयानक मानसिक उथल-पुथल के बीच मैं चुप था।

मेरे वकील ने मुझसे कहा कि, "स्टम्प पेपर पर एक हलफनामा लिख दीजिये कि मेरा अपनी पत्नी से मधुर और निष्ठापूर्ण सम्बन्ध था और हम लोगों के बीच कभी कोई विवाद नहीं रहा।" भारतीय दाम्पत्य जीवन में इससे बड़ा झूठ मिलना मुश्किल है। मैंने कहा कि, "सिर्फ इतना लिखिये कि मेरा पत्नी से सामान्य सम्बन्ध था।"

"यह साहित्य नहीं है भाईजान!" वकील ने कहा। तब मैंने स्टाम्प पेपर पर लिखे झूठ पर हस्ताक्षर कर दिये। इस प्रांगण में ऐसा असंख्य बार करना पड़ेगा। मैंने घृणा से थूक दिया। और जाकर सामने पेड़ के नीचे की जमीन पर लेट गया। थकान बहुत ज्यादा थी। मैंने आँखें बन्द कर लीं। अंशुल की हड्डियाँ मेरे सामने रह-रहकर काँप जातीं–

कुत्तों और बिल्लियों को भी
कब मारा गया था इस तरह इस गाँव में
हाथों में दूध के गिलास लेकर
किसे खोज रही हो माँ

सूरजमुखी के फूलों में
फेंक दिया गया हूँ मारकर।

मृतात्माओं के इस प्रांगण में
क्या खोज रहे हैं आप सब
राख और हवा हो चुका हूँ पापा!
भयावह अट्टहासों और अनन्तकाल तक चलनेवाली
झूठ की इस अन्त्याक्षरी में
हारना ही है आपकी नियति।

रेत के इस बवण्डर में
चक्कर खाते हुए, कुछ भी नहीं आयेगा आपके हिस्से
आपकी थकान रह जायेगी
मरीचिका की इस यात्रा में
हम अब कभी और कहीं नहीं मिलेंगे पापा!!

लखीमपुर जानेवाली एक बस की सीट पर मैंने अपने शरीर को रख दिया था। मेरे पास मित्रों का एक जमघट था लेकिन चन्द ही काम आये। एक क्षत-विक्षत घर से निकलकर मैं पुनः अपने एकान्त और निरापद मकान पर लौट आया, इस प्रार्थना के साथ कि "हे भगवान्! मुफ्त के उपदेशकों से बचा सको तो जरूर बचाये रखना।"

●●●